拒绝想象

徐兆正 著

作家出版社

目 录

序
思辨与想象的和解

文学批评有自身的要求，准确的艺术判断力，出色的理论思辨力，再加上表达的明晰性和准确性，这样基本上就差不多了。学文学出身的学生，艺术判断力会好一些，但理论思辨力相对要弱一些，他们的文章修辞性较强，但也容易流于现象的表面，难以深入，从而使得文字缺乏涵盖力。学理论出身的学生，思辨能力强一些，但艺术感觉让人捏一把汗，特别是对一个没有研究过的新作品，缺乏准确的审美判断，不管好的坏的都往理论深处拽，文学作品成了证明观念的材料，审美判断变成了逻辑游戏。我的学生大多数都是文学专业出身，艺术判断力和文笔都不错，但思辨力和理论深度都有待提高。我内心希望能招一些思辨能力强的学生。徐兆正就属于后者。

兆正读硕士时的专业是西方哲学，毕业论文是关于法国哲学家鲍德里亚及其"消费社会理论"的。博士入学面试的时候，他说了一大通后现代哲学，导师组都晕了，就让他说说德国古典哲学。听到黑格尔和康德美学之类的，导师们都开始点头。其实那不过是他的专业基础课，跟文学系的学生谈歌德席勒差不多。由西方哲学，进而痴迷于西方文学，也是顺理成章的事情。进入北京师范大学文学院攻读博士学位之前，徐兆正就经常在一些专业报纸发表文章，在一些知名网站的文化版面也有专栏。写得多，涉及面也广，哲学文学文化，尤其是对现代主义文学情有独钟，普鲁斯特福克纳、罗兰巴特卡夫卡、亨利米勒巴勒斯，都是口头禅。有理论兴趣，又热爱文学，再加上喜欢写，这些都很好，我唯一担心的，就是他对中国现当代文学的作家作品和历史材料不熟悉。入学之后，我叮嘱他多花精力在中国现当代文学上。于是，他从鲁迅到胡适到周作人，从林语堂到沈从文到废名，再到中国当代文学史料和作家作品，挨个儿过了一遍，并且很快就开始在《读书》《当代文坛》《小说评论》《上海文化》《今天》等专业杂志上发表评论文章。兆正能在短时间里取得这么多的成绩，不仅仅因为他热爱文学研究这项事业，还因为他专心致志，大脑整天在高速运转，问题总是蜂拥而至，读书、思考、写作，就是他的全部生活。读博期间，他在报纸杂志发表论文和学术随笔八十余篇，还获得了由教育部颁发的国家优秀博士生学术奖。

有一天，兆正给我发来一个四五十万字的自编文集电子版，让我提意见。我觉得字数太多，第一本论文集，选稿要苛严一些。我建议他严格选稿标准，精选出一半文章，编一本自己满意的书稿，于是就有了现在这个二十多万字的评论集。全书分为上下两编，上编主要是针对一些文学理论问题发表自己的见解，比如传统现实主义与先锋文学的关系，比如当代叙事的困境与类型文学的关系，比如当代语境中文学性与人文性的矛盾与和解的途径。这些都是很好的问题，就当代文学而言，颇具针对性。在这些文章中，兆正试图将两个看似矛盾的观念，把握成一个合题。以往的研究中，现实主义与先锋文学，经常被描述成两种截然对立的文学思潮。兆正将先锋文学描述为一种现实主义文学的自我更新机能。文章对文学史演变规律的分析，也令人耳目一新，既不是盲目高蹈的哲学思辨，也不同于通行的文学史叙事常轨。这种论述，在我看来就是大量的阅读准备工作完成之后，在作家作品论的基础上做出的进一步拓展，而其力度则来自将思辨方法与艺术审美相结合。下编是作家作品论，内容涉及许多中国现当代作家，比如鲁迅、周作人、林语堂、沈从文、刘震云、格非、宁肯、阿乙等。作家作品论，是文学系学生的内功所在，兆正做得认真，也很细致，显示出较强的作品分析能力。甚至可以说，兆正在攻读博士学位的四年中，除了出色地完成了博士学位论文外，最大的收获就是，弥补了哲学系学生文学文本分析能力的不足，让思辨的根须深深地插进了审美经验的土地之中，使之生根开花结果。

从篇目中可以看出，这部文学评论集里没有诗歌评论。以我个人的偏见，一个合格的文学评论者，应该对小说、散文、诗歌等各种文体，都具有评价能力。兆正的博士论文选题刚好弥补了这个不足。他的博士论文的研究对象，就是当代诗歌史问题，题目是《当代诗歌中的父与子——归来诗群与朦胧诗群比较研究》。其中不仅涉及当代诗歌史的问题，更涉及不同诗人诗歌文本的细读和比较。得到了答辩委员会专家的好评。

就在兆正博士毕业即将入职中文系任教的同时，传来他的第一本文学评论集出版选题通过的消息。评论集以其中的一篇文章标题为书名，叫《拒绝想象》。文学想象力问题，应该是所有长于思辨者的一个心结，以至于出现矫枉过正的情形，也是常见的。思辨与想象的和睦相处，应该是一种最理想的状态。这是一个饶有趣味的话题。逻辑思辨是人类思维进化的高阶。自由想象，则将高阶思辨，从僵化的必然中解放出来。"拒绝想象"，应该是在更高的意义和维度之上，对"自由想象"的超越。这也符合正反合的辩证法。兆正的新书即将付梓，我为他感到高兴，同时，也祝愿他在美丽的杭州，教学科研和工作生活，一切都顺利美满！

是为序。

张 柠

2021 年 8 月 16 日

写于沙河高教园

我的批评观

最早的文学批评家是哲人，而哲学与文学在那个时候是真理的竞争者，因此"西方的文学批评始于文学应当消失的愿望"（马克·埃德蒙森）。晚近以来，文学批评继承了哲学的求真意志，以进入实证的方式挣脱了自身的附庸，尽管很快又被作为意识形态的理论与科学困扰；哲学的面目不再清晰，它的正当性有时被系于改造世界，有时混同于文字的书写；文学在三者中地位最为崇高：书写成了统摄一切知识的总题，所以世界是一个文本，文学又是另一个世界。这些事实基本奠定了两种文学批评对跱的格局：其一是诗学批评，其二是阐释学批评；前者不再相信文本中可望发现真理，后者认定真理即是自己的读解。但两者毋宁都误解了真理的意思。除了遥不可及的想象，真理还是求真意志本身，是对于真理毫不动摇的专注。在这个意义上，批评不是谋篇在先的论证，也不是由于作家的缺席而要将此变为一场修辞游戏；它是带领读者踏上的旅途，寻找那虽然危险却能赋予生命以唯一重要性的东西。

上编

现实主义语境中的先锋写作可能

1932 年，周作人应沈兼士之邀在辅仁大学做过八次讲演，时于 2 月 25 日至 4 月 28 日之间。这一系列讲演，后来据邓恭三（广铭）的记录编为一册《中国新文学的源流》，收在周作人的自编集里。此书基本上是作者以自身对文学的理解，系统讲述中国文学史的一次尝试，叙述的主线在"诗言志"与"文载道"两端。在周氏的语境，"言志派"是出于个人情感而发的文学表达，"载道派"是系于社会目的而做的道统工作；"言志派"的关键词是性灵，"载道派"的关键词是教训。一言以蔽之，"这两种潮流的起伏，便造成了中国的文学史"[1]。今天我们纯粹地看待这种文学的分类，毋论其背后的思想动机或在场的历史语境，大抵也可解释 20 世纪 80 年代先锋小说的发生学问题。

如若根据周作人此后在《中国新文学大系·散文一集》导言里的说法："言他人之志即是载道，载自己的道亦是言志。"[2] 那么在先锋小说以前，诸如"朦胧诗""伤痕文学"等艺术思潮，虽然看似"言志"，实则一概可以归入"载道派"的文学中去。陈思和先生提出过"共名与无名"的说法，认为当知识分子思考的问题仍然由社会提供，且仅仅是时代的议题时，就说明他还处在一个共名的时代。

---

① 周作人：《中国新文学的源流》，河北教育出版社 2002 年版，第 17 页。
② 周作人：《〈散文一集〉导言》，《中国新文学大系导言集（1917—1927）》，天津人民出版社 2009 年版，第 123 页。

这种思考与周作人的分类不谋而合。在新时期文学中，真正开启一个作家独立思索由文学自身提出的问题，应当始于先锋小说。从马原的《拉萨河女神》（《西藏文学》1984年第8期）开始的这一批作品，都是文学在特定时期趋向"言志"的体现。当然，所谓"言志"的说法可能也并不十分准确。《迷舟》里有什么个人感情吗？《访问梦境》的文本意义又在哪里？至于《有关大雁塔》，恐怕更是对意义本身的消解。这里便关系到先锋文学中的"言志"问题。现在来看，叙述先锋小说的特色，用区别于"目的"的"审美"去代替"言志"，要更为准确。

文学是无目的的合目的性，先锋作家正是根据这种艺术自觉，将文学切近地引向自身；从文学史的演进逻辑来看，返向自身的欲望，实际也是对此前诸种文学思潮（无论是80年代以前的现实主义文学，还是70年代末以降的"伤痕文学"）的根本拒绝，而它与西方文学史上现代主义对现实主义的反动如出一辙。现实主义是历史本体论，现代主义则是作家本体论，后者借此实现了对线性叙事的克服以及向文本提供自足性的保障。然而，倘若以此看待，问题便愈加复杂了。当我们明确地将先锋文学的起始之处限定在马原于《虚构》中的那句宣言："我就是那个叫马原的汉人，我写小说"，而非刘索拉或徐星等新潮小说中处处表露的偏离与反讽姿态，进而坚持"偏离亦是时代的共名；只有在无名之处，文学才能达到反身的自觉（开始关注文本以内的元素：语言、叙述、声音、距离……）"等想法之际，那么针对先锋文学的历史分期，便又从肯定性的现代主义过渡到了否定性的后现代主义了。

如马原早期的一系列作品，他真正关注的事情便既非故事的内容（写什么），亦非纯粹的形式（如何写），而是将写作这一过程引以为写作的对象（"叙述圈套"），由此公开凿穿了虚构同现实的壁垒。这一点已然接续了芭芭拉·威利对后现代文本特征的总结：向读者宣战，向自我意识宣战，梦想非历史文学，对意义交流不感兴趣。因此，广义的先锋文学固然属于一种"言志派"文学，却同时涵盖了"有所言"的现代主义作品，以及"无所言"的后现代风格的文本。前者以刘索拉、徐星、残雪的小说为代表，后者则以马原、格非、孙甘露的小说为典范。以徐星的《剩下的都属于你》为例，它是那种一望即知的 80 年代文学，遍布全书的插科打诨则是对以往文学建制的自觉抵制。朱大可称其为"八十年代流氓叙事的范本"，也无妨说它的反英雄、反崇高、反道德，都不是在反对英雄、崇高或道德本身，而是在有意识地用被提至空前高度的幽默来重新恢复人的主体地位。在"有所言"这一脉里，作品或者有作者自述低回的影子，或者被写成一份惊心动魄的生存寓言，但不论怎样，文学与生活的敌意都或隐或显地存在着，而在后一脉"无所言"的作品里，对峙的情形便不存在。

我钩沉这些史实，仅仅意在指出在"先锋文学"之中或之前，都遍布诸多暗流。如北岛就是对之前文学的更替，"有所指"的徐星是用戏谑对控诉形态的"朦胧诗"的更替，"无所指"的孙甘露更是以诗化的语言游戏对试图确立个人叙事自足性的更替。从 70 年代末至 80 年代中后期这不足十年的时间里，中国文学已然发生了从现实主义到现代主义，其后又飞奔至后现代主义的几次裂变。倘若这些都可以归入到"先锋文学"这一名目下，那么它端的是一个过于宽泛，乃至含混不清的能指。除此以外，还应当考虑到先锋文学此后又被"新写实小说"取代，两者又同样可以看作是从不同方向对现实主义文学规范进行的消解：先锋文学从叙述层面消解了以往文学的僵化，"新写实小说"对于现实主义文学的消解，则是恢复了此前一直被删除的民间生活场景，令其真正现身于文本，而这似乎就在暗示着一种穷尽于极致的形式探索，必得重新回到"真诚直面现实，直面人生"（《钟山》杂志 1989 年第 3 期卷首语）的道路上来；

这一时期文学史的演进，恰恰反映了先锋写作与现实主义的内在逻辑：一切先锋写作，都不过是现实主义文学的自我更新。

尽管现实主义是一个过于宽泛的词汇，它就像自由、民主、理性这些词一样难于被所指规定，但我们还是能够至少归纳出两种"现实主义"，其一是用来形容某一特定时期文学建构的现实主义文学，它的主要特点是线性叙事与道德色彩浓厚；其二是詹姆斯·伍德、安托万·孔帕尼翁或韦恩·布斯在各自的专著里（分别是《小说机杼》《理论的幽灵：文学与常识》《小说修辞学》），以文学类型学所观照的永恒的现实主义。所谓一切小说都是现实主义，便是说一切小说都在捕捉着被不同目光打量、聚焦、定格所建构起来的现实。"它是浪漫派反对古典派时的口号，随后，它就成了自然主义者反对浪漫派时的口号；而超现实主义者本身，他们也跟着承认，他们只关注现实的世界。"[①] 在格里耶看来，"每个人都照着他所看到的样子谈论世界，但是，没有人会以相同的方式看到它"[②]。正是这种不同回指于作为文学冲动的现实主义，使得文学难以定于一尊；也正因为此，每一次的"文学革命总是以现实主义的名义得以完成"，其旨归都是为了更新大众关于现实本身的认识。

因此，如果我们将现实主义作为文学那永恒的冲动加以把握，先锋文学与新写实小说就都构成了现实主义文学的自我更新，而两者也正是从不同方向为当下的写作提供了一定函数的启迪。两相来看，也许先锋文学的文学史意义要远大于它的现实意义，而新写实小说则正好相反。对于那些浸淫于现代主义文学成长起来的一辈人而言，先锋小说的叙事实验或语言革命，均无甚耀眼之处；迄今仍能给写作者以较多受益，或者说与写作者更加接近的，反倒是新写

---

① 格里耶：《从现实主义到现实》，《为了一种新小说》，湖南文艺出版社 2011 年版，第 184 页。

② 同上，第 185 页。

实的道路。根据我的观察，最近一年来，切实在文学中触及日常生活本相的作品，大多仍可视为新写实小说的赓续之作，而作者无一例外地放弃了先锋文学曾在语言或形式上所做的探索，这大概并非巧合。乔治·奥威尔曾批评格雷厄姆·格林小说中的宗教感，他说："自波德莱尔以来，世间一直流传着一种说法，认为受上帝惩罚也可以算作一种荣耀。"[①] 这话说得可谓刻薄。20世纪以降，小说所走的歧路之一恐怕即是对先锋的狂信——以为先锋大于一切，而举凡与现行价值/形式对立的作品便值得喝彩。那么，到底谁才是说教者呢？在传统小说中出现的平庸，于后现代派小说的确不见首尾，但也未尝不可能是改头换面。套用罗兰夫人的话说：先锋，先锋，多少平庸假汝之名以行。我正是因此想起了奥威尔的嘲弄。如果说有两种现实主义，那么与此对应，同样也就有两种先锋写作。其一是具体的文学建构，其二是先锋写作的开创性精神，说到底也是现实主义文学自我更新的本色。对于前者，让我们暂且牢记这句话："一种艺术如果只表达思想的情绪，而不表达生活的情绪（人间平凡人生活的思想），那就是死亡的艺术。"[②] 因此，讨论现实主义语境中的先锋写作可能，从新写实小说里辨识出另一种先锋（对现实主义的另一种更新），或许将更有裨益。举例来说，今天的读者读到刘震云的《一地鸡毛》，仍然会为他叙说这个时代的准确感到震惊。这部1990年写成的作品既无突出情节，亦无典型人物，起首一行是"小林家一斤豆腐变馊了。一斤豆腐有五块，二两一块，这是公家副食店卖的"，结尾则是"小林又想，如果收拾完大白菜，老婆能用微波炉再给他烤点鸡，让他喝瓶啤酒，他就没有什么不满足的了"，然而

---

① 转引自J.M.库切：《英文版导言》，格雷厄姆·格林：《布赖顿棒糖》，上海译文出版社2008年版，前言第11页。

② 转引自佩尼·弗拉戈普洛斯：《重写美国：凯鲁亚克的"地下怪兽"之国》，杰克·凯鲁亚克：《在路上：原稿本》，上海译文出版社2012年版，第78页。

在起首与结尾之间，却仍然是我们今天的全部生活。这种叙述上的颠扑不破，印证的是扎实板眼的写作里可能蕴藉的先锋性。在这个意义上，先锋，就是令文本的真实并不轻易地落伍于生活的现实。

新写实小说承接的，是"有所言"一脉作品的结论，亦即对宏大叙事的控诉。但这种承接不在于继续对此一结论的论证，而是将抗拒本身作为叙事的前提，从抗拒的地方开始讲述：唯其如此，以往被权力宰制的叙事规范才能被束之高阁，而由于诸种意识形态禁忌删除的日常生活图景，也才能够重新在文本中被创造出来。在小说《一地鸡毛》中，刘震云的主人公既不像刘索拉笔下的学生那样戏弄权威，也不似孙甘露笔下一般神游太虚幻境，而是抱着世事如此的态度忍受着。小林并不反抗，更不游戏，只要求生存。如此一来，他的生活场景便源源不绝地被作者写出。与此同时，新写实小说还秉持了"无所言"一脉的作品基调，亦即对叙事意义进行解读。作者并不追问小林如此这般日复一日的生活有何意义，毋宁说，他是真正意识到了意义的缺席才是生活的全部真相。在收于《药堂杂文》的《汉文学的前途》中，周作人进而有云："从前我偶讲中国文学的变迁，说这里有言志载道两派，互为消长，后来觉得志与道的区分不易明显划定，遂加以说明云，载自己的道亦是言志，言他人之志即是载道，现在想起来，还不如直截了当地以诚与不诚分别，更为明了。"[1] 想来写作者一方面置身于这样的生活，一方面也让他的叙述者旁观这样的生活，并且忠实地记录这种旁观，这已然是一种诚直的写作，是故也属于"言志派"文学一脉。当然，讨论先锋写作在现实主义语境中的可能性，并不是要简单地从新写实小说那里借取一个结论；更为关紧的，恐怕还是要有一种诚直与敏锐的目光。两者缺一不可。有了前者，方不会在明明缺少诗意的地方高蹈

---

[1]　周作人：《汉文学的前途》，《药堂杂文》，河北教育出版社 2002 年版，第 31 页。

着迷失；有了后者，才会从平庸无奇的生活中找到进入叙事的窄门。反观当前的文学创作，我们可以举双雪涛和弋舟的作品为例，对这种可能性加以说明。

初看起来，双雪涛是一个偏好志异的作家，然而奇闻逸事在他的小说里又不简单的是寒风雪夜的佐料。如收录于《飞行家》的几篇小说，《跷跷板》中，刘一朵的父亲刘庆革在弥留之际央求主人公"我"去为他当年杀害、如今托梦于他的工人甘沛元迁坟。"我"在深夜潜入工厂，却发觉门卫正是甘沛元，而"我"依旧在刘庆革指明的位置——跷跷板下——发现了一盘残骸。这是一个典型的志异式结构，作者也无非是让两个"甘沛元"同时在场。不过，双雪涛正是在这里回答了"如何结构碎片而不丧失碎片的本质"这个问题，由此在日常生活的碎片和小说谋篇的完整两者之间做到了平衡（作者的用意恐怕更多还在于巧妙地凸显前者）；又如《间距》中"我"和马峰以及另外两位小姑娘齐心协力地揎掇一部剧本，后来因为资金问题不了了之，故事戛然而止。不了了之同时也就是一个典型的当代生活缩影。反观弋舟的《巴别尔没有离开天通苑》（刊于《收获》2018 年第 1 期）。小说中第一人称"我"自述在天通苑有一套被他视为恩赐之地的房子。因为有了这套房子，他对这座城市的感情多少有些复杂，按他的说法，是"对命运心怀恐惧的感激和感激的恐惧"。然而，由于一只别人家的猫闯入了"我"和小邵的日子，"我"那看似安稳实则摇摇欲坠的生活便被全盘摧毁。当然小说没有写到这一步，它只是写"我"因此与妻子驾车逃离。读者看到这逃离的动机不免哑然（令人想起伍迪·艾伦的那篇《拒收》中营造的滑稽），但这恐怕恰恰是当下城市异乡人生活的底色：如果一定要对生活表示感激，那么这感激也是对恐惧没有降临致以谢意，而感激本身又委实匪夷所思，以致我们想起不由自主的感激之情时感到的不是快慰，而是恐惧。这种交织着感激、快慰、困惑和恐惧的情致，在让读者感同身受的时候，写实也就把握住了先锋的可能性。说到底，先锋就是从现代进入当代的尝试，就是让文学成为同代人的文学。

在一篇将近二十年前的文章里，张柠先生写道："'新生代'作家的创作中，有一种将八十年代末期的形式主义，与九十年代的现实精神结合在一起的可贵特点。小说创作，如何在叙事形式的层面上关注眼下的现实生活（因此区别于'先锋'小说）；或者说，现实生活，如何在叙事中进入小说的形式（因此区别于一般意义上的写实主义），这是他们在创作中一开始就十分关注的问题。在具体的创作中，如何处理个人经验、新的现实经验、形式要素这三者的关系，对于他们来说，还只是刚刚开始。"① 在我看来，这份意见迄今没有过时，而经验、现实与形式的关系仍然是摆在当代文学面前的难题。此刻我恐怕无法说得比这更好。且就此打住。

---

① 张柠：《"新生代"创作答问》,《飞翔的蝙蝠》, 学林出版社 2002 年版, 第 33 页。

当代叙事与侦探小说的结构

一、从侦探小说到硬汉派文学与迪伦马特

20世纪的侦探作家大概不会想到，在他们把雷蒙德·钱德勒视作楷模，努力让笔下的人物更富有人情味，进而摆脱推理文学桎梏的同时，纯文学的作家也开始借鉴起侦探小说的结构。前一种情形，在《血腥的谋杀：西方侦探小说史》中，朱利安·西蒙斯指明其背景是"一九二〇年禁酒令颁布以来美国社会中流氓兴起以及随之而来的公务员和警察腐败"[①]。传统的英国侦探形象在当时的美国不再受到欢迎，小说主人公摇身一变为随时要同暴力打交道的硬汉。他们不再戴高筒黑毡帽，也不再手持象征身份地位的手杖，石楠根烟斗则被劣质辛辣的烟卷取代，无事还要来一杯威士忌解渴。形象的改变，满足了下层读者关于"真实"场景的需要，也合乎他们指向"传奇"人物的迷恋——此乃对"真实"的反动。严格来说，这与爱伦·坡的初衷是相悖的，因为后者并不愿意侦探小说附丽现实主义，而希望它是幻想文学（有更大的想象空间），所以坡才会让杜宾以法国人的身份出场。然而，上世纪20年代的美国毕竟与19世纪的情形相去甚远。如果说这是诞生于19世纪40年代的侦探小说在20世纪去类型化的第一步，那么硬汉派文学的奠基就属于第二步，它理

---

① 朱利安·西蒙斯：《血腥的谋杀：西方侦探小说史》，新星出版社2011年版，第130页。

应归功于达希尔·哈米特与雷蒙德·钱德勒两人的创作。诚如埃勒里·奎因所说："哈米特是现代侦探小说界最重要的原创者，是他首次给予了我们百分之百的美国本土侦探小说。"雷蒙德·钱德勒则是哈米特最重要的继承人。

硬汉派文学与传统侦探小说的差异，首先体现在主人公的形象塑造上。对于前一派作家来说，他们往往舍弃了第三人称的客观叙述，径直迈向第一人称。所以读者率先看到的不是可疑的蛛丝马迹，而是马洛等人的想法与命运。如此为之，即营造了一种历险而非单纯解密的氛围。这是成长小说的范式，不再是传统推理文学的结构。正因为此，主人公经常不像福尔摩斯那样理智；相比他们的头脑，他们也更信赖自己的拳头，或并不减少对以暴制暴的确信；相比亚里士多德，他们更喜欢柏格森，即使直觉总是将他们引向难堪的境地。第一位硬汉派侦探雷斯·威廉姆斯说："许多人都有他们的小嗜好。我喜欢在睡觉的时候手里拿着一把装了子弹的枪。"[①] 这的确是实情。硬汉侦探的生存境遇不仅谈不上理想，还通常会被径直拉低到只剩下善恶交战的地带，但也因此提升了小说的真实性。作家对叙事与故事的侧重，产生了硬汉派文学与传统侦探小说的第二重差异。前一派的特色是允许不同读法，即重对话描写而轻逻辑推理，亦可令读者在领略弹无虚发的素描中一路读下来，虽然未免有买椟还珠之嫌。根据朱利安·西蒙斯的看法，"对黄金时代的作家来说，情节就是一切，文风往往可以由电脑代劳，而钱德勒认为'情节也许是个让人讨厌的东西，就算你擅长此道'，但是'一个讨厌文风的作家对我来说根本不算是作家'"。[②] 风格隶属于叙事学的问题，它在钱德勒那里就是毫不枯窘的对话，对话塑造的是人物，而情节仅仅

---

① 转引自朱利安·西蒙斯：《血腥的谋杀：西方侦探小说史》，新星出版社 2011 年版，第 130 页。

② 同上，第 138 页。

形成故事。硬汉派作家关心的是人心与境遇——对他们来说这才是世间的真相——而非传统推理文学力图侦破的谜底。

有一个关于福克纳与钱德勒的笑话，很可说明这第二重差异对传统侦探小说结构的消解：福克纳在好莱坞期间曾担任过钱德勒长篇小说《长眠不醒》的电影编剧工作，但他怎么也搞不清楚凶手到底是谁。为此福克纳打电话向作者求教，钱德勒的回答令人啼笑皆非："我也不记得了，你们自己定吧。"这部电影上映时有福克纳的署名（The Big Sleep，1946）。又如同为硬汉派题材巅峰之作的《玻璃钥匙》与《漫长的告别》，让读者印象深刻的地方均是小说背离侦探文学结构之处。两本小说均以男人间的情谊为题旨，结尾的告别又一概写得滴水不漏。哈米特在《玻璃钥匙》中舍弃了任何想要打动读者的念头，小说最后博蒙特向前来挽留的马兹维的告别称得上决绝。他是一个对自己下手更狠的混蛋，所以谈不上好坏；而在《漫长的告别》中，马洛与伦诺克斯在小说结尾的告别也很细腻。两人只能算作萍水相逢，可我们却能理解这种相遇，并且相信它们发生于真实的人间。由是，对叙事、风格和人物的偏爱都将它们引向纯文学的理想，传统侦探文学中的"真相"在此也被重新定义。

当然，在形象与风格差异背后显示的，才是问题的关键。如果说硬汉派小说在某种程度上逾越了类型文学的范围，那么也不止于它们在艺术性上完成得更好，还在于钱德勒或哈米特这些作家对传统侦探文学既定写法的细微修改。他们在认可规则的同时也在破坏规则，或重新制定规则，等于是拓宽了类型文学的写法。如劳伦斯·布洛克的"雅贼系列"，侦探的主业一概是贼，警察在前提以内同样收钱办事；《马耳他之鹰》中斯佩德的助手甫一出场即被干掉。传统侦探文学固守的规则（侦探必然不是凶手，不义总要付出代价，等等）本质上是西方思想史中理性传统的反映，诸如小说对秩序的念念不忘（在线索与真相之间有着内在联系，推理就是要让它们从分裂复归至统一的形态），总要在文本内部结构出善恶且有其固然之指涉，它所承袭的仍是文艺复兴以来用理性之光驱逐黑暗的人文主义传统。因此，在硬汉派作家对理性规则有所踌躇和沉思的地方，他们的小说也在一步步地拓宽我们关于这个世界的理解。

尽管两者有很大的差异，却并非本质差异：规则并没有被这些写法上的修订摧毁。硬汉派文学仍然认可这些理性准则，他们也几乎不会僭越写法上的最低限度。事实上，上面的说法很容易再次让我们产生误解，而在写法的拓宽与对这个世界理解的拓宽之间的对等，很可能也不会得到硬汉派作家自身的认同。《血色收获》仅用三分之一的篇幅就完成破案，余下的内容只是在讲侦探如何将罪恶之都掀翻。此书所作的实乃一次反向突破，"罪恶必须得到惩罚"的理性信条也从未被贯彻得如此彻底。哈米特会非常坚定地说："触犯法律的人迟早都要被逮捕，这点可能是对现有的神话最不构成挑战的地方。而且每一家侦探机构都堆积着大量悬案和罪犯未归案的档案。"[1] 钱德勒的心中同样"对卑鄙和腐败产生强烈的愤慨，对暴力娱乐抱着严肃态度"。[2] 小说主人公在这里经常是作家情感介入的产物，而他们的暴力因此也就是作家善恶观念的投射。钱德勒对哈米特的评价"（他）把谋杀案还给了有杀人理由的人，不仅仅是提供一具尸体而已"[3] 同样能够形容两人对侦探文学的真实功绩，那就是让人物变得可信，叙述更富有文学性而已。至于拓宽读者关于这个世界的理解，仅仅依靠写法上的修订是难以做到的。如果没有作品背后支撑叙述的本体论的断裂，理性必胜的顽念便很难从文本中被真正驱逐。

① 转引自朱利安·西蒙斯：《血腥的谋杀：西方侦探小说史》，新星出版社2011年版，第131页。
② 同上，第138页。
③ 同上，第131页。

迈克尔·康奈利曾经代表美国推理作家协会，编订过一本爱伦·坡的精选集《大师的背影》(*IN THE SHADOW OF THE MASTER*)，收入了包括《威廉·威尔逊》《厄舍府之倒塌》《瓦尔德马先生病例之真相》在内的十六篇坡的小说，此外这本书还收录了不同作家为故事撰写的导引。在为《泄密的心》撰写的导读《第一次》中，史蒂夫·汉密尔顿写道："这就是当一切没有'最终转向正义'时的本来面目。而且，坡并不仅仅是站在那个'黑暗的'世界之外往里看，他就在那个世界里面。"[1] 内在于这个"黑暗的"世界，看到的恐怕就不是井井有条或善恶分明的秩序。在惩恶扬善之外，尚有倒行逆施；在理性之外，还有非理性的颠倒；而切实令侦探文学看到这一点的，却是在形式与笔法上均对其加以戏仿的迪伦马特。在我看来，正是《法官和他的刽子手》《诺言》这一类的作品才真正打破了侦探小说里善必定战胜恶的信仰。文学不一定就是对世界的模拟，它还应该抱着"单纯无知是一种精神失常"的戒律，成为对理性的冒犯，提醒读者秩序未必如他所想的那样具有反弹的自净机制。侦探文学背后的本体论，至于迪伦马特方告断裂，这恰似他为《诺言》所拟的副标题：侦探小说的安魂曲。

二、讲述疑问重重的现代世界

侦探小说与当代叙事有什么关系？这是本文标题提出的问题。但在回答这一问题前，让我们先来看两段引文。第一段来自《博尔赫斯口述》中的《侦探小说》一章，在那篇文章的结尾，博尔赫斯曾向侦探小说表达过一种不同寻常的敬意：

最后，我们能对侦探体裁作品说些什么赞扬的话呢？

① 史蒂夫·汉密尔顿：《第一次》，迈克尔·康奈利编：《大师的背影》，新星出版社 2009 年版，第 202 页。

有一点明确无误的情况值得指出：我们的文学在趋向混
乱，……我们的文学在趋向取消人物，取消情节，一切都
变得含糊不清。在我们这个混乱不堪的年代里，还有某些
东西仍然默默地保持着经典著作的美德，那就是侦探小
说；因为找不到一篇侦探小说是没头没脑，缺乏主要内
容，没有结尾的。……我要说，应当捍卫本不需要捍卫的
侦探小说（它已受到了某种冷落），因为这一文学体裁正
在一个杂乱无章的时代里拯救秩序。这是一场考验，我们
应当感激侦探小说，这一文学体裁是大可赞许的。[①]

此番致敬所以显得不同寻常，根底还在于博尔赫斯的后现代作
家身份：他与阿兰·罗伯 - 格里耶、迪伦马特、品钦一样偏爱侦
探小说的文体，但同后面这些人的动机却不完全一致。如格里耶对
侦探小说的借鉴，与其说是中性的运用，还不如说是出于戏仿，即
在这一体裁内部显示侦探（理性）对于侦破案件（认识世界）的无
能，由此还原出一种他眼中的世界真相：现实的碎片，整体的不可
知，时间的无意义，崇高的不可见，历史进程是随意无规律的运动。
诸如此类的“真相”具体到文学作品，即是博尔赫斯所描述的那些
“没头没脑，缺乏主要内容，没有结尾的”文本。他对当代文学现况
的描述是文学正在“趋向混乱”，混乱的标志是作者倾向于“取消人
物，取消情节”，又如威廉·巴勒斯在《裸体午餐》里显示的呓语，
更是根本取消了任何完整叙述的可能。不同寻常的地方就在这里：
作为后现代派的博尔赫斯憎恨后现代主义的失序文本，并且试图启
用被他的那些同道滥用了的侦探小说体裁，去实现一个完全不同的
目的。如果说这种目的是建构性的，那么在后现代主义作家中划分

---

① 博尔赫斯：《博尔赫斯口述》,《博尔赫斯全集·散文卷（下）》, 浙江文艺出版
  社 1999 年版，第 46 页。

出两派就不是没有道理的。①

博尔赫斯的这段话里还有两个地方值得我们注意，首先是他似乎在呼应卢卡奇对史诗年代（古希腊）与小说年代（现代资产阶级社会）的区分。无论是他所说的"混乱不堪的年代"，还是"杂乱无章的时代"，都明确无疑地指向了总体性（被卢卡奇赋予魅力的一个词语）丧失之后的时间。在卢卡奇看来，这种丧失一路延续到了现代资产阶级社会，它的直接后果——沉思与行动的划分——对古希腊时期的人而言则是不可思议的：古希腊人既不将心灵看作内在的宇宙，也不把行动作为触及他者的越界。由于他们在"内"与"外"、心灵与世界之间的水乳交融，古希腊人缺乏诸如主体强征客体、追寻生命本质的意识。也因为此，那"刻画了广博的总体"的史诗在现代社会的不可能，对于"发明了精神的创造性"的现代人来说只是后知后觉的察明。他们认为"史诗世界回答的问题是：生活如何会变成本质的？"，可是这在史诗世界却并非问题所在，古希腊人根本不会提出高于生活的本质问题；不会提出，还因为生活与本质在他们那里是同一的（一旦这个问题被提出，仅仅表明了两者已然发生了无可弥合的断裂）。现代人先是提出问题，随即意识到提问的虚妄，亦即与古希腊人之不同：他们生活在一个总体性丧失之后的时间之中。唯独在这里，现代世界才变成了疑问重重的世界，成了一个需要将本质作为理想追寻，将生活转变为追寻本质的冒险才有可能救赎自身的世界。

文学体裁意义的流变——从史诗到小说——所对应的是时代精神状况的更新，亦即个体心灵同外在世界日渐疏离的那个过程。这一过程在总体性丧失之后将自身展开为心灵对本质的追寻，因此

---

① 就作为一个共同体而言，后现代主义作家至少有一点是一致的，那就是他们都有意识地打破各种体裁间的藩篱。日常生活作为一种审美对象之可能，正是这种将高雅文化与大众文化融合并重铸的结果。

"与其他（文学）类型在完成了的形式中静止着的存在相反，小说表现为某种形成着的东西，表现为一种过程"①。博尔赫斯的批评，指向的正是晚近以来的文学 / 过程的失序。根据卢卡奇的看法，作为心灵追寻本质过程的文学，"小说世界是由充满小说内容的过程之开端和结尾来规定的，小说的开端和结尾由此成为一条清楚测量过的道路在意义上被强调的里程碑"②。如果说开端是追寻本质的起始，结尾是在叙事的终点对本质的把握，那么在开端与结尾之间，无论是推动叙事的力量抑或阻碍叙事的因素，都理应同一个贯穿了过程的本质难题相联系，而就小说这种指向本质的不竭关切而论，它正是那种只有在总体性丧失之后才会诞生的关乎总体性信念的文学，或者借用卢卡奇的著名说法："小说是上帝所遗弃的世界的史诗。"③ 精神的创造性是一个悖论，它既让上帝遗弃了这个世界，也为置身破碎宇宙的个体试图重建那个圆满的世界提供了可能；小说的诞生同样呈现为一个悖论，它既指向了填补心灵与世界之间鸿沟的伟大理想，但这颗孤寂的心也注定永久地耽搁在"通向先验家园"的旅途。这主要是因为总体性的丧失与精神的创造性在世界历史的序列中无法逆转，而一旦心灵寻回了它的本质，即使是一瞬间，也预示着小说历史使命的完成。从这一点来说，博尔赫斯对侦探小说的欣赏，就落实到了在侦探小说内部延续的小说传统之上。他认为小说能够"在一个杂乱无章的时代里拯救秩序"，此处的秩序不宜从字面理解为成问题的现代世界的现实秩序，而毋宁视为小说效仿史诗对"生活如何会变成本质的？"这一问题的回答（或者说做出的努力）。在博尔赫斯眼中，那些伟大的小说作者即令置身价值最为迷狂的混乱

---

① 卢卡奇：《小说理论》，商务印书馆 2018 年版，第 64—65 页。

② 同上，第 72 页。

③ 在《小说理论》的另一处，卢卡奇认为"小说创作就是把异质的和离散的一些成分奇特地融合成一种一再被宣布废除的有机关系"。同上，第 75 页。

时代，也从未舍弃这一努力；反观此时此地，恐怕只有侦探小说保留了这种美德。

第二段引文来自张柠先生在爱伦·坡诞辰200周年时写的一篇评论，作者在这篇文章同样引述了上文那段话，但却由于引入了"熟人社会"与"陌生人社会"的概念，从而比博尔赫斯的分析走得更远：

> 面对案情，爱伦·坡小说中的巴黎警察常常是束手无策。因为警察大多都是一些传统的"现实主义者"，工作积极认真、刻苦耐劳，但缺乏想象力和心理分析能力。这种现实主义侦探技术，只对传统社会的熟人世界有效。他们总是想埋伏在疑犯回家的路上，直接将他们铐走。面对一个陌生的现代都市，罪犯除了留下一些痕迹之外，什么也没留下，谁也不认识他们。现代都市的侦探，从来也不指望通过面孔来破案。他们通过对杂乱无章、若隐若现的指纹、脚印、头发、血迹等人体衍生物的推理和想象来破案。只有"超现实"的想象，才能在杂乱无章的痕迹中寻找到想象性的关联。因此，现代侦探小说要破解的是一种心理秘密。这一点，在爱伦·坡著名的侦探小说《失窃的信》和《莫格街谋杀案》表现得最为明显。
>
> 现代侦探小说，是现代社会的一个隐喻。陌生人世界的侦探，要寻找和捕获的不是一张完整的面孔，而是要赋予这个零散化的社会一种新的整体性，一种与传统社会的连续性相反的连续性，或者说一种病态的连续性和整体性。这正是现代社会典型的心理镜像。真正的恐惧感，并不来自各种凶杀案件，而是来自一种互不相干的陌生性，一种漂泊的无着落感，一种强大的离心力。爱伦·坡没有用传统现实主义的道德完整性和历史整体性来满足读者，

也没有用一种浪漫主义抒情的整体性来满足读者，而是用一种全新的叙述文体为现代侦探小说提供的叙事完整性来安抚读者，从而也创造了一种新的现代读者。因为即使是逆反的、病态的完整性，也比破碎不堪更让人心安。爱伦·坡的小说因此成了现代城市精神病理学的一个典型标本。①

　　上文解释的是一个博尔赫斯不曾触及的领域。博尔赫斯仅仅指明了现代文学的失序以及侦探小说结构对这一"秩序"的保存，但他并未解释侦探小说在文学史中的发生学问题。在上文中，作者则引入"熟人世界"与"陌生人世界"这两个社会学概念，也就是在文学史的维度以外增添了一重现实坐标系。在他看来，爱伦·坡小说中的巴黎警察都是只会埋伏在嫌犯回家路上的"现实主义者"，因此他们代表了陷入镜像论泥潭的现实主义文学。两者指向的都是一个作为熟人世界的传统社会，现实主义文学与这个世界乃是同构的关系：熟人社会是没有秘密的，寄生其中的文学仅仅有习惯性的联想，它们缺乏的是弥合断裂线索与真相之间的推理能力（推理的本质在于想象）。然而现代社会却是一个同传统社会出离与脱轨的陌生人世界，人们群居在一起，并非由于血缘关系。正如按部就班的警察对留下一些杂乱无章的痕迹（甚至连犯罪现场都加以增饰和修改）的嫌犯无能为力一般，现实主义文学面对这样一个充满着秘密与疑问的世界同样束手无策。在卢卡奇对小说所下的另一个定义中，他称"小说是内心自身价值的冒险活动形式；小说的内容是由此出发去认识自己的心灵故事，这种心灵去寻找冒险活动，借助冒险活动去经受考验，借此证明自己找到了自己的全部本

<hr>

① 张柠：《贪婪世界里的现代孤儿——纪念爱伦·坡诞辰 200 周年》，《中国图书评论》2009 年第 12 期。

质"①。尽管这一定义侧重于个体的反躬自省，尚未顾及社会的具体转型，不过，他所把握的"冒险"精神，已然是在呼应 19 世纪的欧洲随着城市兴起而萌生的时代精神——这里的冒险指的是类如波德莱尔所说的城市漫游者所听、所看、所感的游历。如切斯特顿所言："一种未经雕凿、受到欢迎、可能带来种种浪漫遐想的现代城市文学注定会兴起。现在它已经以通俗的侦探小说形式兴起，而且同关于罗宾汉的歌谣一样清新，令人振作。"②（《为侦探小说一辩》）

在这个意义上张柠先生回答了侦探小说的发生学问题："现代侦探小说，是现代社会的一个隐喻。"侦探寻求之物与侦探小说赋予这个现代世界的，是"现代社会典型的心理镜像"。对于现实主义文学而言，现实世界变得不可理解等于说是丧失秩序。秩序是一个终止疑问的句号，秩序的丧失则为它打上问号。侦探小说即是现代文学反动现实主义，重新回应现代社会的尝试，它试图赋予这丧失秩序的世界以崭新的心理结构，以便重新构建、重新发掘乃至重新确认那有待破译的无意识；被博尔赫斯批评的当代文学现况——它实际指向了后现代主义文学——则代表了另一种回应现代世界的尝试：模拟，世界与文本在碎片的同构性中融为一体，可这并不是伟大小说的作为，后者理应为重建心灵与世界完美契合的相关联性做出努力。传统现实主义无力触及无意识，后现代主义废除了深度模式。两相来看，硬汉派小说作家做的事情恰恰是对爱伦·坡的复归，他们真正关心的都不是在两者之间被发展成熟的探案与写作技术，而是面向人心与境遇的叙述（"一种互不相干的陌生性，一种漂泊的无着落感，一种强大的离心力"）。在阿兰·罗伯–格里耶的客体转向中我们看不到这一点，在威廉·巴勒斯的迷醉癫狂里亦复如是。但

---

① 卢卡奇：《小说理论》，商务印书馆 2018 年版，第 80—81 页。
② 转引自袁洪庚：《现代英美侦探小说起源及演变研究》，《国外文学》2005 年第 4 期。

是钱德勒与哈米特做到了，他们对于现代作家如何讲述这个疑问重重的世界，不能不说是一种启迪。

三、侦破谜底与侦破人心

1944年7月，朱光潜在《时与潮文艺》第3卷第5期刊发了《文学上的低级趣味》一文，旗帜鲜明地反对被商业主导的通俗小说，而作者所反对的第一项，便是"侦探故事"。此处的"侦探故事"也不妨看作是两条线索合流的产物。其一是由话本文学发展而来的中国古代公案小说（如《施公案》《彭公案》《三侠五义》），其二是晚清以来经由文人译述与创作的侦探小说。第一部出现在本土的外国侦探小说，是张坤德1896年译述的《歇洛克呵尔唔斯笔记》；国人独立创作的侦探小说，则始于剑铓1901年发表的《梦里侦探》。此后即涌现了译述侦探小说的狂潮，福尔摩斯与爱伦·坡等作家接连被完整地介绍到中国。在相关者的名录里，亦可见到此后的新文化运动领军人物，如周作人、胡适、刘半农[①]，但最著名的当推程小青、周桂笙、孙了红等人。侦探小说译介的热烈，在这之后又反过来影响了公案小说[②]，直至两者合流为具有本国特色的文学体裁。对西方侦探小说的译介助推了中国文学的现代性转型（尽管它此后遭遇了长达三十年的遮蔽），在20世纪80年代，依旧是对侦探小说的译介，令中国的先锋文学得以可能。不过，前者译介的对象主要还是

---

① 周作人译介了爱伦·坡的《玉虫缘》（刊《女子世界》），创作有《侦窃》（化名顽石，刊《绍兴公报》六月二十日）。胡适创作有《新侦探谭》（化名蝶儿，刊《竞业旬报》第二十二期）。刘半农曾为中华书局1916年出版的《福尔摩斯侦探案全集》作序。

② 《老残游记》里便出现了这样的对话："你想，这种奇案岂是寻常差人能办的事？不得已才请教你这个福尔摩斯呢。"刘鹗：《老残游记》，人民文学出版社2000年版，第183页。

侦探小说"黄金时代"的作家,后者则在更大的范畴内包括了日本的"社会派"、欧美的"硬汉派"以及应当被归入后现代文学的"玄学侦探小说"。[①]

令人遗憾的是,今天当我们重新审视先锋文学的遗产,会发现他们面临着与博尔赫斯一样的尴尬处境:博尔赫斯所捍卫的传统小说的美德,并没有在他对侦探小说的借鉴中得到印证(《小径分岔的花园》《死亡与指南针》《刀疤》等作品并未证实"秩序"的存在)。同样,在余华、马原、格非等先锋作家的文本里,人们也只是看到了诸种玄妙的写作技术对理应作为探寻本质过程的文学的压倒;即使是对存在境遇的荒诞揭示,也时常由于叙述的本体性而丧失力度。诚然,我们可以为"先锋文学"做如下辩解:它所以热衷格里耶等人的作品,认同且借鉴侦探小说的形式而复将追寻的结尾舍弃,只是因为他们意识到了现实如此诡谲,真相又这般难觅。更为激进的辩解来自余华在《虚伪的作品》中声称的"生活只有脱离我们的意志独立存在时,它的真实才切实可信"。也许唯有从这个角度来看,人们才会同情先锋作家对追寻本质这一使命的放弃。但同情并不等于认同,尤其是后现代主义必然会导致的"拒绝一切"的保守主义立场。反观20世纪的经典文学,虽然也有不少作家选择了侦探小说的结构,但其立意皆是为了更好地回应这个瞬息万变的世界,其旨归大多有着严肃的道德内核。在由众多叙述者的讲述构成的小说《押沙龙,押沙龙!》里,多重叙述层面交织在一起构成了极大的张力与不确定性。读者仿佛就是一位潜入文本的侦探,他必须独自勘探、比对众人的证词,以便揭示小说的道德寓意。这就是纯文学在侦探小说结构上的成功借鉴:将叙述的重心在形式的同一下暗中位移至令读者成为一名侦探,但这样做与其说是侦破谜底,还不如说是要侦破人心;与其说问题的关键是侦探小说的经典化问题,还不

---

① 参看袁洪庚:《现代英美侦探小说起源及演变研究》,《国外文学》2005年第4期。

如说是纯文学能否从类型小说那里获得真正的教益，诸如能否让作者与读者达成默契，令读者认同或思考作者在讲述背后留下的回答与疑难。

反观当前的纯文学，除了重视作为体裁的侦破结构以外，也越来越意识到后现代主义的偏颇：捍卫一种多元主义的立场并不必然导致在文学作品中放弃叙事；面对历史深感茫然也未必就要中止对崇高的追求；沟通俗文化与雅文化，更不意味着小说中的人物消解为一个可怜虫一样的符号是理所应当之事。就像阿瑟·伯格在《一个后现代主义者的谋杀》中曾经表达过的困惑："我们一旦失去叙事……我们就失去对我们自身的感觉，我们也就失去叙事所给予我们的——一种生活的意义感，失去对这个世界的了解以及我们在这个世界中所处的位置。没有叙事活动，生活仅仅是一连串偶然的事件，毫无目标。没有开始，没有结尾……仅仅是体验。"① 毋庸置疑，后现代主义针对不确定性的观察确是洞见。可是面对不确定性同样有两种态度，其一是鲍德里亚所谓的"玩弄碎片"，这种戏谑的片断式写作在后现代作品里比比皆是，其二是在承认了不确定性的事实之后对此展开救赎性质的叙述。先锋文学之后的中国当代文学对侦探小说的借鉴即是以之为起点，逐步开始兑现博尔赫斯曾经有过的期许。简而言之，以不"趋向取消人物，取消情节"为前提，重新审视这个时代的文学理应观照的日常生活对象。

在我看来，格非于2012年发表的《隐身衣》正是这样一部作品。在叙述层面，作者给出的线索并不完整，处处可见"先锋文学"时期"象征谜团"或"叙述圈套"的遗风。如对于主人公"我"的情况，要等到第二章才有所交代；如小说存在的大量时间回溯，也似乎仅仅是用来解释小说起始之处那个"我"的处境；又如故事中"我"的那位神秘而重要的顾客"丁采臣"，他虽然是《隐身衣》后

---

① 伯格：《一个后现代主义者的谋杀》，广西师范大学出版社2000年版，第60页。

半部分的发端，其真实身份却始终停留在阴影里。除此以外，"丁采臣"这个名字显然也是格非对《聊斋志异》里"宁采臣"的改写。围绕着这个名字的，是一层又一层的悬念，诸如他无意间发错的那条信息（"虎坊桥西里，三十七号院甲。事若求全何所乐？干吧。多带几个人去。这也许是我们最后的机会了）里所暗示的内容（他做的乃是非法甚至杀人掠货的生意）；如第七章里迟迟未收到"莲12"卖主的机器，又或者第九章写丁采臣许诺的余款没有到账。以上这些都可以说是《隐身衣》与作者在"先锋文学"时期对侦探小说借鉴有之相似的地方。

看起来，格非制造的悬念似乎没有伏笔的意图，他只是在经营一种刻意而紧张的氛围，而不是为了揭开悬念的谜底。为了催账，"我"又一次开车来到丁采臣家。这次是一位裹着头巾的妇人接待的"我"，她告诉"我"：丁采臣已从东直门一栋三十多层的写字楼顶跳下。与此同时，这个女人向"我"保证，等到手头有余钱后一定会补全余款。那位妇人之所以要一直戴着头巾，是因为她的面部严重受损。可"我"在走投无路之下还是与她同居，并且于第二年有了一个孩子。她对"我"隐瞒了"我"想要知道的一切：丁采臣是谁，他为何自杀，以及她的故事（"关于她的一切，我所知甚少。所有与她身世相关的资讯，都遭到了严格的禁锢，就像她的天生丽质被那张损毁的脸禁锢住了一样。"）小说最后"我"收到了"丁采臣"打来的 26 万余款，并且长久为此不寒而栗。这位妇人倒是一点也不惊讶，甚至没有掩饰地劝"我"不必深究。尤其匪夷所思的是，她说了一句与那天丁采臣信息中不谋而合的字句："事若求全何所乐。"尽管如此，这些都是散落的细节，而真相始终缺席。

《隐身衣》同"先锋文学"时期的差异同样清晰可见：无法或没有揭开谜底，格非并非就要在此止步，而是让位于一种新的揭示；反观那些揭开谜底的段落，亦并非要延宕到小说最后，而是一种即时的解读，真相在遮蔽的同时就显露出来。它们大多出现在小说前半部分。如"我"在姐姐的张罗下相亲。即便后知后觉如"我"，还是发现了姐姐之所以对自己的婚事如此上心，也不过是为了让"我"尽快搬离他们家。格非的笔锋稳而不露，又极具摧毁性。将文本中那些揭开的段落与永远无法揭开的谜底合而观之，小说的主旨便十分清楚了。

纵观全书，标题《隐身衣》并非实指"隐身衣"这个物件。它也许指"我"对什么事都不加深究的超然（"我"对事情真相缺乏兴趣，这也是"我"蔑视社会的理由），也许指故事里不时制造的悬念和留白，但更有可能，也是在更为根本的意义上，"隐身衣"指的是每一位出场人物都彼此互有隐瞒的生活，后一点正是作者很少或从未透露的内容：这位妇人的隐身衣是她的面孔，她的身世之谜，丁采臣的隐身衣同样如此。每个人都披着一件让他人看不透摸不清的"隐身衣"，冷漠地生活。不过，这篇小说想要交代的主旨恐怕正是这一点空白以及主人公"我"对此的态度，诚如他暗自思忖的："不论是人还是事情，最好的东西往往只有表面薄薄的一层，这是我们的安身立命之所。任何东西都有它的底子，但你最好不要去碰它。只要你捅破了这层脆弱的窗户纸，里面的内容，一多半根本经不起推敲。"总的来看，"后先锋文学"时期的格非之所以要借鉴侦探小说，即是要以空缺部分的悬念来凸显认识，让读者去侦破这股人情的隐秘湍流。他同时扬弃了传统侦探小说与玄学侦探小说的问题，从而使文学重新成为回应现实的可贵尝试：从事实转向人心，从谜底转向境遇，以此面对那个疑问重重的世界，展开叙述。

四、推理的真相与爱的悖反

在《隐身衣》中，蒋颂平后来也有一段话道出了同样的实情：

"亲人之间的感情，其实是一块漂在水面上的薄冰，如果你不用棍子捅它，不用石头砸它，它还算是一块冰。可你要是硬要用脚去踩一踩，看看它是否足够坚固，那它是一定会碎的。"如果不因人废言，这份意见究竟不错：现代社会的谜团看似侵蚀了感情，让它们变得不那么透明，却也因为此成为感情维系的支撑之点。这个道理，同样是现代社会晚近以来才真正发现的一个结论，那就是推理的真相与爱的悖反；反过来说，当代叙事借助于侦探小说的结构从而侦破人心，也势必会导致对爱的谋杀。这里涉及的甚至不是总有不忠或背叛的事实，而是一个古老的命题：感官世界与理性世界的抵牾。前者是快感与身体、偶然和直觉的领域，后者则是禁欲与精神、必然和逻辑的地带。因为两个世界在本性上无法通约，所以当一个男人试图侦破恋人的真相时，他已然主动废除了自身的情偶身份。普鲁斯特带我们领略了太多嫉妒的恋人：斯万、圣卢、夏吕斯男爵、主人公马塞尔……他们成为理智的密探，恰恰是由于自身的情偶身份，也由于那嫉妒的激情。感官世界的真相与理性世界的真相是不同的，我们在爱情中投射到对象上的所有主观情绪，所有主观好奇，都无从在客观的现实世界予以证实。倘若一切都真相大白，人们可能反倒会生出"落了片白茫茫大地真干净"的悲凉感悟。

这种感觉，也是我从宋尾的小说《完美的七天》(刊于《收获》2018 年长篇专号·春卷)中读到的。《完美的七天》的楔子让人想起罗伯特·艾里斯·米勒的电影《寂寞小阳春》(Sweet November, 1968)：两个已有家室的男女——李楚唐和杨柳——逃到重庆，他们约定好见面的日子，也限定好离别的时间，在一周期限以内，惊世骇俗地模拟了七天夫妻生活。尽管这个开头叙述的时间只有短短七天，却给人以漫长之感。模拟终结之际，仿佛这个小说也要像电影一般意犹未尽却戛然而止。接下来的篇幅却打破了这个想法：小说的楔子作为一个以李楚唐为视角的独立文本，从它告一段落的地方开始，便要经历无数次的改写。故事结束了，但故事仅仅是那个疑问重重的现代世界的镜像，宋尾将从这里重新出发，通过对侦探小说的借鉴，从而令现实成为有待勘破的对象。换言之，故事远远没有结束。①

从第一章开始，视角转向了那个当年见证了这七天的"我"。多年之后，因为一次偶然酒醉，"我"与李楚唐重逢。简短客套过后，他委托"我"踏上寻找当年曾与他做了七天夫妻的杨柳的旅途。就像达希尔·哈米特在《血色收获》中仅用三分之一的篇幅即抵达事件的"真相"，《完美的七天》的谋篇也是如此。在"我"到达滨城之后，立刻从物资供销公司财务室的一位女士口中得知了杨柳的下落："她死了都快——差不多十年了吧。"按理说事情至此，对于这个潦倒的记者而言，他的任务已经完成。但作者没有让他停下（将小说叙述者的身份设定为记者因此是合理的，即使是一个失业的记者）。传统侦探小说只有一个在结尾供出的谜底，也就是说只有一个真相，而人心却非一种。唯其如此，宋尾才能够向我们呈现两种或多种真相——重要的不是侦破谜底，而是侦破人心。首先，在"我"抵达滨城以前，李楚唐为"我"回顾了他与杨柳的初识、交往以及分离的来龙去脉。在李楚唐的故事中，两人是未遂的鸳鸯，天各一方，互念彼此；但杨柳日记的版本却非如此，这七天甚至成为她走上末路的源头。其次，两人原本以为天衣无缝的约会，实则也早已于日后掌握在各自伴侣手中。从这一点来看，李楚唐与杨柳的确是很像的，至少就他们都热爱文艺，却在现代社会屡遭碰壁的情形而言，他们都是世俗生活的失败者；反观他们的伴侣，则一概是强势者。李楚唐的妻子是首席药理专家，杨柳的丈夫是地产大鳄。

---

① "可是我们都知道这是不可能的，七天后我们将永不见面，这是事先的约定。那时我们以为把放纵设置一个期限就能保守最后的底线。"宋尾：《完美的七天》，《收获》2018年长篇专号·春卷。

两人在察觉到蛛丝马迹之后，也都一一进行了暗查，他们对内情不予声张各有自己的理由。"我"只是这件业已深埋海底的事件的侵入者。随着调查在波折的进程中愈发深入，杨柳的死因也不再是最重要的事情，侦破人心的领域转移到了叙述者个人的生活。"我"发现，自己的妻子小朋也在同一时间出轨了，她打算和"我"离婚。

不同于哈米特的决绝，宋尾在这部小说中要更近于钱德勒，其叙述基调与底色也尤其切近《漫长的告别》，就像是一条滞缓、稳重，却又哀伤的河流，慢慢从人们眼前消失。小说的结尾于是类似一曲挽歌。那么，《完美的七天》最终抵达的真相是什么呢？也许就是叙述者"我"在破案过程中与案件结束后察觉到的世界——不再是他曾经热爱并且生活其中的世界，"我"与这个世界的距离——不是缓慢地契合，而是加速度地分离。同时，他还察觉到自己就是这个世界，是世界的一个蹩脚副本，然而这个世界本身是一个永远无法侦破的谜底，是一个充满意义黑洞的所在：他试图勘破杨柳的死因，可是即便他找到了这件事散落在各地的所有碎片，仍然无法拼出一个完整的图像，诚如他也无法还原妻子出轨的动机。为此，叙述者才像马洛一样酗酒，"拖着虚脱的影子"，在夜晚的街头踟蹰，并且在案件结束之际尝试着索解德尔斐神庙的箴言。原本以为和妻子的离婚是和平分手，事情再一次因为妻子的怀孕发生转折。"我"在妻子反复追问"怎么办"的时候手足无措："我也不知道。当然，我怎么会知道？但我第一次领悟到，人生在某处时总要迎接一个崭新的开始。我同时明白，所有的复杂和痛苦不过才刚刚开始。"这一次，他似乎丧失了当初探寻他者真相的勇气。

《完美的七天》这篇小说的真相就是将现代世界呈现为一个谜题。推理能够以事实判断的形式证实或证伪，理性却无力于提供一种价值判断。现代世界的所有疑问恐怕都根源于此。卢卡奇评述《堂吉诃德》时有云："世界文学的第一部伟大小说就产生于基督教的上帝开始离弃世界的那个时代之初"①，小说正是现代人希冀以自身的理性，在一个总体性丧失的世界为生活赋予意义的过程。可是当理性被发现并非万能，原有的宗教信仰或价值体系也在实证主义的野蛮进攻下纷纷崩溃时，现代人注定再一次如梦初醒。

结 语

从"肃反小说""反特小说"，及至"地下文学"，再到后来的"法制文学"，侦探文学在中国当代文学的前三十年走了一条过分曲折的路，其总体亦呈现出被遮蔽的面貌，既谈不上有独到的创作，也无力影响纯文学自身的发展轨迹。从80年代的"先锋文学"开始，侦探小说帮助中国文学完成了由写作对象向写作方式转向的历史使命，然而"先锋文学"所固守的精英立场，最终使得它更偏向于对阿兰·罗伯-格里耶的效仿，而非具备独立自觉意识的创作。从侦探小说自身的发展史来看，它是现代文学反动现实主义的尝试，可是当这种反动到了格里耶手里时，已然是一种矫枉过正。同样的道理，纯文学对此一通俗文类的借鉴，只是为了在叙事中回应现代世界的诸多疑难，而非令自身的可读性降至谷底。梁启超在《论小说与群治之关系》中曾经过高估计了它的社会效力，"先锋文学"恐怕亦没有准确地把握侦探小说同自身的恰当距离。不过，今天的当代文学显然已从侦探小说中获得了可贵的教益：博尔赫斯与格里耶等人分道扬镳之处，亦是宋尾与先锋派作家分手的地方。撇开《完美的七天》在情节上保证了开放性的解读空间但又恢复了线性叙事的连贯不谈，在这部小说里，由于作者师法的对象是雷蒙德·钱德勒，它至少保证了宋尾能够在一个丧失英雄的小说年代为我们提供

---

① 卢卡奇：《小说理论》，商务印书馆2018年版，第93页。

一个相对完整且性格鲜明的人物。如同马洛不是绝对完美、踌躇满志的英雄，宋尾的叙述者"我"同样不是，但他也不是一个无深度的符号，抑或可笑无能的臭虫。在现实行将踩死他们之际，他们总能抬起双螯予以反抗，诸如此类的行为就像这部小说对混乱现实的回应一样令人感动。

历史小说的共情和想象

——以《“杭州鲁迅”二三事》为例

1928年4月，鲁迅在《语丝》杂志发表了一篇短文，题为《在上海的鲁迅启事》，此后又收入到他的《三闲集》中。文章不长，照抄如下：

> 大约一个多月以前，从开明书店转到M女士的一封信，其中有云：
>
> "自一月十日在杭州孤山别后，多久没有见面了。前蒙允时常通讯及指导……"
>
> 我便写了一封回信，说明我不到杭州，已将十年，决不能在孤山和人作别，所以她所看见的，是另一人。两礼拜前，蒙M女士和两位曾经听过我的讲义的同学见访，三面证明，知道在孤山者，确是别一"鲁迅"。但M女士又给我看题在曼殊师坟旁的四句诗：
>
> "我来君寂居，唤醒谁氏魂？
> 飘萍山林迹，待到它年随公去。
>
> 　　　　　　　　鲁迅游杭 吊老友
> 　　　　　曼殊句 一，一〇，十七年。"
>
> 我于是写信去打听寓杭的H君，前天得到回信，说确

有人见过这样的一个人，就在城外教书，自说姓周，曾做一本《彷徨》，销了八万部，但自己不满意，不远将有更好的东西发表云云。

中国另有一个本姓周或不姓周，而要姓周，也名鲁迅，我是毫没法子的。但看他自叙，有大半和我一样，却有些使我为难。那首诗的不大高明，不必说了，而硬替人向曼殊说"待到它年随公去"，也未免太专制。"去"呢，自然总有一天要"去"的，然而去"随"曼殊，却连我自己也梦里都没有想到过。但这还是小事情，尤其不敢当的，倒是什么对别人豫约"指导"之类……

我自到上海以来，虽有几种报上说我"要开书店"，或"游了杭州"。其实我是书店也没有开，杭州也没有去，不过仍旧躲在楼上译一点书。因为我不会拉车，也没有学制无烟火药，所以只好这样用笔来混饭吃。因为这样在混饭吃，于是忽被推为"前驱"，忽被挤为"落伍"，那还可以说是自作自受，管他娘的去。但若再有一个"鲁迅"，替我说教，代我题诗，而结果还要我一个人来担负，那可真不能"有闲，有闲，第三个有闲"，连译书的工夫也要没有了。

所以这回再登一个启事。要声明的是：我之外，今年至少另外还有一个叫"鲁迅"的在，但那些个"鲁迅"的言动，和我也曾印过一本《彷徨》而没有销到八万本的鲁迅无干。[1]

---

① 鲁迅:《在上海的鲁迅启事》,《三闲集》,《鲁迅全集》第 4 卷，人民文学出版社 2005 年版，第 75—77 页。

这篇文章，本属游戏之作；至于文章背景，许钦文在五十年后的《〈鲁迅日记〉中的我》中有着更加详实的记载。[①] 事情的原委大概是当初在杭州确有一个人假扮过鲁迅，不久行骗即遭拆穿。事情至此应该算是结束了，未承想整整九十年后，这位"杭州鲁迅"又成了一篇小说的主人公（房伟：《"杭州鲁迅"二三事》，《收获》2018 年第 3 期）。房伟在创作谈中写道，他试图从《在上海的鲁迅启事》这份素不为人关注的史料入手，虚构出某些东西："那个时代的底层小知识分子是怎样的一种生存状态？他与时代是怎样的关系？他们和鲁迅这样的大知识分子，又有着怎样的关联？那种底层生存的知识分子状态，又与当下有着哪些双生性的复杂关联？历史的残酷在于，它只能将一个小人物以丑陋的方式钉在《鲁迅全集》之中，而我想打捞他，让假鲁迅和真鲁迅同处于一个历史关注时空。"（《在虚构与纪实之间 感受写作的快乐》）由于这种视角的变换，本来早已石沉大海、不过是当人们读到那篇短文才被嗤笑几声的假鲁迅，又成了文学仔细观照的对象。

《"杭州鲁迅"二三事》的另一重特色，是作者采取了一个封闭式的圆环结构。小说共分六章，第一章之前还有一个楔子，它"交代"了小说的"创作缘起"与它的"真实作者"（章谦教授），在楔子中出现的"我"则是章谦的朋友（"我们都是大学教师"）。小说对章谦的描绘仅有几笔："他瘦高，忧郁，头发有些花白。言辞木讷，却有双细长灵动的手。"关于"我"的形象，大抵可从两人的对话略知一二：章谦说他以杭州鲁迅事件写了个小说，"我"先是戏谑问他是想混点润笔费，还是要骗女学生，转而便正色劝他赶紧评上职称，赚些快钱，娶妻生子买房买车，过上"正常人"的生活。然而也正是这个"我"，成了半年之后，为章谦身后事做善后工作的局外人。

[①] 许钦文：《假鲁迅》，《〈鲁迅日记〉中的我》，《鲁迅回忆录：专著》下册，北京出版社 1999 年版，第 1312—1315 页。

这是小说第六章的内容。从第一章到第五章，皆是章谦创作的那篇小说。由是，这个文本便具有了一种自我指涉的性质：如果章谦的创作是小说的原生稿本，那么"我"与章谦的生死之交便是小说的次生稿本。

不过，两个稿本的交错与寄生，也并非可有可无的闲情。当房伟在那个原生稿本的首尾，增添同属虚构性质的补缀文本之后，章谦也就在某种程度上与那个"杭州鲁迅"构成了跨越时代的呼应关系。正是凭借这一点，作品本身的圆环结构不仅在形式上也在内容上得以榫卯相衔。以我之见，这一重特色要远比它在钩沉方面的工作重要，也更富有文学性。去掉首尾，这不过是一个想象性的文本；加上它们，就令其从历史小说的范畴过渡到了元小说的领域，作品由此得以提供一个切实可信的当代生活主旨。关于这一点，我们留待下文细说，且先来看小说的原生稿本，亦即这个作品自证其为历史小说的主体部分，它涵盖了从第一章到第五章的全部内容。

根据 M.H. 艾布拉姆斯的看法，历史小说"始于19世纪沃尔特·司各特爵士的作品"，到了20世纪，历史小说又分流为三条线索，其一是纪实小说，如约翰·多斯·帕索斯的《美国》三部曲、E.L. 多克托罗的《爵士乐》；其二是非虚构小说，如杜鲁门·卡波特的《冷血》和诺曼·梅勒的《刽子手之歌》；其三是寓言性历史小说，如约翰·巴思的《烟草经纪人》和托马斯·品钦的《万有引力之虹》。在这一划分中，房伟的作品当属第三类，即"将历史与幻想化的乃至虚构的事件编织在一起"的作品。[1] 在真实的历史中，"杭州鲁迅"确曾姓周，不过"周预才"这个名字还是房伟添上的；同样，在真实的历史中，属于他的时刻仅只是那个被拆穿的瞬间（在许钦文事后的追忆里，当假鲁迅被拆穿后，他与这个人还曾打过一

---

① M.H. 艾布拉姆斯：《文学术语词典》，北京大学出版社 2009 年版，第 389 页。

次照面），此前此后都不再是历史关心的事情。那么，这一瞬间（包括鲁迅的更正等史料）就构成了小说叙事的中轴，它支撑着作者向前与向后拓宽历史瞬间的景深。

根据《在上海的鲁迅启事》的记述，"杭州鲁迅事件"起源于M女士的一封信："自一月十日在杭州孤山别后，多久没有见面了。前蒙允时常通讯及指导……"这个M女士在房伟笔下被虚构为名叫李珍的女学生。然而，这个姓周的人何以冒充鲁迅则不为历史关心。于是，从第一章到第三章前半段，作者便着力刻画了"周预才"被误作"周豫才"以及前者将计就计、索性扮演起鲁迅的生活。他身边的同事，有羡慕崇拜者，有浑水摸鱼者；关于他的内心，房伟同样不吝笔墨："像我这样，既无财产，也无能力的小知识者，如何才能找到活路？想要从文，写的东西浅陋，投稿石沉大海；即便闹革命，像我这般衰老，革命党也不愿顾看我。……我秘密地热爱文艺"——即便是"这个可怜的梦，我现在也大半忘却"。总的来看，尚未"成为"鲁迅之前，他的生存状况仅仅是："不过挣扎着'不死'罢了。"

"周预才"冒充鲁迅的前后，根据房伟的想象，也只能被目为懦弱的顺服。他从未想过暴得大名，只是在被学生误认、由梅先生宣传的推波助澜下，才咀嚼着日子稍微好过一些的滋味，而内心的不安，也是时常有的。当教员跑来向他哭诉薪水拖欠，他间接地向校长说明情况；可惜再大一点的事情，如学生找他寻求投奔布尔什维克的道路，他就只能应付过去；而当姜小姐想要委身于他时，他又按捺住冲动，谴责自己内心的欲望。举凡这些一反一正的笔触，都像极了萨拉马戈的那部《里卡尔多·雷耶斯离世那年》。在那部小说里，萨拉马戈让佩索阿虚构的一个异名作者雷耶斯，在佩索阿去世那年回到了里斯本。本质上这都是一种双重虚构，萨拉马戈的伟大正表现在他将这样一个虚构人物的内心照亮了。雷耶斯在里斯本街道的阴影中踟蹰，恰似房伟对这个"杭州鲁迅"的揣摩和想象，一样地合乎情理而不乏细腻动人之处。

令人颇感意外的是，小说在第三章后半段，当这个人物被拆穿时，故事却未戛然而止。房伟在其中引用了《在上海的鲁迅启事》里的部分文字，且进一步深描了这位"周预才"此后的命运：事情败露之后，他被迅速辞退、殴打一顿，迎来了无穷无尽的责骂。梅先生卷款跑掉，姜小姐也前来向他告别。周预才决定到上海拜访真的鲁迅，他应聘到一家印刷厂做检字工人。某天傍晚，"杭州鲁迅"来到鲁迅家楼下。作者不厌其烦地描述了此刻的场景：高大的公寓、幽暗的弄堂、各行其是的路人、从弄堂底下仰望的天空。周预才从脚底望到头顶：从铺着鹅卵石的青石板、青苔与虎耳草，望到了锈迹斑斑的路灯、微弱的光线、红墙，又望见了窗台未收的花花绿绿的衣裤、倏然飞过的白鸽。但这些风景一概与他无关。他仅仅是一个"孤独的影子"，曾经行骗的中年，一个无足轻重的历史过客。从这样一个零余者的视角观察鲁迅晚年寓居上海的情形，自然又是另一番滋味。

小说在后半程涉及的主要历史事件包括：一、1932年2月6日，鲁迅与三弟周建人两家为避开战乱，暂时迁至北四川路底施高塔路的内山书店居住；二、1933年6月20日，鲁迅参加被暗杀的中国民权保障同盟领袖杨铨（杏佛）的追悼会；三、1936年10月19日，鲁迅去世。如果只是围绕着《在上海的鲁迅启事》一文展开，作者所能虚构的空间就十分有限；要真正呈现一个小人物的心态与命运，便得由此出发，并且在接下来的历史事件的缝隙里射出光线。于是，"周预才"竟和周豫才共处一室躲避炮火，而那个著名的场景，鲁迅没拿钥匙去参加杨铨追悼会的风雨之夜，"周预才"正跟在鲁迅身后，担心他有什么不测，也许是跟得太紧，鲁迅转过身来盯视他，怒斥两句便走了。但"周预才"却被真正的暗探打断了肋骨和牙齿。

"周预才"最后一次与鲁迅见面，是在鲁迅逝世前他的梦境，此刻两人已近天人永隔。他最后选择做的事情——出乎所有人预料——是再次扮演鲁迅。不过，这恰恰也是鲁迅逝世后民众为了纪念他举办的活动之一。房伟让一个曾经假扮过鲁迅的人置身这样的历史语境，历史与虚构就此完成了统一。

不如让我们重新思考那个古老的问题：历史与虚构构成某种对立吗？进而言之，在历史小说中，"历史"与"小说"究竟形成了何种关系？首先，历史小说所以显得疑难重重，还不在于这个名称上影影绰绰的语义矛盾。当我们考虑它时，所以觉得费解，也不单是它涉及了历史的独立场域、特定的时代背景，而是由于它将历史上有据可查的事与有史可证的人，当作了文学虚构的对象。我们知道，有的作者擅长设想历史的另一种可能，正因为此，他们关注的细节往往构成了历史是否转折的关键节点，就像当时针转向下一刻时，他们忽将钟表扭快，将这一刻略过。此种写法奠基于这样一种认识：历史记载的只是实然发生的事件，在此之外尚还有无数种可能的历史，它们堆叠在一起，其中的一种被偶然选中，成为现实；余下的则继续保持着可能性的面孔，悬置在既未发生但也未遭否定的未明状态里，如幽灵一样盘桓在逝去的岁月上空。这是一脉写法。除此以外还有另一脉写法，即如《"杭州鲁迅"二三事》所代表的，就是并不设想另一种可能的历史如果实现的情况，而是掉转过头，在已成现实的历史板块上，寻索它的褶皱与裂痕。

在《论诗》里，亚里士多德曾写下了他最著名的那段话：

> 诗人的职能不是叙说那些确实已经发生的事情，而是描述那些可能发生的事情，这些可能发生的事情或出于偶然，或出于必然。历史学家和诗人之间的差别不在于一个用散文书写，一个用韵文创作。……两者的真正差别在

于一个叙述了已经发生的事，另一个谈论了可能会发生的事。因此，诗比历史更富有哲理、更富有严肃性，因为诗意在描述普遍性的事件，而历史则意在记录个别事实。所谓"普遍性的事件"是指某种类型的人或出于偶然，或出于必然而可能说的某种类型的话、可能做的某种类型的事。[①]

诗是可能性的艺术，而可能性的事件所以"更富有哲理"，只是因为由可能性出发人们才能进入一个更为广阔的思想空间；已经发生的事件，毋论其范畴怎样辽远，性质何其高邈，都是加诸限定的事态，也就是"个别事实"。因此在历史小说中，无论是哪一脉写法，都要比其他种类的小说更加清楚地显示出"虚构中存在真实性"这个问题。当虚构（fiction）作为小说（19 世纪中期的产物）来理解时，与之相对的是现实；仅就其字义解释，它的对立面则是真实。前者侧重制作之"构"，后者倾向想象之"虚"。但是我们又发现，作为一种虚构的小说，它所要抵达的终点恰恰是真实本身。所以，历史小说也许是唯一能够对"虚构中存在真实性"现身说法的例证。历史小说中显然存在着上面所说的两种真实性，其一是实证主义的真实，亦即对于加诸限定事态的参照；其二是作为小说所要抵达的叙事目标的普遍主义真实，它包括了层层相递的三个步骤：作为对象的可能性，在谋篇上实现的合理性（对反转与认辨处理得好，使人信服），以及最终通达指涉的普遍性。

我们还可以从亚里士多德那里进一步讨论这三个步骤。他说："正如画家和其他模仿艺术家一样，诗人也是一个模仿者。因此，他必然总是要模仿三种类型的一种：过去存在或现在存在的东西，据

---

① 亚里士多德：《论诗》，《亚里士多德全集》第 9 卷，中国人民大学出版社 2016 年版，第 654 页。

说存在或认为存在的东西，应当存在的东西。"① 亚里士多德在此区分了三种模仿对象：实然之物，或然之物，应然之物。历史小说的疑难就在于它要同时处理这三种对象。当它融合了"对个别事实的叙述"与"对可能性事件的叙述"时，也就是在处理事实与想象、现实与可能、实然与或然的悖论，也就是要从实然之物（叙述的起点）出发，行经或然之物（想象性情节的中途），抵达应然之物（谋篇的合理性），从"个别事实"跨越到"可能性的事件"。可能性的最优前提，莫过于与个别事实互为对照；反过来说，除了依赖于叙述与想象的创造，一个全息的历史又如何能从混沌中现身呢？历史留下的缝隙使得历史本身具备了成为小说谋篇布局的一种可能，而历史小说又在想象力的荫庇下，使得历史与虚构走向统一，统一于文本最终通达指涉的普遍性。

在房伟这篇小说中，历史与虚构的统一并不使得虚构从属于一种新的宏大叙事（如戏说历史的长篇通俗文学），而是反过来产生效力。作者对一个冒牌人物心理的刻画，令人既为之发噱又不免感动。这也是它与"新历史小说"的根本区别。后者虽然与"新写实"同样致力于恢复曾经被删除的民间生活图景，不过它对写作时空与题材的限定、对重大革命事件的回避，也使得文本脱离了历史小说的题中之义，即"历史"与"小说"、宏大叙事与卑微个体之间的张力。应当看到，房伟对这两者都没有回避，他写出的是一个宏大叙事宰制之下的影子的轮廓、深度与质感。萨拉马戈笔下的雷耶斯是一个影子，房伟笔下的"杭州鲁迅"同样是一个不断踌躇、为自己不过是"先生的影子"而感到悲哀的个体。两者的心绪自始至终保持着高度相似，而作者因此在那个梦境中引入《影的告别》，就决非虚笔：

---

① 亚里士多德：《论诗》，《亚里士多德全集》第9卷，中国人民大学出版社2016年版，第682页。

我急匆匆地离开，心里一团乱麻，先生提前躲避了？还是遭到连累？我辗转不宁。我突然想起，福州路附近，内山书店有家中央支店，离战斗地点远，可以去看看。眼看天色暗下来，上海却没什么烟火气。大批难民涌出，剩下的人都缩在家，街面愈发冷清。我慢慢走着，心下有些茫然。我也不明白，就算见到鲁迅，又有什么意义？我永远不能走入他的生活。我脚步踉跄，泪几乎流了下来，我想扭头回去，不知为何，有一种魔力牵引着我，继续向前走。

　　世上再也没有鲁迅先生这样的男人了。人死了，有无灵魂，祥林嫂的困惑，也是我们所有人内心的困惑，其实并无意义。无论灵魂有无，我们都逃不掉卑微人生的命运锁链。死亡对鲁迅先生来说，不过是生命的另一种辉煌延续。我们大多数人的死亡都是丑陋的，无意义的。时代揪住了我们的命，揉捏了我们的命，然后用恐吓与欲望，让我们彼此毫无关联。它把我们变成无数"不知已死"的鬼魂。传说，死后的人变成中阴身，很长一段时间，不知道自己死了。他们会游荡在熟悉或眷恋的地方。难道我已变成了鬼魂？

　　萨义德在《艾里希·奥尔巴赫〈模仿论〉导论》一文中，曾经解释过维柯与奥尔巴赫共有的人文主义立场，他说："为了能够理解一个人文主义的文本，必须设法把自己当作那个文本的作者，生活在作者的现实之中，经历内在于作者生命之中的生活经验，如此等等，而且一概凭借学识与同情之结合——那是语文学阐释学的特点。"[1]

---

① 萨义德：《艾里希·奥尔巴赫〈模仿论〉导论》，《人文主义与民主批评》，上海三联书店 2013 年版，第 106 页。

这句话里的"同情"一词既非模糊不定的感情，也不是居高临下的怜悯。实际上，萨义德所指的同情应当被准确地理解为共情。历史小说如要达到一种普遍真实，除了谋篇布局的技术问题，也自当有共情的因素在里面。甚至可以说，一个无法设身处地为他笔下人物担忧、爱憎与考虑——欢喜他的欢喜，悲哀他的悲哀——的写作者，注定难以写出真实生动的人物。无论是历史学家，还是小说作者，为了重建过去，知识固然重要，情感的共时性亦不可少。共情的有无，直接决定了历史小说的成败。

房伟无疑是对这个蝼蚁一般的"周预才"倾注了感情，但除此以外——让我们重新回到小说开篇那个没有立刻回答的问题：作品由此得以提供的那个切实可信的当代生活主旨是什么——他还别有一重隐秘的情感投射，亦即针对小说第六章重新现身的章谦。在周预才的命运终了之际，"小说作者"章谦也回到文本之中："半年后，章谦吊死在单身教师公寓。"章谦的死，不仅封闭了小说的圆环结构，从真正意义上完成了小说的次生稿本，也让故事的主角从"周预才"过渡到了这个可怜的单身教师。如果说在章谦这最终被退稿的小说里，"杭州鲁迅"是主人公，那么在房伟的小说中，主人公正是章谦本人。"章谦"创作的是一部平面的历史小说，房伟则在此基础上用历史瞄准了当下，他有所虚构之处也是小说最富现实意味的地方。从这个意义上讲，陈思和先生对新历史小说的论断："在这类小说所隐含的主体意识弱化及现实批判立场缺席的倾向中，或多或少地表现出一种对于当代现实生活的有意逃避。"[1]——正是作者试图超越的地方。换言之，房伟想要勾画的，乃是横亘古今的两颗孤寂的心，两个人间的多余者，在暗中交流、隐秘对话的场景。这是小说的留白，却又实际存在。对于房伟而言，诚实地描写两个人的

---

[1]　陈思和主编：《新时期文学概说（1978—2000）》，广西师范大学出版社2001年版，第152页。

处境之不同以及归宿的一致，即是从历史长河的一件微不足道的逸闻介入当代生活的尝试。章谦的写作与他的死皆非偶然，在其背后是一个真实而残酷、我们共同置身的当代。

日常书写的六个面向

一、《去海拉尔》：日常生活的细节

我们大致能从《去海拉尔》中拼出一位中年男子的生活：他在文学杂志社工作，于上海西郊购置了一幢农家院子，有三上三下的房间，村里有一口被污染的池塘，坐 74 路至娄山关转 941 路可达火车站。除了明显的自述味道，同样引人注目的，是这部小说集里还充塞着大量生活细节。如《拍卖会》一篇，作者不疾不徐地从当天气温写起，写到光线的质感、隐隐约约的雨声、秋日天际的色泽与高度，两位主人公的对话，"我"的遐思。故事的主题参加拍卖会的见闻，仅在这些琐碎的白描间起起伏伏。文本的时间因此被一种缓慢的叙事所耽搁，而小说内外的旁观则参互成文：在小说里，是作者不厌其烦地写到"我们"的旁观；小说以外，是读者在旁观这种作为日常的观看，仿佛生活理应被如此看待。

> 说这话的时候我们正站在圣瑞家具有限公司的场院中，看着公司的员工从厂房里往外抬家具。场院中已经站了不少人，都像我们一样在看着。
> 我们仔细地看着那些刚刚抬出来的家具，空气中有一种喜庆和忧伤混杂的气息。一个公司在倒闭，而在场的人

又期盼着能捞到便宜而好的东西。[①]

"我"终于寻到雨声的源头；同行的朱力将经营多年的摩托车店关张；朱力问"我"是否想将家里那口井改制成地暖，听到费用是十万块时"我"默不作声——作者事无巨细地麇集着每一个瞬间的景深：声音、谈话、回想、动作、观看、感觉。可以简单地为这些细节排序：在对入秋以来的天气发表过见解后，"我"和朱力看到公司的员工往院子里抬家具；"我"适巧听到的雨声，又引发了同朱力的争辩。紧接着两人再次注视那些被抬出来的便宜家具，"我"感到怅然若失，注意到院门口栽植的白杨，而朱力没有理会"我"对雨声源头的发现。于是两人再次观看起这些沉默的家具。如果进一步简化细节的顺序，这条线索就呈现为以"景观——家具"为主体的三次循环。以此观之，小说必然是虚构而非自述。自述缺少一种美学秩序，它只是如实记下所见所闻；相反，唯有从属于想象力的虚构才会在这两者之间不厌其烦地交替巡视。当作者让主人公吟诵"白杨多悲风，萧萧愁杀人"时，决不会忘了下一步就该让"我"把注意力重新转移到家具上来。作者这样写，想来是为了让小说显得真实，尽管我们在现实生活并不如此看待它们。有两个世界，文本世界与真实世界，而两者的真值标准并不一致。前者所要做的是矢志不渝地对后者展开模仿，但这又是一件永无可能达到的事，因为后者的真实性是自足的，前者却需营造。不过，如果说文学有所作为之处始于遗忘，那么也就无可否认同样有一个关于文本世界的理想在现实中运作，它以字词的神圣许诺，无论多么微小的事都会被瞬时封存，以此免于冷酷时间的袭扰。

因此，作者写下这句话与他实然看到这句话（指涉的对象）其

---

① 王咸：《拍卖会》，《去海拉尔》，中信出版社2018年版，第296—297页。

意义截然不同。写下这句话意味着用语言封存一切，即使在一个世纪过后，只要稿本完整无缺，语言里的世界依旧会像庞贝古城一般栩栩如生并且对读者敞开；语言指涉的对象则没有这等好运，目光流转至下一处，此前看到的一切便忘却大半，而在永恒年岁的一小段滑过之后，记忆之仓终究会被遗忘蚕食得一点不剩。《盲道》一篇是对文学青年小安的回忆，小说开篇在确定最初见到小安的日子时，作者将时间系于2001年元宵节过后（"应该是"，"具体是哪一天我忘记了"），这就是在有意贴近日常逻辑，包括他对小安喜欢以"嘛"字结尾的习惯印象深刻，但在真实世界中王老师如何可能记得上海那天处在雨季，而由于皮鞋的潮湿他的关节炎发作了呢。文学与现实于是从相反的两个方向充实了对方：从遗忘开始，文学有所作为。

我们是如此健忘，而我们又总是为了不被生活压垮而选择遗忘，这其实是一回事。但那个在现实中运作的文本理想，则意味着写作不仅要承担旁观者的身份，还要变成博闻强记的富内斯（在博尔赫斯笔下，富内斯能够"记得1882年4月30日黎明时南面朝霞的形状，并且在记忆中同他只见过一次的一本皮面精装书的纹理比较，同凯布拉卓暴乱前夕船桨在内格罗河激起的涟漪比较"[1]）。文学的自足性正在于此，通过封存细节卸下存在的重负。两相来看，文学不过是对富内斯那永不遗忘的记忆力的拙劣翻版，而富内斯是不写作的普鲁斯特。如果所有人都是富内斯，所有人的记忆都连贯到了令人瞠目结舌的地步，那么我们毫无疑问会失去伟大的文学传统。问题在于，因为遗忘，没有人是富内斯，我们会轻易地忘掉一些重要之事。其次，由于两个世界真值标准的差异，文学需要营造的真实性就在于一种美学意义上的秩序，而它恰恰是我们的记忆力所缺

---

[1] 博尔赫斯：《博闻强记的富内斯》，《博尔赫斯全集·小说卷》，浙江文艺出版社2000年版，第141—142页。

少的东西（除了富内斯，谁都无法全息地复原过去，我们的记忆仅仅只是保存了可悲的灰烬与尘埃）。所谓秩序，无非意味着作者不该再"妙手偶得"，而应当让文学从细节中拣选，并为其赋予风格的层级关联，由此让写作最大限度地闪现出真确性的光芒。

王咸在《拍卖会》一篇里呈现的风声、温度等等窸窣的印象即是如此，但毋宁说即使它们看起来是这般无足轻重，也端的是自觉的写作才会达到的效果。我们无妨将它与《邦斯舅舅》的开篇比较一下："一八四四年十月的一天，约摸下午三点钟，一个六十来岁但看上去不止这个年纪的男人沿着意大利人大街走来，他的鼻子像在嗅着什么，双唇透出虚伪，像个刚谈成一桩好买卖的批发商，或像个刚步出贵妇小客厅，洋洋自得的单身汉。"① 在这一章里，作者像极了一位可敬的摄影师，在将主人公的时空安置好后，便开始一心一意地打量他的面貌与衣着。从鼻子、双唇、微笑的神情写到衣着的奇特，而从"缀着白色金属扣的暗绿色上衣"又写到斯宾塞外套、想象中的双翻口长筒靴和淡青色开士米短裤，丝质面料的帽子，最后再从衣着回转到"一张平庸而滑稽的脸"。每一个瞬间都饱含着巴尔扎克的收藏心态，而他并不避讳这一切。我曾在一篇文章中写道：将巴尔扎克与福楼拜对立起来，就像将托尔斯泰与陀思妥耶夫斯基对立起来一样，人们以此表明一个取代另一个的必要性。《去海拉尔》使人想到的正是这一公式。巴尔扎克需要为故事的发生"自述"出一个细节繁复的前厅，王咸却不需要这样做，他承接的是一个福楼拜的传统。

无论人们怎样解读和界定现实主义这个含混不清的词，大概都只有一种文学革命，那就是作为能指的现实主义。罗伯-格里耶说得很有道理，所有艺术上的革命其旨归都是为了更新大众关于现实

---

① 巴尔扎克：《邦斯舅舅》，译林出版社1999年版，第1页。

本身的认识，每一次"文学革命（也）总是以现实主义的名义（才）得以完成"。诚如福楼拜以自觉的现实主义取代收藏癖式的汇总，陀思妥耶夫斯基用内心的酷刑取代对世间的审判，王咸找到的这种叙述当代生活的艺术，也取消了另一类制造城市细节赝象的写作的合法性，而它很可能就是对以福楼拜命名的那一文学革命遗产的继承。这么说并非仅仅要强调福楼拜的文学史意义（没有他，19世纪下半叶乃至于今日的文学都是不可想象的），更是为了强调个人与文学史之间应当存续的那种沉思与对话的关系。《去海拉尔》这部小说集的每一页都显示出这种自觉。

因为这个道理，在这部小说集的任何地方稍作停留以便询问哪些是细节而哪些又是故事很可能都是多余：故事不过幌子，细节才是全部。进而我们还会发现，甚至连细节之于叙事有何意义的讨论也不再必要。"几个月前，他突然关闭了他经营二十年的摩托车店，我问为什么时，他说：太累了。"[1] 这是否在暗示两人来到拍卖会的缘由呢？"只要十万块钱。他说。我就不吭声了。"[2] 此处又当何论？阅读王咸小说的最大收获便是：当我试图寻找细节的意义或伏笔时，意义便会掉转过头来愚弄我。因此，文学遗产的承继很可能不是简单地涵盖了技术层面，如镇定地显示传奇与世俗并置的差异；在情节之弦倏忽绷紧之际，插入一个楔子诸如此类的反高潮问题；作家在另一层面同样有所取舍，即为了将小说重新带回人间而在距离上所做的位移与改变。细节的疑难就是在这里迎刃而解的，它不再局限于技术，而是有着更为深层次的象征含义。对王咸而言，细节就是对生活有所亏欠之事的弥补，是对确定性与永恒感的追寻。

在小说集最后一篇《去买一瓶消毒液》中，故事同样平凡无

---

① 王咸：《拍卖会》，《去海拉尔》，中信出版社2018年版，第298页。
② 同上，第302页。

奇，它写的是四十多岁的中年男子杜原在一天之内的经历。天气的炎热令杜原产生幻觉，使他难以集中精力阅读那本斯宾诺莎的《伦理学》，为此他的右眼始终在跳。从这里开始小说回顾了这个中年男子的成长经历。大学时他读了中文系，后来因为辛格的小说《市场街的斯宾诺莎》而接触且浸淫于哲学。然而，右眼的跳动以及由此引发的不安倒像是在讽刺他所崇拜的理性。在这篇小说中，关于杜原唯一被详细述的经历就是那颗留存在他大腿里的子弹。在心烦意乱的这个上午，因为想到了这一点，杜原感到振作："他想象着自己有一颗子弹，而他的身体就是一杆步枪，他早晚打磨着这杆枪，总有一天，他会扣动扳机，把那颗子弹射出去。"①

杜原从家中出来去镇上吃午饭，顺便给小狗买消毒液。他看到有三个人在池塘钓鱼，幻想他们是便衣警察。镇上的场景依次在作者笔下展开。在餐馆时，将身体想象成枪杆的譬喻再次出现："虽然天闷得异常，但对于一个善于忍受的人来说，这仍然是一个正常而平静的日子。无数个这样的日子过去了，杜原慢慢到了中年。在斯宾诺莎的指引下，他觉得自己对生活的认识日益深刻，但深刻是什么意思呢，他却不免有时感到茫然，就像一杆枪，每天擦得锃亮，但突然有一天，在时间的腐蚀下，枪体出现了裂痕，枪栓被扳断了，枪的锃亮变成了零件的锃亮。"② 杜原走出餐馆后目睹的那场凶杀案并非小说的高潮，高潮不动声色地发生在叙事结束的地方，亦即穷尽一切的叙事所暗示的孤独最终给这个可怜的中年人以致命一击。这是他一生中所经历的无数个过于平常的一天，作者反复在强调这一点。但杜原愈是将诸如天气烦闷这类事情忽略掉，时间的感觉就愈是强烈。理想最终降格为对理性的怀疑，而他就这样坐在空落的院子被孤独的怀疑之雾包围着。时间在使他变老，可是他的理智对

① 王咸：《去买一瓶消毒液》，《去海拉尔》，中信出版社 2018 年版，第 350 页。
② 同上，第 362 页。

此毫无办法。

奥康纳曾在《南方小说中的某些怪异方面》一文写道："所有小说家在本质上都是现实的寻求者和描绘者，但是每个小说家的现实主义都依赖于他对终极现实的看法。"[①] 我不禁要问:《去海拉尔》中的现实是哪一种现实? 对此的追问也许能让王咸从福楼拜的阴影中独立出来。如我们所知，福楼拜能够成为一位在小说中隐匿自我的现实主义作家，恰恰得益于他强烈地憎恶现实，同时还要对抗"虚伪的理想主义"。在《包法利夫人》中，爱玛与查理的结合其实也就是浪漫主义与现实本身的结合。然而在王咸的作品里，我们既读不到作者的憎恶，也找不出任何一种对理想的讥讽——也许只剩下了理智的哀伤。王咸的世界是一个斯多亚主义的世界。在这个世界，每个人都非常清楚永恒并不存在。尽管如此，他们仍然会努力地从每一寸生活的灰烬中找出看似永恒的稳定。对他们来说，这既是活着必不可少的幻觉，也是继续忍耐下去的安慰。

二、《职业撒谎者的供述》: 日常生活的审视

我们知道海明威最后是将猎枪伸进口中自杀的，同福克纳一样，阿丁并不喜欢这包含太多示威意味的勇敢。但海明威无疑馈赠给阿丁一幅浓烈的意象——在《职业撒谎者的供述》的一首一尾，作者有意重复了这个海明威式的画面。此书题记有云:"街上流淌着热症患者的脑浆，清洁工沉默着打扫谵妄、呓语、黏稠的梦、不合时宜的思想";殿后的末一首诗则名之《无》:

你美好，给予我不安

---

① 奥康纳:《南方小说中的某些怪异方面》,《生存的习惯》, 新星出版社 2012 年版，第 16 页。

你将因此获罪

我势必缉捕你

我锻造的镣铐匪夷所思

非金非木

成分复杂如心情

你轻盈，给予我沉重

你将因此免责

我势必放纵你

我制定的律法是活不到太阳初升的雾

散便散了

我转身回屋

寻一壁沉默的墙

冷敷沸滚的脑浆[1]

海明威式的画面同时也是自决的象征。勇于自决者未必会自杀，却一定会对自己下达如是命令，它要求待之自我以忠诚，要求自我毫无保留地去洞察与克服自身的缺陷，如果他是写作者，他还会要求自己通过写作将这个世界重新审察一遍。何其难也。但这就是自我洞察式作家存在的急迫。对他们而言，一个问号与一个句号之间——如果句号是必要的——横亘着漫长的不眠不休。理解不是自辩，理解乃无休无止的诘问。在这一点上，物质化了的精神，脑浆，恐怕便是自我审视者在拷问僵局时所见的幻觉。

以时间为序，写作这本书期间，阿丁愈来愈接近一种退隐的生活，而这一改变直接体现在了这组随笔之中。

首先是发呆——作者喜欢在发呆时写下只言片语。与布尔加科

---

[1]　阿丁：《职业撒谎者的供述》，作家出版社 2016 年版，第 246—247 页。

夫的中篇小说同名的《狗心》一章，阿丁描述了一条匍匐穿过街市的衰残老狗，几个行人试图"搀扶它"，站在楼顶的作者却潜入到狗的心脏，解读它的隐秘心思。同样，《地铁》这首诗中，阿丁又似乎是无所不在的雾气，于飘忽不定的思绪间摇身变作一切他所洞观的事物，由此进入人的内心人的血液人的骨髓。此番写法很难不让人想到作者在《无尾狗》中加以引述的那只亨利·米勒的秃鹫，作者以秃鹫的眼光看待猎物，又以猎物的神情仰视秃鹫，仿佛不再仅仅由福楼拜高呼"我就是包法利夫人"，而且还应当让包法利夫人说出"鄙人正是福楼拜"。

《盒中物》代表了另一种观察物或狂想物的方式。作者并不说在物之中不能思考，而是将这一命题改写为一则寓言：盒子里住着一个适应能力很强的小人，为了保全盒子的方正，他不惜将自己的身体变形、压缩到适应盒子的程度。这篇小叙事的寓意由《海量的我》道出："当自由不可思议地降临之时，人类的反射弧需要一点时间"，这一点亦无妨看作是下面那一组童话（《兔子与诗》《顿悟》《真相》《手套》《大脑袋兔子邦妮》《皇帝的新衣》《老头子做事总不会错》）的序言。

诸如此类的"发呆日记"，有一些篇什在旁人看来或许微不足道，可它们又恰恰折射出了日常性的重新现身。我不确定阿丁是否读过佩索阿，其实他全然可以由那句非常恰切的箴言而引佩索阿为同道："只有囚禁者才会有一种观察蚂蚁者的勃勃兴趣，才会对一道移动的阳光如此注意。"[1] 只有在退隐的生活里，微小之物的神秘方不会被习惯的倦怠覆盖扯平。甚至，一种截然不同的自我祝福才有降临的可能。佩索阿在《惶然录》中有一则笔记如是写道："如果一个人真正敏感而且有正确的理由，感到要关切世界的邪恶和非义，

---

① 佩索阿：《惶然录》，上海文艺出版社 2017 年版，第 89 页。

那么他自然要在这些东西最先显现并且最接近根源的地方，来寻求对它们的纠正，他将要发现，这个地方就是他自己的存在。这个纠正的任务将耗尽他整整一生的时光。"[1] 在我看来，这句话最为清晰地显示了托尔斯泰晚年对福音书的阐释，即天国就在人们心中。阿丁在随笔集的一处提到过"不承认耶稣的犹太人"，事实上犹太人是承认耶稣的，不过他们并不宽恕保罗。此处不赘回到前文：如果说使徒保罗背叛了耶稣，那么也正是在这里——保罗不清楚"这个纠正的任务将耗尽他整整一生的时光"……

因此，《盒中物》这篇文章固然是对自愿奴役的批判，可是反求诸己的精义也全在这里：忠诚于自我的个体必须将全部精神转向对自我的凝视，无论我们是否能够认同或改造一个他者，这些事情都有赖于对自我的先在认识。也就是说，不仅要自知我们的德性，也要正视我们的懦弱、迟钝以及对事功念兹在兹的虚荣。这种正视也可能会导向自我厌弃，如小说《无尾狗》开篇的那种怪诞恨意：为了捕捉到那抹殊异气息，主人公箕踞于地并且撕扯自己，最终丧失了人形，也长久地记住了那股气味。另外，改造世界这一庞大任务也并不值得人们为此耗费余生，因为，凝视自我的工作已然占满了此生的光阴。倘若我们因为哀叹教训之无用而痛苦，那么何妨认清这个事实进而拒绝事功的诱惑？

阿丁很喜欢诗人张猫的一句诗："这个世界不好，我们再造一个。"我也很喜欢——假若这个新世界纯粹创造于风格之中。作者在评价某本小说时说："这其实是一部童话。童话并不都是假的，童话之所以是童话只是因为世间罕有，但并非从未发生。"也是在这里，"这个世界不好，我们再造一个"的计划被提上画板与日程。它们有时显露出无以复加的澄澈、干净与孤独。

---

[1] 佩索阿：《惶然录》，上海文艺出版社 2017 年版，第 238 页。

以上所说，便是我在这本书里发现的歧义性。但它们是真实的，而阿丁忠实于这一真实。他忠实于内心的四分五裂。在《无尾狗》的最后，阿丁曾写下这么一段话："五年前我试图呈现这种可悲，却越来越难以发出讥笑，这种感觉让人极不舒服，在体内郁积、发酵、膨胀，如果不采取点儿措施，无疑我将会万劫不复地炸掉，万幸的是那个出口很快就被我找到了，那就是不遗余力地嘲讽自己，从此专注于一个单调而机械的动作，把那些褶皱翻过来。"[①] 很多时候，文学中的阿丁所以让我感动，正是由于我无意地窥探到了那些褶皱，那些因之分裂而选择书写的动机。单纯的否定只能让我们明白哪里应予肯定，但它还不是澄清，也还没有将世界的褶皱翻转过来。事实上，唯独在艺术中我们才能做到这一点。一种含混的写作同时也就是对世界的澄清。

本书还收录了作者为他的两部小说集写的创作谈（《职业撒谎者的供述——关于〈寻欢者不知所终〉》《斯人有斯疾——关于〈胎心、异物及其他〉》），以及重述聊斋之作《厌作人间语》的创作构想（《除了人我什么都想冒充》）。后者同样可以看作是童话，即作者在写作上的转向。

在我们这个时代，写作已越来越接近于一种文字的苦役。据说肖恩·奥弗兰曾这么开 J.F. 鲍尔斯的玩笑："他花整个上午加进一个逗号，然后用整个下午来考虑是否应该换成一个分号。"[②] 现代主义运动拜福楼拜所赐，这毋庸置疑，但也深受福楼拜所创立的那种精细写法的折磨。想想在那间贴满软木的卧室里唯一活动着的握笔的手与无间断的咳嗽（本雅明是这么形容普鲁斯特的："自从罗犹拉的宗教苦行以来还没有比这更极端的自我沉溺。"），想想为了加速《辩证理性批判》的写作进程而过量吞食药品的萨特，我们就知道夏多

① 阿丁：《无尾狗》，时代文艺出版社 2012 年版，第 311 页。
② 伍德：《小说机杼》，河南大学出版社 2015 年版，第 136 页。

布里昂的那句话代表了整整一个时代的狂想："我很清楚我只不过是一架制造书籍的机器。"

我并不觉得这种艺术的绝对化是一条歧路，或是无意义的蛊惑。无论是德国浪漫主义时期，还是俄国的白银时代，受苦在没有圣徒的时代都是一种非常古怪但也极其自然的需求。在教堂被拆除的现代社会，可以说艺术恰如其分地充当了前者的职能，即无神论者的宗教（作者在书中引述了奥康纳的话："我的读者是那些认为上帝已经死了的人，我很清楚自己正是为这些人而写作的"）。可是也不要忘了，这种苦不一定就是技术层面的苦——福楼拜在一定程度对此难辞其咎，它更应当是一种心灵的受难，是心智的自我折磨。对阿丁来说，写作正是如此，而绘画是力与情绪的释放。

在更像是作者袒露自我文学观念的一篇随笔《值得为之推迟死亡的事》中，他在安慰自己没有很勤奋地工作之后，写道："说完这些，到底底气不足，总算还会脸红，知道自己错了，却还忍不住辩解下，辩解完又为这蹩脚的辩解羞愧不已。而被我寄居着的肉身总是静默不语，永远以最大限度的宽容对我。如同一位心里有数的宽容长者，它知道时间的滴答声会让我回到能够赋予生存更多意义的轨道上。"① 这就如同在说：我知道逝去的时光会教育我，尽管这又是一层分裂。

2019 年七月我到北京后，与阿丁约定日子吃饭，他发来信息说不要带朋友一起来，"不想见外人"，而见面之后，我发觉他的白发多了许多。他依旧戏谑，同时变得孤僻，很像是有两重自我在他体内彼此对峙。喝令洞察自身的那一部分阿丁说：无助于审视世界的都是徒劳工夫；另一部分的阿丁则抗辩道：足够认真的话，再细微的事情都是一种审视。——这就是我在看过这个集子后首先想到的话：也许他一边写一边画，导致写得很慢，也许他写得并不富有技

---

① 阿丁：《职业撒谎者的供述》，作家出版社 2016 年版，第 125—126 页。

巧，但我觉得这一切都值得期待。我们首先要做一个正直的人，其次才是作家——立论：从来没有徒劳这回事。

三、《从歌乐山下来》：日常生活的深度

从小说结构来看，宋尾的《从歌乐山下来》包含三部分内容，分别是：楔子、上部（1—4节）、下部（5—7节）。楔子里的一些信息（据说，今年是重庆"有史以来最热的夏天"）提醒我们这是2016年的事情，而楔子尾端，"我"收到杨青的短信（"还记得歌乐山上的杨青吗？是我。"），则将地点从"我"正在度假的金佛山移至一百公里开外的歌乐山。关于歌乐山的描述（为什么我这么清楚？二○○六年我在那里住了近两个月，我就是在精神病院遇见杨青的），进而又将小说的时间从2016年下移至2006年。这是上部的主要内容，从上山始，以下山终。

2006年发生了什么？换言之，推动"我"与杨青在精神病院见面的契机是什么？——因为"我"的女朋友背叛了"我"，这使"我"的精神状况出现问题。"我"想要过一段独居的审视自我的生活。朋友顺势将"我"介绍给歌乐山精神病院的院长助理申飞花，而同杨青这个曾在佛图关捉鬼的异人见面，正是申飞花促成的。这是小说里关于杨青的第一次推测："至少有一点是可以确信的，杨青这个人，绝不是什么'神经病'。"做出这一判断，其中既有申飞花的陈述因素（杨青与"我"都是这个精神病院里最正常的病人，正如"我"来这里是为了散心，杨青来这里则是其父授意的软禁），也与杨青帮助"我"走出心理阴影有关。他耐心聆听叙述者的故事，接着又分析了"我"的焦虑根源。尽管如此，第一次推测还是留下一些疑点，譬如按照杨青的说法，他们那次佛图关捉鬼之行，是他从群里挑选出了最活跃的一位网友"零点的鬼"充当领队，而作为群

主的他原本就没有参加活动。杨青怀疑是这个网友在背后暗算自己。然而，在"我"与申飞花最初的交谈里，杨青恰恰是那次活动带队的人。又如杨青与"我"偶然谈起的故事：他的女朋友跟他在一起，但他不想失去她。这一倒错的陈述让"我"怀疑杨青的精神并非全无问题。

在下部卷首，勾连起上卷的疑问再次出现（"还记得歌乐山上的杨青吗？"），不过这一次的时间来到2014年，也就是楔子部分与上部之间的时段（当然，我当然记得。我不光记得，我还见过他。那是两年前，在市新闻发布中心），在这一时段，另一个"杨青"出现了，其身份是新区发改委主任，名字却变成了高鸣。谁是"杨青"——杨青自此被打上引号——或者说，高鸣是谁？"杨青"是那个"我"在歌乐山遇到的人文学者，"他是如此渊博，谈吐不凡——对于文学、人文有着深刻的洞察"，而此刻站在发布会大厅准备发言的高鸣，却是一个对经济、金融侃侃而谈的专业财经官员。"我"推测"杨青"之所以变成了"高鸣"，是因为经过山上的治疗，这个人"终于成了他父亲期望得到的那种人"。下部第5章"重逢"与第6章"隐身"是小说关节最复杂的两章。楔子与上部都还是时序稳定的叙述，这两章却往返于2014年与2016年。第5章起于两年前"我"在新闻发布会遇到高鸣，讫于两年后"我"收到高鸣的信息，与他重逢于医院；第6章既接续了上一章的前半部分，继续讲述"我"在遇到高鸣之后又和申飞花见面，也衔接住了上一章的后半部分，重新回到"我"与高鸣的谈话。第5章与高鸣的重逢，引入了"我"关于申飞花的记忆：

后者在那次青木关镇的采风活动中向"我"透露了两件事。第一件事是"杨青"的确有精神分裂症："他的脑子里存在着另一个人，有时那个人就会说话。只是在他看来，两个自己都是正常的"，这一证词连同"我"随后在网上看到的一则新闻（根据记述，逝者是一位独具个性的女孩，崇尚自由，酷爱公益，大学毕业后，应学校号召去了香格里拉大山深处支教，一年后，也就是2004年11月不慎在崖边失足堕江，至今无踪。后面还附着她的一篇支教手记，读完她的手记我回头查看照片，结果在一张合影里，我看见了他——高鸣。那位落水的女孩，名叫杨青），让"我"做出了第二次推断：高鸣因杨青坠崖精神分裂。"我"在这种疑惑的回忆中回到与高鸣的谈话，也就是第6章的后半部分，高鸣向"我"坦承了杨青的坠崖细节（"可关于她的死，你不一定了解。"）：两人在大学毕业后一同前往云南支教，但是由于异性不能在同一所学校，他们被分配到了虽然毗邻却相隔遥远的两个镇上，而后又各自出轨。种种矛盾激化下，高鸣在悬崖上临阵退出情死，这番事后看来幻想与事实参半的陈述又修订了叙述者的第二次推断，即是高鸣将杨青推下山崖，而这一推断此后也在高鸣留下的日记中被强化。那份日记结束于2004年11月2日一句似是而非的话："死是一件轻易的事，有时候需要做的不过是轻轻一推。""我"在网上查了杨青的失踪日期，恰恰也是这句话被写下的时间。

高鸣的另一份陈述无疑又和申飞花透露的第二件事构成互文。申飞花告诉叙述者，在"我"下山之后，歌乐山隔壁的璧山县发生地震，精神病院闹出一些风波，有些人集体跑到院区中央，还有的人从后门逃窜，但第二天清点人数，一个病人也没有少，倒是看管高鸣的保安老张坠崖了。最后申飞花还不忘附加一句"幸好，跟院里无关"。但是高鸣则告诉叙述者，震时坠崖的人正是那个"零点的鬼"。他不仅是看管高鸣的保安老张，是此前高鸣从群里挑选出来带队到佛图关捉鬼的人——而且还是更早些时候杨青在支教时出轨的对象。高鸣之所以将这三个人"混为"一个，是因为地震那晚，从医院后门逃出的便是他，而保安紧随在他身后，"追着说，我是'零点'呀……还记得被你推下山崖的杨青吗？"。保安将高鸣摁倒在地，高鸣一时也血灌瞳仁，起了杀心，作案结束又将他背到垭口，推下山谷。在这番讲述的四天后，"我"接到吴妈的电话，她告诉"我"高鸣从楼顶跳了下来。需要注意的是，第6章显然是存在着两份证词比对的工作。第一份证词是申飞花关于高鸣精神分裂的判断，这一判断在叙述者查到的新闻、高鸣的讲述以及他的日记里都得到"证实"，第二份证词则是高鸣精神分裂的症候显示：只有一个精神分裂的人，才会将三个风马牛不相及的人物——杨青在云南出轨的对象、天涯论坛上的ID"零点的鬼"、歌乐山精神病院的保安老张——混为一谈。

可是，第三次推测随后又在叙述者以前的同事，"同时也是支教者协会的地区组织人之一"，且至今仍在香格里拉一个山村支教的郑坤那里，得到一定程度修正。他并不认识高鸣与杨青，但对这一风波有所耳闻，即虽然无法确定是杨青主动跳崖还是一不小心踩空坠崖，但"反正——不是那个男娃推的！绝对不是"。叙述者并未去追究郑坤如此笃定的根由，又去询问关于杨青出轨的情形。意外的是，郑坤专门查过支教档案后，得出的结论是这个人并不存在（~~杨青在云南出轨的对象~~、"零点的鬼"、歌乐山精神病院的保安老张）。于是"我"又询问了当日前往佛图关捉鬼的群友，他们一概认定高鸣在那次活动中出现了，反倒是策划活动的"零点的鬼"没有现身。紧接着，"我"请杂志舆情办的主管李四品帮"我"调查这个"零点的鬼"，隔了许多天，李四品的调查结果出来了："你不是让我查一个人吗？我查到了，那个高鸣和'零点'，实际上是一个人。共用一个网信地址。"（~~杨青在云南出轨的对象~~、~~"零点的鬼"~~、歌乐山精神病院的保安老张）如此一来，肉身的不自由又迫使高鸣将种种幻觉具体化在保安老张身上。高鸣曾向叙述者念起一段出自《野棕榈》中的句子："她不在了，记忆就损失了一半；如果我也不在了，那么所有的记忆也将不在；在悲伤和虚无之间我选择虚无。"如果没有记错，这是小说中哈里拒绝自杀的陈词，他希望在余生以监禁自我的方式保留关于夏洛特的记忆，但究竟还是理智的本色。可是这种理智在高鸣身上已完全不复得见。

如果这篇小说写的是一个时代的影子，那么这个时代显然以精神分裂的方式存在着：高鸣只有在否定自己的时候才能肯定自己。反观叙述者的姿态，虽然似乎是精神分裂的对立面，不过一种完满自足的理性也渐渐变得不再可信，理性试图肯定自己，最后却发现了自身的分裂，发现了理性的不断退却，以及伴随着无能为力的叹息。"我"在上山以前即患有轻度抑郁症，感到镜中那吞下两粒丙咪嗪的不是自己。也正是这个自己，在歌乐山上时常一时语塞："我居然找不到可以反驳的言语""我找不到反驳的理由""听着他侃侃而谈，我突然很泄气。面对他时就像对着一团有吸力的海绵，你觉得它包围你了，你刺出锐利的箭头，却丝毫无用。就像你明明知道这并非真的，但是这些事物经他说出后却自有逻辑。而你就在那个逻辑里……我想我无法作答"……在山上"我"遇到了一个弃世的抑郁症老人，他没有任何缘由地自杀了。这件事令叙述者感同身受，决定重新回到他厌倦的社会，不再逃避。于是便有了"回归理性"的十年，十年间除了一次与"杨青"在新闻发布会打照面以外，叙述者始终保持着理性的自信，这种自信落实于文本，便表现为他一面叙述，一面在展示这种叙述的坚定、连贯和不容置疑。可是我们同样能够发现，这种回归理性是在一个精神分裂者的指导下完成的（"我还记得他的忠告。我变成了一个如他一样理性的人，那些焦虑，抑郁的症状就这么消失了。现在我把工作与生活分得很清楚。我职业地面对自己的工作，但下班之后，我全心地扑向生活。这种分裂反而让我彻底放松了。"）。

这种分裂的理性只是在欺骗自己时才是有效的，当它看到"杨青"以"高鸣"的身份侃侃而谈时，便会"惶惶……很难真正平静下来"。不过在大多数时候，叙述者完全受用自身的理性，他同样会对报纸标题侃侃而谈（"很多年前我就明白了这个事实"）、对游客的习惯侃侃而谈（"说穿了，人啊，往往容易受限于某种惯性意识罢了"）、对歌乐山的种种历史侃侃而谈。我在这里并非是想要暴露叙述者的自大，而仅仅是想指出理性的自大。因此，下面这些字眼想必不仅仅是什么虚词：不言而喻、就我的经验、可见、为什么我这么清楚？——它也预示了其反面："只是我从未想过""我失魂落魄地离开墓园。老实说，我想不通""只是我完全不想再思考了。拐上公路前，天色忽然垮了下来，眼前的世界犹如一张灰黑的铺盖，黯淡，静止，但充满了无形的压迫。我快步走在路上，衬衣被汗水完整地濡湿，紧紧吸附在身上"。这恐怕就是理性在高扬风帆之际势必遭遇的退却。在这两者之间存在的，正是宋尾小说中日常生活的深度。

四、《奔月》：日常生活的失踪者

楚尘在一首短诗中复原过如下情境："两个本来应该在一起的人却在同一个天空下的两个地方赶路 / 现在两个人都回到了各自的家。"（《地面上的在空中》）这大概是分离的感喟。我曾为此设计过一个小说结构，即分离的恋人在同一时空回忆同一件事，但他们的看法大相径庭（人们为这一沮丧的主观性曾无数次求告那个全知全能的上帝）。《奔月》首先在叙事结构上兑现了我当初的那个想法：故事是一个出轨的女人生死不明，丈夫同妻子的情人会面，试图将她从水底打捞出来。叙述则是单数章写失踪者家属，双数章写小六本人。《奔月》的底色是扎实的现实主义讲述，其情节并不驳杂，但形式为叙事贯注了巨大能量，它使得我们能够借此将镜头探入水底一窥究竟。

小六的失踪始于一次旅行途中大巴失事。就像她此后落户乌鹊时在心底交代的，这一切并非偶然，失事不过点燃了她埋藏已久的出逃欲望，而这样的自我消失妥帖得仿佛不会给身边人带来困扰。小六的天真在于，直到很久以后她才会明白一个道理：事情一旦开始，一切便无可挽回。在此之前，她只是将消失作为一项事功去追逐。在小六的心底，世界反倒像个孩子一样不情愿抛弃他的玩具或接受小六的隐匿。待到在乌鹊站稳脚跟，她回过头来遥望世间——我们与其追问她看到了什么，还不如看看她在"想象"着什么——她想象自己的丈夫毫不留意自己的失踪，想象母亲依旧在雾中的城市信步，想象情人另结新欢，想象公司的同事和闺蜜……当然她也以第三人称俯视自己。最后得出结论："不必看了，永远都是这样的，抽象、雷同，但也十分安心，并且将一直这样安心下去，有没有彼此，多出个彼此，少掉个彼此，并无分别。"[1] 这是一个稍显冷酷的有罪推论，个体是卑微的，遗忘是迅速的，游离的伤口也迟早会愈合。小六像是老早便笃定这一点，并且坚持让世间也接受这一信念。

此后她又一次如是"回望"，结论却与之不同（应当注意这次回望的语境）。草草逡巡一遍，小六后知后觉于自己"从不曾离地万尺、腾空而去"；"乌鹊是不重要的，重要的是在别处。在别处又是虚设的，尽力跑动却宛在原地"。小说有一处在我看来不算多余的虚笔：乌鹊城中有一只黄狗与小六颇为亲昵，小六每次在喂完它之后，还会同它玩一会儿飞盘游戏。但故事写到的这次却是小六将自己的手套、口红、卡片与信用卡都拿来做游戏了，这只黄狗依然将它们原样叼回。这又是在暗示什么呢？宛在原地，但已然是太迟的觉悟。格雷厄姆·格林在《人性的因素》中曾戏谑评说陷入爱情的男人："恋爱中的男人如同一个无政府主义者，怀里揣着定时炸弹走

---

① 鲁敏:《奔月》，人民文学出版社 2017 年版，第 47 页。

在世间。"① 小六的胆战心惊未尝不可如是看待；同样，她的骄傲又使得她对自身消失的耸动属性坚信不疑。这一点非常具体，因为我们都曾以为社会将要再次开动那台巨大的阐释机器，将所有越出逻辑常轨的人和事一一收回。可是，小六遇到的世界却像是赫拉克利特笔下的那个顽童，他顿作另一副面孔，将一切推倒重来②，也不再理会这个现代社会的失踪者。

失踪是一个谜题，两个声部则如两条平行的河流。谜题的正面，是小六何以消失；谜题的反面，是小六的真实形象。随着她一次性设置好谜面悄然离去，故事的前半程几乎围绕着这正反两面交替展开，并且是相互阐释。首先自然是消化失踪者留下的虚空。因为家属不仅无法将小六"缉拿归案"，也难以和这个巨大的空白共处。小六母亲创造出了一个"失踪病"的名称聊以自慰，丈夫贺西南推测是小六怀上了张灯的孩子。至于贺西南与张灯，两人原本是拴在一条绳上的蚂蚱，笃信小六是失踪而非身故。但事件总吊诡莫名，当他们齐心协力搜查一切关于小六的失踪信息时，不经意间打捞出来一个面目全非的女人。贺西南对小六不满，说到底是在他看来小六缺乏一切家庭生活的热情。通过张灯的侦察与绿茵的回忆，他的那一套健全的认知迅速崩溃了。且不说与张灯的私情，在绿茵的回忆里，小六恰恰是富有社交魅力的，而张灯提供了更多令他木讷寒凉的讯息。最终，"那个胆怯、内向、平常的妻子杳然不见了"。

正因为小六的缺席，她对于河对岸的家属而言反倒是一个庇护的所在，秘密既庇护了失踪者，也庇护了失踪者的家属。在乌鹊的小六最终还是向老警官全盘交代了她的秘密。在遭到被送回请求的

① 格林：《人性的因素》，译林出版社 2008 年版，第 166 页。

② 见赫拉克利特《残篇 52》："人生犹如儿戏，在十五子棋中摆弄棋子；王权掌握在儿童手中。"赫拉克利特：《赫拉克利特著作残篇：希腊语、英、汉对照》，广西师范大学出版社 2007 年版，第 65 页。

拒绝后，作者写道："她真不甘哪，几乎要大哭的不甘：最终为什么竟会对这么一个不相干的人、一个老警官说出这些？她一直留着的，她多么渴望向一个至爱的血肉相连之人说出来呀。"[1] 小说结尾的怅然也许还意味着小六仍然倾向于那样一种看法，即她是不可解的偶然性，是没有算法的函数题。在这一幻想的身份里，人们能够行使非逻辑的权力，享受命运之神残酷摆弄他者的快意。不过，秘密既是生存的核心，能够言说的恐怕也一概不是秘密。那位老警官一直以来都在扮演着皮提亚（Pythia）的角色，可是造化弄人，他不过是卡桑德拉（Cassandra）。小六为此赌气而返。

在乌鹊时小六与林子的妹妹聚香关系要好，书中写到两人关于爱情唯一性的对话能为我们打开另一扇门。这场对话开始于聚香的疑问："哎，你相信爱情吗？我是指一生一世的、唯一的？我认为，全世界的人就分为两种，一种相信爱情，一种不信。"[2] 小六于是同她讲了"薄被子"的故事。那天她晒在阳台的一条被子被风吹落，楼下的邻居替她收了，小六下楼取被子时被邀请进屋聊天。在这场庸常无奇的对话中，小六出现了如下幻觉：她发现自己既可以是那家的女主人，也可以是男主人，由此出发，小六进而意识到每个人都能够被彼此替换——人类丧失了独特性，所以相爱很难。这一推论在形式上并无错谬，只是小六没能意识到这一推论由以发生的场域，是现代性令人类贬值，它与婚姻毫无干系；反过来说，后来聚香的所作所为也着实令小六心惊，她的讲述竟然反向地开导了聚香，使她嫁给了第一个在自己彩票店中500万大奖的彩民。

两人的视域决然不同。一位是从城市出逃的新女性，一位是抱有朴素认知的农妇。我们在此也看到了小六的另一面："可能是……对于过日子，对日子里那些平常景象，我既满心尊敬又难以忍受。

① 鲁敏：《奔月》，人民文学出版社 2017 年版，第 224 页。
② 同上，第 94 页。

我也巴望着去成为它的一部分，消失在它里头，心满意足地消失，平静地过活……但我做不到。我要疼，我要飞，我要我是我。你，能听明白吗？"[1] 在她交代与张灯的交往细节中，小六也曾提到这种主体性确立的途径，苟合由于无趣与不正确，由于无意义且不正当，她乐意为之。如果我这么说不算扫兴的话，它与《美丽新世界》中的叫喊何其相像（"我要的不是这样的舒服。我需要上帝！诗！真正的冒险！自由！善！甚至是罪恶！"[2]），只是小六没能意识到反乌托邦小说唯有作为思想本身才有意义；一旦它在思想与现实的边界迟疑不定，它就会成其为另一种危险的存在。至于聚香，她进一步改写了小六关于"薄被子"的隐喻："一男一女的，能搭成对子，最关键的关键……关键得有个不可告人的大秘密，它就会把两人给捆得死死的，谁也跑不了，越捆越亲。这绝对灵光的。……只要它能受得住，那你们俩就成了！就会进入轨道，就会像火车一样，哐切哐切哐切往前开了。"[3]

　　无论是"薄被子""一团陶土"，大概都是对人世情感唯一性的否定：从来没有必得如此的感情，爱只是无数可能性的堆叠，而既然如此，她就只需顺从，无须保持忠贞。聚香的结局是甜蜜的，对于小六而言却是一份苦涩。出轨可能是对那"正确"婚姻的一次审判，但显而易见的是小六在出走乌鹊之后也放弃了以肉体去救赎精神的做法。我们尤其应当注意这里的转捩：与张灯交欢之际，小六认为这件事的意义在于精神的逃离，因此也等同于她真实的出逃。可是在一段时间过去之后，小六又急遽地转变成一个禁欲主义者。这已然说明肉体出轨的无效。此刻的矛盾是，她对温情本身持存疑惑：究竟哪一种感情更加正当呢？究竟哪一个人与她血肉相连？究

① 鲁敏：《奔月》，人民文学出版社 2017 年版，第 312 页。
② 赫胥黎：《美丽新世界》，漓江出版社 2005 年版，第 246 页。
③ 鲁敏：《奔月》，人民文学出版社 2017 年版，第 324 页。

竟她在期待哪一种感情？

在小说最后一章（第十五章）第二节，双声部汇于一端。贺西南在茶餐厅向绿茵求婚，这一幕恰巧被推门而入的小六目睹，后者感觉"老天像候在某个角落专门替他们掐秒表"。小六未能听从那位老警官的告诫，一心而返，她在期待着什么呢？我不愿说此乃诛心之论，但至少主人公给我的感觉是：她好像执意要看到由自己一手制造的事变幻灭为人间不约而同的背叛。波德莱尔说得好："美不过是许诺幸福而已……美是一种形式，它保证了最多的仁慈、对感情的忠诚、对执行合同的公正、对各种关系的理解的细腻。丑则是残暴、吝啬、愚蠢和谎言。大部分年轻人不知道这些事情，他们付出了代价才能学会。如果道德和普世的爱情不掺进我们的一切快乐，我们的一切快乐将变成折磨和悔根。"[1] 尽管如此，也许是恰恰如此，小说在写法上旁逸斜出于那个老套的"远离——回归"式的循环，后者本质上是一种神话叙事，同休闲与工作、消费和生产、郊外别墅与市内公寓的对立如出一辙。

《奔月》没有提供任何结论，它没有一面激昂慷慨地诅咒城市，一面在歌颂完乡村之后手持一张车票兴尽而返。这部小说提供的是内在于现代性进程的个体处境的忠实描绘。小六意识到了人的贬值，却没能意识到人何以贬值。在从人的贬值到爱的可复制性这一推论之前，尚有一个现代性的语境在等待我们去理解和澄清；这恰恰是小六所忽略的。小说在第四章写到过她的自责："她根本都没有资格往回看，没有资格变成盐柱。"此处化用了《旧约·创世记》中的一个典故：索多玛城里的"罗得的妻子在后边回头一看，就变成了一根盐柱"。希腊神话中入冥府营救妻子的俄耳甫斯也与之相似，他们都是在回望的时刻永久地沦陷了。当小六逸出现代性的轨道，又吐

---

[1]　波德莱尔：《写在纪念册上的箴言》，《浪漫派的艺术》，上海译文出版社 2009 年版，第43页。

露了自身所以逃逸的缘由之后，她最终获得了这一资格：永久地变成一根盐柱。

五、《消失的女儿》：日常生活的风格

与郑小驴不多的几次交谈中，我不止一次听他讲起对《骑鹅的凛冬》一篇的偏爱。的确，从创作谱系上看，这一篇能够反映出他一直以来坚持的某种"风格"，《骑鹅的凛冬》上承《路上的祖宗》《枪毙》（或许还有《没伞的孩子跑得快》），下启《雨赌》和《蓝色脑膜炎》，都是色调偏向魔幻而视角出诸少年的叙事，且两者并无相悖：魔幻在他这里只是透过少年之眼去折射现实的结果。尽管如此，我还是认为在短篇领域，郑小驴已经取得的成就来自他决定以成年人的眼光同现实如晤相对，如《蚁王》《大罪》，以及愈发成熟的《盐湖城》和《私刑》等篇目（早期的还有《入秋》《赞美诗》，但并不成功），这一系列的小说代表了他在写作上的另一重心态。

我做出这个判断，理由很简单：那些启用少年视角的当代叙事，它们多多少少无法使人完全满意——尽管在艺术史中已有大量先例证明这并非一条死路，如叔本华就认为"艺术从来就只使用天真的语言，儿童式的直觉语言"，晚近的野兽派画家亨利·马蒂斯也学习用五岁儿童的感知绘画，这些看法最终又被俄国的形式主义者接纳，发展成为一套体系自洽的审美标准，但它们到底是以对诗的评价为核心，其最终旨归也是为了重新唤醒人们关于语言和世界的感知。小说则不然，小说固然依赖于对语言的使用，可小说同时也超越了语言。诗要传达的是面向这个世界发出的惊诧，小说却无法止步于此，它还要处理与这个世界的种种纠缠（这一点在关于当代日常生活的小说中尤其关键）。

诗的世界就像亚当的世界一样缺乏危险，它几乎是无意识的，

而这一点对小说来说似乎幸也不幸：它没有继续生活在伊甸园的幸运，而是被贬到人间。小说必得在自我意识、自我选择与自我承担的风险中处理自我与他者、自我和世界的关系。在某种意义上，这就是那些观照眼下现实并且让成年人看的小说不适合启用儿童视角的原因。少年之眼诚可用来作为历史怪诞的折射，亦能匹配作者储备的湘西鬼魅经验，但它本质上是缺乏情节与冲突的；执意如此，只会自行遮蔽掉现实的复杂性。诚如黑格尔"同一句格言"，一句话由少年说出与从老人口中说出，其意义截然不同。叙事的心态也许无法和叙事视角画等号，但后者一定会影响到前者。当郑小驴写得最好的时候，总是他以成年人的心态去直面这个失去童年的世界之际。少年看到的世界永远是片断，成年人才会注意到情节连贯的叙事。

同时，我们还可以说，当郑小驴写得最好的时候，也是他准确地照亮一个人内心沟壑的时刻。一旦他捕捉到人物的心理，他的叙事便准确到无懈可击。如《盐湖城》中的刘明汉，并非是关于他的复仇描写合乎逻辑，而是他作为一个被嫉妒与屈辱摧折的丈夫，他的行动是可信的。这篇小说写到的事情是否有据可依也无关紧要（在《文学的位移》中，郑小驴提到了这篇小说的两个源头），既然文学观照的总是那个孤零零的个体，而他的生存又与他生存的环境密不可分，那么归根结底还是心理（需将它与心理描写区分开来）。无论小说叙写的是沉思者还是行动者，心理都是人对外在世界的直接反应，并且还是将人与世界的联结变得可信的枢纽。这一点几乎是所有现实主义文学都无法绕开的难题，可是在《盐湖城》或《私刑》等篇目，我们又分明察觉到作者解决了这一难题。

《盐湖城》一篇，在青海羁押多年的刘明汉刑满释放，他满心欢喜地在一个寒冷冬夜回到位于枫林区的家，但他却发现家人的心情与自己并不一致。妻子萍正在看电视，忘了他几天前打来预告回归的电话，孩子也忘了眼前的这个人正是他的父亲。由此开始，刘明汉慢慢察觉到了更多的"变"与"不变"。不变的是妻子身上的发香、五年前家中置办的彩电、墙上挂的结婚照，好像整个环境同他入狱前相比都不曾改变。但变的也是这些：妻子与儿子无由的冷漠，刘明汉父亲的亡故，妻子脖颈上多出的白金项链……因为抗拆与购买枪支而入狱的刘明汉，就这样成了家中的客人。促使刘明汉入狱的是他的小学同学贾山，准确地说，是他难以忍受已经成为房地产商的贾山以极低的价格暴力拆掉他们的房子，为此才远赴青海买枪，又掉进陷阱。

这篇小说中具有决定性的转折是刘明汉在归来的长途火车上丢掉了自己刑满释放的证明，这直接导致他没办法在枫林区落户。但从此后的情节走向来看，无论是释放证明还是身份证的遗失，都只是一个引子，贾山在当地的势力与他和派出所雷所长的交好，早已注定了刘明汉无法回到此地。诸多细节——洗脸台下的避孕套、来自他父亲的绝笔、出租车司机无意吐露的话、桌上的范思哲香水——也都在暗示这一点。正因为此，不管刘明汉跑过几次派出所，亦无论他是否拿到刑满释放证明的复印件，此中波折都不过在印证一个可怜人的徒劳。于是，从第一次到青海被捕，第二次赴青海最终被证明无济于事，刘明汉第三次踏上了前往青海的旅途。他想到了那个狱中朋友对他的点拨，这一次他顺利买到了枪。《盐湖城》的结尾颇有象征色彩，买到枪的刘明汉没有立刻折返回枫林区，而是杀掉了那个背叛狱友的女人。

"成年心态"，把握内在心理的准确，叙事的力道和速度，这三者使得《盐湖城》无论从哪个方面加以解读（权力机构的异化、身份合法性的丧失以及要寻回它必须再次犯法的荒诞、情感的废墟，等等），都称得上一部杰作，它比卡夫卡式的《天鹅绒监狱》《可悲的第一人称》都更贴近"中国叙事"，同时又比新小说集同名作品，那采用了电影蒙太奇贴片叙事的《消失的女儿》，更像是一部马丁·斯科塞斯的电影。阿乙在《游击队员郑小驴》一文曾称自己被《去洞庭》中那"叙事上迷人的速度一直拖拽着"，对我而言，郑小驴在中短篇中展现的叙事速度要更为优越、有力，而他所具备的强攻现实的能力，也令他得以省略那些（在长篇中必不可少的）结构省思。《盐湖城》这一篇不是没有结构，只是结构并不喧宾夺主，小说扎实的叙事仍占上风。

尽管在《消失的女儿》中郑小驴仍在探索一种新的叙事可能，但同三年前出版的《蚁王》相对照，也可看出他已开始有意地收拢自身的实验倾向。还是在那篇文章，阿乙对郑小驴的判断是："今天出现在我们面前的郑小驴，更多表现的是一种多样性，是转换、游击、探索、尝试、不确定。……我也看见他不利的地方，就是风格的缺失。这种缺失，导致外界无法对他进行有力的归纳，无法将他一次性有效地定性。这种迟疑带来一种现实：郑小驴是同时代写得最好的一批人之一，却始终无法获得充分的承认。"我以为这一点是准确的，但阿乙没有说的是，"风格"一直以来都是文学史滥用无度的权力，而且从来没有谁能够对这种权力进行监督。往小了看，这一权力又和浅见薄识、剖断愚骏联系紧密，譬如它最热衷的便是为社会学输送分类材料。在此一格局下，"风格"也就成了写作者自我重复的标签。

桑塔格说得没错："谈论风格，是谈论艺术作品的总体性的一种方式。正如一切有关总体性的话语一样，谈论风格，也必须有赖于隐喻。而隐喻却使人误入歧途。"① 这个判断至少对小说来说是适用的，因为人们没办法从声音层面（小说不同于诗）或意义层面（小说不是哲学作品）指认小说的风格，而只有在隐喻所处的意义发

---

① 桑塔格：《论风格》，《沉默的美学：苏珊·桑塔格论文选》，南海出版公司2006年版，第31页。

生层面，小说的风格才变成问题。不过，郑小驴的作品有什么前后一致的隐喻呢？倘若他将《可悲的第一人称》中的逃离思路坚持到底，抑或有意接续《天鹅绒监狱》的那一寓言构造，我们的确有望找到属于他的隐喻。但这费劲找到的隐喻又有什么意义？如桑塔格所说，这难道不是一种歧途？正如分类仅仅是一种压制，是对那些无可归类者的掩盖。

为此，我们必须找到第二种谈论风格的方式，而这种方式又以抵制艺术作品在意义层面的总体性为前提。这第二种方式来自萨特在《什么是文学》中说的那段话："人们不是因为选择说出某些事情，而是因为选择用某种方式说出这些事情才成为作家的。而散文的价值当然在于它的风格。但是风格应该不被觉察。既然词语是透明的，目光穿过词语，那么在词语和目光之间塞进几道毛玻璃便是大谬不然。……题材推荐风格，此话不假，但是题材并不决定风格；没有一种题材是先验地位于文学艺术之外的。"[①] 只有当我们拒绝将风格与决定作品总体性的题材并置在一起，我们才有可能初步实现对"文学史权力"的拒绝。并且，考虑到"风格"这个词最初的含义（古人在蜡板上雕刻花纹的工具）以及它的转义（签名），它也的确更切近"某种方式"而非"某些事情"。

不知我这样说是否对郑小驴构成了一种辩护，即使他无须辩护，即使"某些事情"依旧大于"某些方式"。他的风格以我之见来自叙述的天赋、自我后天的锻造以及对现实生活的关注，前两者成就了他把握内在心理的准确与叙事的力道和速度，后者则让他拥有一种"成年心态"，这表现在他的作品几乎都出诸个体在现实生活的反思冲动，如《可悲的第一人称》《赞美诗》关注现代人无所逃于天地，《西洲曲》《入秋》关注计划生育政策，《盐湖城》关注暴力强

---

① 萨特：《什么是文学》，《萨特精选集》，北京燕山出版社2005年版，第1278页。

拆，但这个时候又会出现同现实距离过近的危险。所以，前者在某些时刻的适时出现就得以抵消它们。不错，我更喜欢郑小驴的地方就在于这一"抵消"：以"某些方式"去抵消"某些事情"。不必刻意选择书写的对象，而仅仅去"写"，让声音在字词中诞生。至于阐释的事情，留给批评家去做。

六、《以父之名》：日常生活中的当代人身份

在某一层面，作者实际上已非常接近供出这部小说本来可能达成的题旨，即将故乡还原为一个父亲，既是精神上的故乡，也是精神上的父亲[1]，而这就是阿喜最初逃离的指望，至少在无意识中他多少带着命定的虔诚去相信存在一个遥不可及的父亲，成为他不再奔波的理由。这个时候阿喜刚刚跨出潮汕家门。只可惜这一层立意在故事中并未完成，思想仅仅外化为了贯穿文本的逃离冲动。

但如果说逃离尚且是实在发生的（阿喜：潮汕——广州——防城港——里火；秋蓝：宋河——广州——宋河），那么寻求则处于根本性的缺席（我们会在下文看到，旅途之中寻求意向的缺席，正对应于省察在日常生活中的缺席）。此亦思想本身的衰退。他们感同身受的是逃离的命运在召唤他们，却不清楚自己能做什么、该做什么以及正在做着什么，最终只是形同一些幽灵飘浮在异乡上空；可是拜现代性所赐，他们的生活并未显得悲惨，准确地说，无论异化的程度如何难以忍受，都不会引发人物产生"悲惨"的感觉，这一切融化于他们悉心照料的日常生活之中。此类情节在小说中比比皆是：

---

[1] 作者在代后记中说："'以父之名'有着较强的隐喻和象征的意味，这里的'父'是地理上的，或者精神上的故乡。"林培源：《以父之名》，湖南文艺出版社 2016 年版，第 247 页。

阿喜举起啤酒瓶，仰头灌了一大口，沁凉的啤酒滑过喉头，咕噜咕噜进入肠胃。他打了个响亮的饱嗝，说："像我这样一个乡下孩子，出外多年，时间久了就觉得自己是个怪人，你说我有家吗？有，家就在那里，闭着眼也能走回去……可那个地方是我家吗？回不去了。为什么？你问我为什么，哪有那么多为什么啊？逃走的那天我就没想过回去，回去有什么意思？不，你别打断我，我不是冷血，我是人，我对老家也有感情的，但我就是不爽他，看见他就恶心。……"

秋蓝伸手拉住阿喜的手臂。她也喝了不少，脸颊绯红，路边烧烤摊烟雾弥漫，她生怕裙子被油污弄脏，坐在矮凳上，脸色紧绷，身体扭捏着，看起来颇不自在。她说："过去那么久，还说这些做什么？我跟你说，每个人都有过去，我有，你也有。说白了，有些事天注定，你只有让自己强大了，才能摆脱过去的包袱。你看我，三十几岁，也没结婚，没小孩，不也过得挺自在吗？我和他闹翻了，我也郁闷啊，我去酒吧喝酒，跟闺蜜们玩，又有什么用呢？男人都是一个样的，贪图享乐，完事了甩甩手，受伤的还是我们。越是这样，我越不开心。伤心的事只会加剧，不会翻过去。每次酒醒了，我就哭。我觉得耻辱，我这辈子不用再指望生小孩了。我不是针对你，别用这种眼神看我。后来啊，我想通了，生不了就生不了，要是生出一个来讨债的，倒不如不要。"[1]

"回不去了。为什么？你问我为什么，哪有那么多为什么啊？"

---

[1] 林培源：《以父之名》，湖南文艺出版社 2016 年版，第 20—21 页。

此处是秋蓝问阿喜为什么回不去了，阿喜一时语塞，紧接着就以诘问"逃走的那天我就没想过回去，回去有什么意思？"取代了"回不去了"的判断。不过这还是小说人物的即席交流，接下来的这句"不，你别打断我"则不免是作者在中断他无力掌控的叙述，即使我们可以想象秋蓝真的打断了阿喜的自言自语。反观秋蓝的一番话，则更加直接地表明了社会逻辑对写作的介入何其深重："过去那么久，还说这些做什么？我跟你说，每个人都有过去，我有，你也有。"诸多常见的矛盾："有些事天注定，你只有让自己强大了，才能摆脱过去的包袱。……你看我……不也过得挺自在吗？……我也郁闷啊……越是这样，我越不开心。伤心的事只会加剧，不会翻过去。"我并非指控这些话在现实生活不可能，恰恰相反，它们是过于可能的（人性的，太人性的），是多数人都会沉浸其中的摇篮曲，也是人们每次从暮色的烧烤摊旁走过时听到的对话；而小说中的人物对此全盘接受的方式实令读者看不出作者对此有何警觉。要我说，这才是真正可怕的地方。这不是小说采纳的真实生活剪影，而是——再强调一遍——社会逻辑对写作的介入。对于阿喜或秋蓝来说，问题意识一旦被颠沛流离、五光十色的生活调包，也就根本无所谓去尝试着回答它们的努力。

生活的可怖在此露面，这里的生活指的便是"日常生活"[①]，而它的可怖正是它从来都提供以温情的便于认同的面孔。除了世界上

[①] 列斐伏尔在一篇访谈录中说："让我们简单地说就是，每天生活是从来就存在着的，但充满着价值与神秘。而日常一词则表示这种每天的生活已经走向了现代性：日常作为一种规划当中的对象物，是通过一种等价交换的体制，一种市场化与广告，即市场而展现出来的。"在另一篇访谈中列斐伏尔说："日常生活恒常存在，并充满着价值、礼仪习俗与传说，'日常'一词指的是日常生活开始具有现代特色：'日常'作为计划的对象，它的进程受到了市场、等价制、销售学和广告学的控制。"转引自刘怀玉：《现代性的平庸与神奇：列斐伏尔日常生活批判哲学的文本学解读》，中央编译出版社2006年版，第39—40页。

很少一些地区，压抑已从现代人的感受系统中被决定性地拔除，甚至是一束灯光一缕汤锅上的热气都能让那些对舒适报以渴念的人沉浸在居家的氛围。概言之，真正充当同谋的，只是与现代性互作不在场证明的日常生活。现代性的许诺与操控实现于作为一项自我规划的日常生活，它所提供的两个秩序平稳的公式是：（一）将外在转换为知性的经济与技术问题（排除理性判断）；（二）将内在转换为非理性的母性气质的日常生活。两相比较，前者的结果是学者被拘禁在象牙塔，职员被拘禁在格子间；后者的结果更加根本，即个体被拘禁在日常生活的想象。日常生活成了被监护的解放与革命意识消解的策源地。

以上所说，并非暗示表层维度之下还存在一个本真的生活现实，也不是说必须要抱有一套意识形态才能与之对抗，而是说一种置身当代的透明意识在当前看来是亟待养成的。某种意义上，这也是眼下处理日常生活题材的文学应当担负起来的责任。

格里耶在其文论《未来小说的一条道路》中指出："世界既不是有意义的，也不是荒诞的。它存在着，仅此而已。而这正是它最值得注意的地方。突然，这一显然性以一种我们无法抗拒的力量袭击了我们。一眨眼间，整个美丽的建筑崩溃了：我们意外地睁大眼睛，再一次感到这一固执的、我们假装已经战胜了的现实的打击。在我们的周围，事物无视我们那些泛灵的或日常的形容词的围捕。……有一点似乎很奇怪，原始现实的这些片段，由拍成电影的故事不由自主地提供给我们后，竟能如此地打动我们，而在日常生活中，同样的场景却不足以使我们从盲目中走出来。"[1] 诸如此类在日常事物中察觉到的神性，是如此富有魅惑力，仿佛艺术的拯救全然在此一端，而新小说或巴特冠以客观小说之名的作品（虽然格里

---

[1] 格里耶：《未来小说的一条道路》，《为了一种新小说》，湖南文艺出版社 2011 年版，第 22—23 页。

耶在几十年后又争辩他的小说恰恰是主观小说）则将这种出诸佩索阿的静观发展到一种令人发指的程度。

《以父之名》中有些场景写得非常动人，可是在读过后难免不让人停滞在那些印象的深处费尽思量。它们是这般真切与抚慰人心，说服人们相信只要好好生活（但什么又是好好生活呢），拯救将是无处不在的：

> 阿喜伸手搂紧秋蓝，她穿着一件圆领的无袖短裙，露出光洁的大腿。阿喜低头看到她领口的项链，随着呼吸起起伏伏。他想起秋蓝说的那些话，心里慌乱一片，就像有人在他身上凿开一口井。丁先生给过秋蓝很多，又一下子把所有东西夺走。秋蓝的生活意外地空出来一块地，阿喜趁其不备，便钻了进去。秋蓝就像黑暗尽头照进的一束光。阿喜想到这些，又惊喜又恐惧。他什么都没有，拿什么去给秋蓝呢？他想着想着，觉得没底。然而就在这一刻，在秋蓝的呼吸贴紧他的这一刻，他心底升起某种近似施舍的神圣感。①

也许只有信德老人最后的自杀近于一次拯救，可这无非是因为他不像阿喜那样虔敬地相信拯救会在逃离的漫长旅途中像礼物一样从天而降。在我看来，现代主义文学撰写的日常生活颂歌，尤其是那些对瞬间与永恒之美的反复书写，对于延宕个体的当代意识觉醒实在难辞其咎。反过来看，恰恰是因为要求个体遗忘作为当代人的责任始终隐藏在日常生活的谋篇之中，文学又显示出了它的必要性。即便文本隐去了具体的现实，它也应当保持着与现实同在的张力，

---

① 林培源：《以父之名》，湖南文艺出版社 2016 年版，第 38 页。

凝视的张力，迅速审视与回应的张力，而理想的阅读，反倒更像是一个迟钝的人被子弹扫射，由此才能引发他与作者在对等的张力下共同思考人的处境。

《以父之名》共分四章，它的结构基本上是：A—B—A1/C—D/A2。我用 A 代表阿喜，B 代表秋蓝，作为 C 的阿霞与作为 D 的信德老人则是对阿喜部分的延续和重述。阿喜的母亲是从越南远嫁到潮汕的新娘，他的父亲由于没有生育能力，仅仅是一位养父。阿喜几乎是紧随着自己的越南母亲一前一后离开了家庭，后者不知所终，前者先后到了广州、防城港与里火口岸，可以想象，在他面前铺展开的那条道路还远远未到尽头。秋蓝出生在河南的宋河，高中毕业后到广州沦落风尘，与阿喜相遇又分离，第二章结尾时她决心重回南方开始新的生活。阿霞生于里火，家境困难的她不得已到防城港做了扒窃生意，却是由此与阿喜的生活交织在一起。

作者自述这本书写的是"一场闹剧，二次逃离，三个失乡人的相逢，四种截然不同的人生境遇"，就中后两点很好理解，三个失乡人是阿喜、秋蓝与阿霞，四种人生境遇则再加上信德老人。至于前两点，闹剧大概指的是阿喜的出生，逃离对应于阿喜与秋蓝。如上文概述的情节，我们很难不去相信这两个人物的相遇是一场无意义的偶然，他们都不是楷模，也无法成为彼此的对立面：阿喜的故事终结于里火口岸一栋旧宅的楼顶，他与阿霞在微醺之际爬上房顶，在呼啸的山风中惶惑发愣又险些摔落下去。画面最终定格在两个失乡人的相拥。秋蓝从南方回到北方并且由文本预示着仍要回到南方，看起来与阿喜的相遇只是中断了她持续委身他人的境况，同样的，在精神上也没有任何改变。

无意义是小说能够料想到的最为深重的灾难之一。如果说现代主义决绝地放弃让文学主人公成为英雄，那么其后的小说恐怕都欣然接受了这个提议，从此一路致力于展现平凡人的卑微生活，不过

"卡佛们"忽略了一点，那就是现代主义在拒绝塑造一个英雄背后起支撑作用的是作者心底仍不时泛起的心碎、绝望与悲怆。与其说真实的某一阶层的生活场景从此复现于后一类小说，还不如说那是内心冲突的消失，心灵之死的完成，以及最终的自我贬低，而它正预示着一种全新的现实主义大获全胜，卷土重来。在此意义上，从未出过远门的信德老人看起来就远比自己的子嗣、子嗣的情人或者不如说比他的下一辈都更像一个完整的没有被踩扁揉碎的人格化身。信德老人既不英勇也不聪慧，但他在自己能做的时候总是愿意相信自己能够悲悯、舍弃、停下来思索下一步该如何行事，以及在无法更进一步的时候选择决断地自杀，以此成全自己最后一种意义。反观另外三种人生境遇，其实乃是一种：阿喜去广州不赘，去防城港纯粹是想到他经历的那次绑架是由此地人士所做（但他不是去复仇，只是无意义的突发奇想。当然复仇同样没有意义），去里火口岸则是为了帮阿霞卖掉房子。可以说他始终都在路上，但这种奔波与在潮汕家中尽此一生并无差别。其他人也是如此。

究竟应该如何逃离？或者说，人类怎样才能摆脱被意志役使的伊克西翁式命运？这是叔本华谈论命运时给出的题旨，也仍将是现代人思考如何成为一个当代人时必经的心灵之路（不过叔本华的方案不再适用）。日常生活是重复的，琐碎的，合理的，被极度认同的。它始终缺少一脉强有力的追问：逃离之后，又将怎样？这里并非索要一份回答，可提问不能不具备力量。《以父之名》原来的题目是《到异乡去》，以此观照可能更吻合其内容，即无数飘浮在异乡上空的幽灵，那些精神失根的青年，无论是怎样的原因促成了如此局面，他们都无能于完成一次救赎性质的精神返乡。不仅如此，回答自身的激情也日渐消逝在了日常的操心之中。他们去哪里都是去异乡；他们无所逃于天地。

但相比故事中人物的浑浑噩噩，我觉得尚有必要去关注作者叙述时的疲惫心态。如果说风格是符号与形式、素材与修辞的统一，那么这本书有没有风格呢？有的，只是不太明晰，也不尽统一。更准确地说：我以为是作者的风格化叙事不够彻底，而这一点与作者在写作时过分关注结构与叙述的安排而疏于素材的理解、整拓以及至为根本的质疑有着很大关系。一个作家的风格首先建基在对他着手处理的题材的彻底理解之上。在此之后，修辞才是直觉的与正当的。

作者通过此书提供了一份以往写作逻辑所能抵达的极点的证词，即日常生活之赝象的饱和点。《以父之名》暗示着一次正在发生的断裂，那种甜蜜的生活即便不是应该诅咒的，也将要被作者真正警惕：对于素材的彻底理解将伴随着作者的自我更新发生。同时，这也是我们这一代人要做的事情：投身一场被延宕太久忽视太深的对日常生活的清算。

人文性与文学性的和解

——关于当前文学状况的一次描述

一、奇观的写作与符号的写作

鲁敏的短篇小说《西天寺》（收录于《荷尔蒙夜谈》）最后的那个场景迄今令我难忘。作者先前所述，是主人公符马在随家人扫墓过后，同一位陌生女子春风一度的一天，但爱与死有着同样的孤独。当他在酒店结账时，出现了一个类似于普鲁斯特笔下不自觉回忆的高潮：因为想到了童年与爷爷登山的场景，充实的感觉既让他不敢相信地战栗，又十分振作。于是，符马一鼓作气地赶奔紫金山山脚，试图重温回忆中天恩一般的感觉。可是就在此刻，四周的场景倏忽黯淡下来，那种充实早已消逝得无影无踪，徒留一个冰冷空虚的此刻。当符马在半山腰遥望山下的金陵夜色时，那个隐约可见的漫长午后已被跳过，此刻就是黄昏将尽，是天空坠落下一块块浓墨的时候，城市的夜景向众生敞开。这个场景的反高潮气质不仅令我印象深刻，也曾让我深深感动。《西天寺》是鲁敏关于城市生活的一次成功书写。小说的情节虽平凡近于微末，但细节究竟显示出作者潜入到这个时代的心脏：无可救药的虚无暂时的消逝与重返，正是这两重节奏支配着现代人的日常起居。我们会感到生活是值得一过的，正如同符马期盼故地重游将给他带来愉悦；可是，我们也会再一次并且更为长久地被白昼悬置，如同片刻之后，符马便随着窸窸窣窣的人头下山。在这个场景中，众生孤独、静默以及难于抵抗地勉强立于世间。

同一集子里的《万有引力》也是一篇佳作，作者以数字剪辑社会上由一个事件引发的连锁反应，而内在于一个循环中的最终事件准确无误地落实到了起始事件的主体身上。这就是拓扑学上的蝴蝶效应，以此来描述中国社会的密度与人情之复杂，端的相得益彰。当然，在《荷尔蒙夜谈》这个集子中，更多篇什的质量与《西天寺》或《万有引力》并不对等，后者大多属于一种奇观的营造。如《三人二足》虽也是写社会个体各怀心事，整个文本却致力于揭开恋足癖这类亚群体的一角，而作者显然尚不满于此，预后还要来一番声明，即这是鞋店邱老板为了掩饰走私毒品的内情。又是各怀心事：女主人公章涵依旧沉浸在畸恋中，预备来一次彻底的爱情献身。同名小说《荷尔蒙夜谈》里以创造的激情来圆何东城在飞机上的荒诞举动尚且说得过去，诸如《徐记鸭往事》或《坠落美学》便难免显得生硬了。当我逐字逐句地读完集中所收这十篇小说时，心情多少有些压抑，可是拆开来讲，压抑不仅仅指涉了作者执意揭露人心难测的兴味，与小说谋篇也不无关系，即不惜以非逻辑来制造感伤和高潮。反过来讲，唯其故事平淡，叙述的韵味才更浓厚。如果说《西天寺》显示的是反高潮，《万有引力》中的零度叙事又消解了高潮，那么其余篇什所写则一概是被刻意抬起的高潮，因此也都是远离庸常世间的奇迹。

有待被进一步追问的是，难道只有奇观或奇迹才值得观照吗？这是一个价值的疑难。但事实层面的确如此。诚如近年来科幻文学的兴盛，其弊端便不可不察，那就是在它打开纯文学想象力的同时，也让当代的叙述者沉浸其中，执着于一种生活奇观的发现。唯当此一写作倾向变作一股新的宏大叙事，也许正是对现代叙事源始——将个人经验聚沙成塔、集腋成裘，确立起个体经验叙述之自足性——的背离。从这里我倒觉得中国作家的困境并非激情不足。相反，有时未免是过于病态的亢奋了。根据《荷尔蒙夜谈》所显示的症候，作者或许熟悉一些弗洛伊德的理论（如死亡本能，性冲动与创造欲望的转化），但它很可能并不适合作家与一个情势过分复杂的系统建立一种稳定接收与回馈的共振。情绪与理智的不稳定实质上败坏的不是情绪：情绪无从败坏，遭殃的只是感受。因为更富激情的时代或迟或早会淹没比不上它的仿作（这种模仿的目光聚焦在时代的凹凸之处）。可以想象，寻觅奇观的写作其终局也是现代主义的终局，那就是刚刚被发现的作为个体的人，再一次被奇迹的事件机制回收，成了事件中的失踪者。不是主体遭遇事件，而是事件吞噬主体。从形式主义（现代主义文学的逻辑）到虚无主义（现代主义文学的结论），往往只有一步之遥。

与贪新骛奇、营造高潮的写作相类似，还有一种过分贴近时代、高蹈个人的写作，而它同样让日常生活成为一种新的宏大叙事。在2018年第1期《收获》中，计文君发表了一个中篇小说《琢光》。这篇小说的开头便极具陌生化的特征：

> 拿了亚军的林爱东，一年后顺理成章去读了中文系，20世纪90年代靠着书写青春的爱与哀愁，成为深受文摘杂志青睐的美女作家艾薇，接着南下深圳做了几年的时尚杂志主笔，2009年来北京，涉足新媒体，她的"临水照花人"成为最早红起来的几个公号之一，拿到投资后有了盛世薇光文化传媒，每日推送的文章和每周三十分钟的视频"薇语"，使艾薇一年半之后坐拥五百万自称"薇蜜"的粉丝，独角戏"薇语"升级为"群英荟萃"的网络综艺谈话节目"艾薇女士的客厅"，过亿的流量带来了微格基金的B轮投资，2016年"出道"APP上线，以UGG（用户生产内容）为基础，规模化筛选、

包装、推广有"脱口秀"才华的素人，艾薇俨然已是语言类视频节目的一代宗师。

时代气息，谁都会想到这个词。时代气息在此指的是每一个物与名词都过分真实。可是，现实逻辑与文学的逻辑并不等同，后者亟待的是文本真实性（自洽性）的拯救，而非被现实的真实性（现实性）所裹挟。所以，当一切小说组件都闪耀着无可置疑的真确性的时候，我们只是察觉到所谓的"时代感"是讽拟的，而每一个过分真实的物其实只是神话学的符号物。在这一符号式的写作里，物既是在日常生活层面社会向个体源源不断输送的符号，也是欲望个体毫无警觉加以收受的编码过程。小说因此呈现为拼命将文本朝向现实逻辑推进却难免无望的尝试。在《琢光》里现代生活的景象的确被加以热心观照，只不过这种热心是如此吊诡：作者愈想让小说显得真实，读者便愈发觉得小说毫无真实可言。以上所说，大概便是城市文学当前的两种困局（奇观的写作与符号的写作）。当然，在回应文学与现实步调错乱的尝试里，并不仅仅有这两者。

二、"人文性"与"文学性"的内在矛盾

在福楼拜的《文学书简》中，最有意思的莫过于一批他回复几位女士的信函。如 1853 年 7 月给高莱女士的信，福楼拜写道："我的主旨的俗鄙有时简直叫我作呕，同时遥望着那么多的庸凡的事物，全要好好地写出来，想起这种困难，我都心惊。"[①] 此刻的福氏，大抵还在被《包法利夫人》的写作熬煎着。但这封信别有意味之处，却在于提醒我们令福楼拜感到举步维艰的并非形式或语言的问题，

---

① 转引自李健吾：《福楼拜评传》，《李健吾文集》第 10 卷，北岳文艺出版社 2016 年版，第 45 页。

此外更有心性的冲突存焉。在 1856 年 11 月致霍乃蒂夫人的一封信里，他清楚地解释了这一点："他们以为我爱的是现实，可不知道我厌恶它；我恨现实主义，所以才写这本小说。然而我也不因此少所厌憎于虚伪的理想主义，正因为后者，我们才饱受时间的揶揄。……写《包法利》的时候，我先有一种成见，在我，这只是一种命题，凡我所爱的，全不在这里。"[1] 福楼拜的奇崛从不体现在他的憎恨，而是即便如此，他依然要"强忍着呕吐"将现实写出，同时不包含任何道德训谕。这既是福楼拜作为艺术家的诚直，也是当前国内作家缺失的心性。无论是奇观的写作，还是符号的写作，抑或逃离的写作，本质上都暗藏着一种价值判断，这种判断辖制了作家的写作范畴。

我将文学界当前的这种困境归结为人文性与文学性的冲突。所谓人文性，其最初含义是指从 14 世纪开始，借助于对古希腊罗马文化的研究，标举人性理想，进而要求社会摆脱经院神学束缚的思想解放运动。我在这里所说的人文性，却并非是要纠缠彼特拉克或薄伽丘所标举的人性是否与古希腊罗马文化的意涵相吻合的历史考辨，而是指继人文主义之后的文艺复兴中所蕴藉的世俗精神。人文主义是学院派推动的张扬人性的解放运动，但对它在生活器物层面的具体落实，则有赖文艺复兴进程中方方面面的创造。李·斯平克斯认为："人文主义的核心思想是，真理和价值可以由人直接辨别出来。"[2] 其实倒不妨进而言之，由于现代文明是人创造出来的成果，因此人在对其加以辨识乃至肯定的过程，也就同时达到自我肯定的层面，是人对其自身力量与价值的确证。晚近以来，文艺复兴的设

---

[1] 转引自李健吾：《福楼拜评传》，《李健吾文集》第 10 卷，北岳文艺出版社 2016 年版，第 46 页。

[2] 李·斯平克斯：《导读尼采》，重庆大学出版社 2014 年版，第 127 页。

计方案饱受争议，如在消费社会的批评中，鲍德里亚就认为对个体欲望的满足永远都处在一种被监护的状态下进行。人文主义行进到消费社会这一阶段时，已然显示出享乐的奉行与欲望的解放是一种新的人文主义神话。消费社会和生产暧昧不清的联系，则说明其并非真正脱离了生产社会的内在逻辑，不过是一种价值标准的替换而已。又如海德格尔的哲学使得主体被证实为一种形而上学的构造，这一论断直接导致了关于主体的思考开始向存在偏移。可是，当主体真正地被存在取代，或者说当活生生的个人开始被目为无情感的存在时，人的价值与人文主义的旗帜也就飘摇不定了。人文性正是在对其大肆攻讦的争辩中才决定性地出现，而它就是对人类社会现代文明成果及价值的捍卫。在这样一种人文性思想里，文艺复兴对人性的设计方案，可以被改良，却不应被废止。

我在这里所说的文学性，同样不是俄苏形式主义文论中的那个自反性概念。在后者那里，"文学性"是使得一门研究文学的学科（文学学）得以体系自足的理论支撑与研究对象。此处的文学性（与人文性起冲突的文学性）毋宁说更切近于文学史的含义。文学史不仅对文学创作形成了一股宰制性的压迫，对于人们如何深层次地理解与接受现代文明的含义，在心灵深处确立这种文明的价值，它也起到了与推动相悖的阻力。这也是人文学科自从与自然学科分裂之后所自我赋予的一种特质。本质而言，人文学科是历史性的，而历史性就表现在一种由经典文本组成的结构。科学上的范式与文学史的结构截然不同，诸如我们不会再去演算牛顿的三大运动定律是否正确，它是不言自明的，因此前人发现的规律也是我们在同一领域进一步研究的基础（范式的转换与科学的革命另当别论），但是作家却不会认为他比前人立足的根基高出多少，也不会因为历史上曾经有过一个但丁，就认为自己的作品是《神曲》的延续，甚或比《神曲》高明。① 这就是文学史与科学史的差异所在。根据艾略特的看法，作家会努力地将他自身的创作纳入到对历史意识的领悟中去，或者说，归入到文学史的结构中来。正因为此，作家还要感知"从荷马以来欧洲整个的文学及其本国整个的文学有一个同时的存在，组成一个同时的局面。这个历史的意识是对于永久的意识，也是对于暂时的意识，也是对于永久和暂时结合起来的意识。就是这个意识使一个作家成为传统性的。同时也就是这个意识使一个作家最敏锐地意识到自己在时间中的地位，自己和当代的关系"②。这种在感知历史作为一个结构的同时，捕捉到自己在时间中的位置，自己和当代的关系，很可能也只是自己同"逝去的时间"的关系。所以艾略特在这里才将抽象性的"时间"以"当代"称之。

归入文学史的动因，与评价标准不无关系。经典文本的历史结构是一个坐标，只有当现在的作家置身其中时，他们的作品才能被准确评估以及真正接纳。③ 村上春树就是一个很好的例子，尽管他捕捉到了时代的厌倦情绪（《眠》），因此可以说是接近了人文性，但村上春树又是远离文学性——文学史的典范（他的文学楷模是雷蒙

---

① "然而，哲学家未能在艺术中找到实在的东西和独立于一切科学的东西，从而不得不把艺术、批评等假想成科学，这样前人必然不如后人先进。艺术上没有（至少从科学意义上讲）启蒙者，也没有先驱。一切取决于个体，每个个体为自己的艺术从头开始艺术或文学尝试，前人的作品不像科学那样构成既得真理，可供后人利用。今天的天才作家必须一切从零开始。他不比荷马先进多少。"普鲁斯特：《驳圣伯夫》，北京燕山出版社 2006 年版，第 60 页。

② 艾略特：《传统与个人才能》，上海译文出版社 2012 年版，第 2—3 页。

③ "诗人，任何意识的艺术家，谁也不能单独具有他完全的意义。他的重要性以及我们对他的鉴赏，就是鉴赏他和以往诗人以及艺术家的关系。你不能把他单独评价，你得把他放在前人之间来对照，来比较。我认为这不仅是一个历史的批评原则，也是一个美学的批评原则。他之必须适应，必须符合，并不是单方面的；产生一件新艺术作品，成为一个事件，以前的全部艺术作品就同时遭逢了一个新事件。"艾略特：《传统与个人才能》，上海译文出版社 2012 年版，第 3 页。

德·钱德勒）。这也许就是他不被纯文学读者接纳的根底。在那篇文章里，艾略特此后更加直白地端出了他的结论："艺术从不会进步，而艺术的题材也从不会完全一样。"[①] 他关于文学性与人文性的看法非常清晰，人文性即便能够被接纳，日常生活经验即使能够入诗，也是在承认文学性的前提下实现的。文学史对于读者同样具有一种复古的宰制。这种宰制力表现为它并不要求我们在经典中找到自在的道德价值，而是要求我们与先贤的心灵发生对话，而这种对话显然是以忽略现实生活为代价的。[②] 总的来看，文学史并不前瞻，却永远回溯，它并不将制作出新的文本视为推动现实生活的努力（缺乏工具理性，对物质利益的贬低）。因此，现代文明的经验并没有以一个正面的姿态进入到文学文本中——无论进入的是可读的文本还是可写的文本——同文学史的内在特质有着根本性的关联。

福楼拜也曾在书简中多次表达过对古人的钦羡。这是他对本能写作与理智写作的区分：古人依靠他们的直觉就完成了今人不敢设想的壮举，今人若想要在程度上与之比肩，痛苦与自我怀疑就决不是无所谓的。从这一点来看，福楼拜也远比艾略特清醒。在艾略特眼中，由于作家要同文学史发生对话关系，作家的写作永远都围绕

[①] 艾略特：《传统与个人才能》，上海译文出版社 2012 年版，第 4 页。

[②] "西方最伟大的作家们颠覆一切价值观，无论是我们的还是他们的。不少学者要求我们在柏拉图或《以赛亚书》中找到我们的道德和政治观的根源，但他们和我们所处的现实脱了节。假如我们读经典是为了形成社会的、政治的或个人的道德价值，那我坚信大家都会变成自私和压榨的怪物。我认为，为了服膺意识形态而阅读根本不能算阅读。获得审美力量能让我们知道如何对自己说话和怎样承受自己。莎士比亚或塞万提斯，荷马或但丁，乔叟或拉伯雷，阅读他们的作品的真正作用是增进内在自我的成长。深入研读经典不会使人变好或变坏，也不会使公民变得更有用或更有害。心灵的自我对话本质上不是一种社会现实。西方经典的全部意义在于使人善用自己的孤独，这一孤独的最终形式是一个人和自己死亡的相遇。"布鲁姆：《西方正典》，译林出版社 2005 年版，第 21 页。

着那几个永恒的命题打转，是故文学史对个人的写作无形间构成了压制。但是根据福楼拜的看法，文学史与个人之间乃是一种互动的关系："在所有浪漫主义者歌颂自我的时候，他第一个醒悟过来。"[1] 个人同样可以反动其时的文学潮流，也的确应当思索现实生活的具体情形。从这里开始，他才立志于在故事中处理与直面棘手的现实。

　　文学史是复古的，它还使得人文性的进入需要时长上的间隔。我们或许还记得，《狂人日记》1921 年 12 月 4 日至 1922 年 2 月 12 刊于《晨报副刊》，但所写之事却是"宣统三年"前后，其时也有十年之遥了。然而，作家所要与所能做的并非是一回事，也并非就要据此在两重立场之间有所混淆（针对所要与所能）或有所侧重（针对俗世经验与审美经验）。首先，当代文学同其书写对象同样存在的距离障碍（过于接近，可能反倒看不清我们置身其中的时代），这是一个事实判断，是所能而不能的事实。但在事实判断以外，尚有一个价值判断，切不可将两者混为一谈。价值判断指的是文学的作为：即使力有不逮，也理应将当代生活的俗世经验转换为当代文学中的审美经验。其次，由于作家恰恰居于俗世经验与审美经验这两者之间，他便在社会理想与审美理想之间充当了一个天然的调停者。因此，在无须侧重这一方面，同样还衍生一个不可混淆。那就是对人文性的批判（价值判断），无碍于作家诚直地涉笔人文性的事实（事实判断）。如果说奇观的写作尚且属于一种评价现实标准的畸变，那么符号的写作就来自作者同现实的间距被取消，以致产生对现实的狂信。因为狂信，小说在应有判断之处，作者从未显示他对于现实本身有何过滤的警觉，而在不应有判断的地方，又遍布着生硬的反讽，并且反讽往往转瞬就被狂热且置信不疑的宣布湮没。更为讽刺的是，往往是反讽本身变作了一种事实陈述，小说就此降格为一份

---

① 李健吾：《福楼拜的书简》，《外国文学评论》，北岳文艺出版社 2016 年版，第 240—241 页。

关于现实的拙劣摹本。反观逃离的写作，则是与狂信相对的拒绝相信，因此它所暗含的是一种价值批判的拒绝前设。两者至少在下面一点是一致的，那就是作者都混淆了价值判断与事实判断。写作是事实判断，是依据诚直的心性写来，它不需要结论，亦无论这结论潜在还是显明。"任何伟大的天才都不去下结论，任何伟大的著作都不去做结论。因为人类始终在前进，远没到做结论的时候，而且也没结论可做。"①

三、俗世经验与审美经验的转换

对文学来说，它所要的正是将当代生活的俗世经验转换为当代文学中的审美经验。它无须侧重两者，但也不能混淆两者。尽管我在上文讨论"文学性"的概念时，有意避开了俄苏形式主义的规定，但是这里的"审美理想"却无法再同形式主义的"文学性"撇清联系。在什克洛夫斯基看来，既然真正构成一部文学作品的，是语言转化为文学或者说将感受事物经验的方式加以物化规定的过程（这个定义兼及了手段、目的与过程三重要素），那么就十分有必要在对应读者的意义上（写作过程让渡为审美过程）延长这一过程，为此他才同"形象思维论"针锋相对地提出了"陌生化"的概念。当读者遭遇到陌生的语言，必得停下来思索，以便恢复他那被日常生活中的理性（科学手册中的语言）消磨的感受力，进而重新感知那些习焉不察的对象。语言将被概括的重新浸泡，就像在日本茶碗里重新绽开的花朵，于是也就延长了读者感知的时间。什克洛夫斯基的"陌生化"原理与阿波利奈尔摆脱俗套的"震惊"非常相似，两者都认定具体的事物无法经习惯的概括而被人们察觉，而诗学的不透明

---

① 福楼拜:《文学书简·庸见词典》,《福楼拜文集》第5卷,人民文学出版社2014年版,第138页。

性正是要求通过一种艰难的关注从而抵达对实事本身的感知。对于俄苏形式主义者来说，感知的过程构成了文学的全部（在这种构成背后，他们反动其时文学与现实过于暧昧的立意亦足够昭然）。所谓审美理想，指的就是作为价值自足的艺术整体，它涵盖了想象性、虚构性与创造性，与外在的那个现实世界（无论是源始于宇宙大爆炸还是上帝的创世）无关。文学是作家的创世，审美理想是语言的乌托邦。

关于审美理想与社会理想的情形，我们还可以在尼采对卢梭的批评中找到，卢梭代表的就是一种彻底平等的社会理想，尼采则念念不忘于酒神与日神的审美理想，人类在艺术中实践一种贵族理想，而在对古希腊悲剧的鉴赏中，人类得以重返存在的故乡。当然，尼采批评卢梭的动机，或许不全然在于平等的观念损害了生命意志，也在于他从卢梭的思想中辨识到了一个观念性的乌托邦运动——观念与审美恰恰是敌对的。审美理想所以价值自足，便是艺术从来都不谋求它的实现。反过来看也未尝不可，当俗世经验转化为审美经验时，已然是艺术自足的实现，它实现于文本之中。社会理想却与之南辕北辙，它本质上是一个观念性的乌托邦运动，而观念或理论必然以其在现实中的实现为旨归。人们难免要问：如果乌托邦实现了呢？这是一个致命的问题，也是"反乌托邦三部曲"中描绘的场景。

无论是哪一种乌托邦，它与现实之间都存有一个丧失与寻回的过程。但审美理想与社会理想选择的方向与道路是截然相反的。审美理想是从现实到文本的内倾，它选择将现实消化为文本自身的肌体，让受压抑的经验在艺术中得到升华；社会理想则不然，它是从文本到现实的外凸，所以必然选择在现实中实践那被压抑的经验，即使发生冲突也在所不惜。文学性造就的是一个审美乌托邦，而人文性最终造就的是一个社会乌托邦。在这里，文学性是正题，人文性是它的反面，两者的合题是从文学性出发对人文性的反思，是审美乌托邦对社会乌托邦构成的消解与延宕。正因为此，俗世经验向审美经验的转换，同时也就是审美理想悬置社会理想的过程。除此以外，如果我们将正反两题进而颠倒，即作为正题的是人文性，作为反题的是文学性，那么两者的和解就表现为以现代文明的眼光去重新审读与编校文学史：由于时过境迁而稍显不合时宜的思想，是否应该被设置成禁忌呢？举凡这些，都是值得思考的问题。不过，在本文的最后篇幅，笔者关注的是文学性对人文性的反思这一面，在考察过社会经验向审美经验转换的必要性之后，我将仅就日常经验与文学经验之间转换的方式展开来谈。

首先，有待追问的是，这两种经验的组织方式是否一样？如果日常经验仅仅是物的集合，那么文学经验是否与之一致——同样呈现为物的名词的集合？抑或根据形式主义的内在逻辑，文学经验应当是对感知过程的表现？我发现，这也是2018年第1期《收获》杂志刊载的两个中篇小说（计文君的《琢光》与周嘉宁的《基本美》）所显示的差异。关于前者中名词集合的现象，前文已有分析，此处不再赘言，现在来看后一篇小说。《基本美》大抵上是香港青年当下心态的某种写照，我无法断言它的叙述是否忠实，但其碎片化的叙事的确给人一种亲密之感。这些碎片在一种奇妙的氛围中被保留了下来，碎片没有失去碎片的本质，而叙事也一直在绵延。倘若读得足够仔细，还会察觉到周嘉宁的叙事之所以带给人亲切的感觉，与作者在文本中仅仅聚焦经验的构成方式不无关系。例如小说的第一句是"致远得知洲的消息时，离洲过世已过去了一段时间"，回过头看，洲的去世似乎被接续的回溯掩埋了。他仿佛永远年轻，并且正因为此一文本结构，人们很容易忽视时代内心的隐疾。周嘉宁的写作显示了另一种文本（将日常生活入诗）的生成方式，以及另一种将对象审美化的结果（感觉的萦绕）。在《基本美》中，所写对象即是感知之过程，但感知过程同时也是写作的过程与阅读的过程。感觉是润滑剂，是弥散的以太之光，它黏合了日常生活的所有感受经验。这不正是对形式主义中"文学性"观念的实践吗？

其次，还应该分析产生这种感觉的生产方式与社会组织形式的变化，譬如资本主义产生了景观社会，而它又进一步导致了我们关于时空感知形式的剧变。审美理想在抵制一个"社会理想"的反乌托邦运动中，不只涵盖了与其运作方向相反意义上的抵制（消解与延宕），还包括了文学在文本层面逃离资本与欲望逻辑的尝试。这种逃离与今天许多小说中描述的逃离存有很大差异，毋宁说是一种在场的逃离。在场，指的是文学并不缺席对当代景观社会的描述（影像、符号、意义的疯狂滋生），而逃离则有坚持批判的蕴意。在20世纪，当诸多社会理论逐一进入到日常生活批判这个场域时，乔治·佩雷克在小说《物：60年代纪事》中所显示的，正是文学无须借助于非虚构这个折中选项，同样能够在事实层面坚持一种以不损害艺术为前提的价值判断。《一地鸡毛》在我看来同样是此一观念的实践。刘震云的小说里麇集了生活中那些琐碎不堪的细节（却没有任何僭越的议论），但小说在将生活经验转化为审美经验的同时，其价值判断并不因此缺席。看起来，文学性与人文性的真正和解，恐怕还有赖于我们再次回到"新写实"此后发展的断裂之处。从先锋文学过渡到新写实小说，是中国当代文学最宝贵的收获，而接续后者的遗产，仍能够帮助我们回应今天当代文学在文学与现实之间所面临的诸多疑难。

下编

林语堂的三重身份

——读《林语堂传：中国文化重生之道》

在《林语堂传：中国文化重生之道》一书中，钱锁桥先生将"修正我们已经习以为常的有关现代中国的知识结构"，作为"对林语堂一生著述进行全面深入的考察和理解"的前提，并非难以理解。根据他的说法，以胡适与鲁迅为代表的"现代中国的知识结构"所生成的话语实践，深刻地影响了中国的现代化进程。另外，现代中国的线性进步历程，即根据政权更替所做的历史描述，也越来越失去它的公信力。因此有必要对两者同时展开回顾性质的反思：关涉前者，对鲁迅与胡适留下的思想遗产进行重估，始于检讨中国现代化进程遗留下来的诸多问题，如"新的文明"许诺并未在传统儒家文化崩溃之后兑现，反倒是留下了近乎迷信的科学崇拜，而中国传统文化也不复为"本"。对后者的反思，则是为了回应前一个问题，即如何思索中国的现代性，在钱锁桥看来，这关系到一种新的历史叙述方式："现代中国（乃至20世纪人类）的历史经验沉甸甸凸显自身，要求我们反思"，并且是以之为基础，提出我们的问题。就此书写作而言，构筑一个重新讨论现代中国知识结构的场域，等于是在保留人们关于这一问题"前理解"的条件下（譬如林语堂一直以来背负的两个标签：闲适随笔、通俗畅销书），进行调整、修改乃至克服"前理解"的准备工作。作者深知"在中国现代文学文化批评的语境内突出彰显林语堂文学实践的意义"的必要性，因此倘若缺失了语境或者说对语境的讨论，关于林语堂思想遗产的重审恐怕便很难顺利进行。

将胡适与鲁迅作为现代中国知识结构的代表加诸反思，既指向了两人思想观念的差异地带，如"为什么鲁迅以反专制为基本追求而却总是被专制利用"，为什么在鲁迅强烈的"斗争哲学"的映照下，胡适奉行一生的"容忍"被当作性格软弱的样板予以鄙弃，也指向了两人思想观念同一的部分。两人同为新文化运动的领军人物，胡适推动了"全盘西化"的潮流，鲁迅在反传统的道路上披荆斩棘。尽管侧重不同，在"再造文明"的问题上却不约而同地显示出殖民主义话语的渗透，"假如按后殖民式批评家的说法，鲁迅对西方传教士话语的霸权性质'视而不见'，胡适从来就不承认有殖民主义这回事"①。这些问题——有的能够解释，有的尚且无解；不过即令那些得到回答的问题，依旧在将自身呈现为现代中国知识结构的疑难："它不仅是知识姿态问题，也是思维方式问题"，而思维方式必然要经澄清。作者选择这两个人物作为中国现代性的标杆，也另有一重原因：林语堂同他们皆有时相过从的交往。他们关系的亲近与疏远，从侧面上亦可显示林语堂与两人思想的契合或超越之处，抑或是勘探他的思想在现代中国知识结构中具体处在哪一位置。也许对作者来说尤其关紧的，是从中国现代思想史中将"失踪者"林语堂打捞出来，他当时的声音何以消弭于浪潮固然在被讨论之列，但是展示这一另类的话语实践，其现实目的也足够昭然：其一，如标题所示，为中国文化找寻重生之道；其二，"为中国于全球时代现代性之路铺垫新的范式"。

在第一章的结尾，作者为我们勾勒了置身中国现代性历程中的林语堂，他的话语实践在胡适与鲁迅组成的坐标中所具备的三重

① 钱锁桥：《林语堂传：中国文化重生之道》，广西师范大学出版社2019年版，第15页。

特质：首先，林语堂与两人一样是自由主义的批评家。其次，林语堂针对中国传统文化做出的批评，缺少胡适、鲁迅话语中的激烈样式。林语堂理想中的"再造文明"包含着更多同情的理解以及重新发掘的功夫，后者涵盖了他对中国"抒情哲学"的提炼与在汉语文字领域做出的实绩。自林语堂介入"新文化运动"以降，他所走的始终是一条允执阙中的路。最后，林语堂八十一年的生平行止，有三十五年在海外，此间又分为三段：四年的海外求学经历（1919年赴美求学，此后历法国到德国，于1922年获哈佛硕士学位，于1923年复获莱比锡博士学位）；一年的旅欧经历（从1931年5月到1932年5月）；1936年到1966年，林语堂移居海外，主要住在纽约、戛纳两地。这种海外经历与由此获得的视野，似乎使得他比通常意义上的中国现代知识分子的生命（1919—1949）额外多出了一段，也因为此，林的著述与翻译便包含了他身体力行对两种文明进行的转换，令他在此一基础上能够对"整个现代文明（中国现代性问题为其一部分）"有所发言。在作者看来，这三重因素为林语堂接触、讨论与思考更高层次的时代议题提供了可能，并且扬弃了单纯民族主义的普世批评家角色，在整个中国现代知识分子群落都称得上罕见其匹。总的来看，钱锁桥的这本《林语堂传：中国文化重生之道》虽以传主生平经历为序，它所讨论的议题却无不逾越以上三个方面。其间有纵横交缠之处，益见作者缕析捭阖的笔力。正是从这三个方面，作者基于历史经验本身，展开了"对林语堂一生著述进行全面深入的考察和理解"。

一、自由主义者：对当前政治的批评

1930年，林语堂联合《中国评论》同人，在上海创办"自由主义普世派俱乐部"。与这份周报始有渊源，是两年以前他开始为之撰写英文稿件，此后又担任了一个板块的专栏主笔。在俱乐部成立一年之后的聚会上，林语堂做了题为《什么叫自由主义》的演讲。演讲对象是国籍不同的上海居民，但他的话似乎更像是向国人传达不同文化理应相互包容的观念，他说："外国人的风俗、法律和宗教乍一看上去毫无道理，但是新的自由主义的态度就是要努力在这种无理中找出道理，这种态度是人类历史上新近的发展，毫无自然本能来维系之。只有通过正确的教育，拥有强大的包容心，再加上精神的努力，我们才会对外国人的习俗培养出一种自由主义的态度。"① 此中对自由主义的定义（欣赏与容忍他者），与胡适在不同场合的表述不谋而合。除了 1959 年在台北的演讲《容忍与自由》以及庆祝《自由中国》创办十周年的同题文章以外，还有 1949 年为《陈独秀的最后见解（论文和书信）》一书所作序言。这一批文章的语境多是对其时政治的回应，然而两人关于民主社会的根本见解则是一致："容忍的态度比自由更重要，比自由更根本。我们也可说容忍是自由的根本。社会上没有容忍，就不会有自由。"② 反观鲁迅对自由的认知，恐怕就更多地指向反抗专制而非容忍他者。这种"斗争哲学"畅行于 20 世纪，且以陈独秀的那番话最富典型性："其是非甚明，必不容反对者有讨论之余地，必以吾辈所主张者为绝对之是，而不容他人之匡正也。"③ "斗争哲学"追求的即是一种批判的彻底性。

　　在中国现代性历程的初始阶段，知识分子群体知识结构内部便

---

①　Lin Yutang, "What Liberalism Means", The China Critic（March 12, 1931）, p.252.
转引自钱锁桥《林语堂传：中国文化重生之道》，广西师范大学出版社 2019
年版，第 25 页。

②　胡适：《"容忍与自由"——〈自由中国〉十周年纪念会上讲词》，《胡适文集·
社会卷》，长春出版社 2013 年版，第 225 页。

③　陈独秀：《陈独秀答言》，《新青年通信集》，福建教育出版社 2016 年版，第
138 页。

分化出两种截然相反的态度，恐怕正如林肯在 1858 年呼吁南北方团结时说的那样：A house divided against itself cannot stand（破裂之屋难自立）。然而，即便在 30 年代中国民权保障同盟的活动中，我们也很难看到有什么团结。现代中国的自由主义知识分子仅仅是一个被暂时一致的目标艰难维持的松散同盟；目标大同小异，唯暂时性始终如一。由于作者对林语堂自由主义思想遗产的论述，主要限于他对其时国内政治环境的发声，因此其背景是 20 世纪 20 年代与 30 年代之间。根据作者的章节安排，这一部分的内容在原书的第三章《"大革命"时代民族主义情怀》、第四章《从"小评论家"到"幽默大师"》与第五章《一个人在黑暗中吹口哨》。具体到林语堂个人的自由主义理论实践，则关系到四件事：其一是大革命时期他介入到《语丝》派同《现代评论》派的笔仗，此后《语丝》派内部又就"费厄泼赖"与"痛打落水狗"发生分歧与分裂；其二是他在英文《国民新报》（The People's Tribune）与《中国评论》"小评论"及其先后创办的《论语》《人间世》《宇宙风》杂志上对作为社会批评的幽默的实践；其三是林语堂加入平社；其四是林语堂与中国民权保障同盟关系的亲疏变迁。尽管林语堂关于自由主义的认识更切近胡适，但这四件事几乎都和鲁迅有关，因此，林语堂"和鲁迅的关系变化"——在他为鲁迅所写悼文中有云："鲁迅与我相得者二次，疏离者二次，其即其离，皆出自然，非吾与鲁迅有轻轩于其间也"[1]——也就"可给我们探索此遗产之意义提供一个切入口"。

第一件事涉及林语堂 20 年代参与《语丝》派的活动。钱锁桥先生认为，林语堂之所以不亲近《现代评论》而选择成为《语丝》派的一员，"部分原因是出于他和章氏门徒对中国语文学研究的共同兴

---

[1] 林语堂：《悼鲁迅》，《1913—1983 鲁迅研究学术论著资料汇编》第 2 卷，中国文联出版公司 1986 年版，第 639 页。

趣"，这个理由是可信的。如我们所知，两份杂志皆创刊于国民革命渐趋高潮的 1924 年年底。《现代评论》的撰稿人多是北大英文系的教授，他们一般留学欧美；《语丝》的撰稿人则是北大中文系学者，泰半在日本留过学。教育背景与政治理念的差异，在北京女师大事件中被放大且点燃了争论的引线。《语丝》派和《现代评论》派固然抵牾相对，《语丝》派内部亦未必完全契合：一方面是周作人根据他对自由主义的理解，提出了作为创作风格与政治姿态同一的"费厄泼赖"（fair play）精神；另一方面则是鲁迅在 1926 年于其另创的《莽原》杂志上发表《论"费厄泼赖"应该缓行》，主张"痛打落水狗"。林语堂对周氏兄弟的分歧表示同情，他既称赞"启明所谓'费厄泼赖'……精神在中国最不易得，我们也只好努力鼓励，中国'泼赖'的精神就很少，更谈不到'费厄'惟有时所谓不肯'下井投石'即带有此义"[1]，也为鲁迅的文章画了一幅《鲁迅先生打叭儿狗图》，以示理解。"费厄泼赖"与贡斯当提出的"现代自由"（the liberty of the moderns）相去不远，但是如作者所说："'费厄泼赖'原则与'打狗'精神之争最初起源于林语堂提倡国民应该'谈政治'"[2]，也就是说他同样未曾偏废贡斯当所谓的"古代自由"（the liberty of the ancients）。

第二件事涉及林语堂在武汉、上海期间撰写专栏，创办杂志的活动。《语丝》时期，林语堂同鲁迅已有细微分歧，但究竟在一个战壕。1926 年张作霖进入北京，开始对革命者进行镇压，大批知识分子及教授选择南下，其中就有即将出任厦门大学文学院院长的林语堂和受林语堂之邀一同加入的鲁迅。只是鲁迅到了翌年 1 月便离开

---

① 林语堂：《论语丝文体》，《剪拂集·大荒集》，东北师范大学出版社 1994 年版，第 52 页。

② 钱锁桥：《林语堂传：中国文化重生之道》，广西师范大学出版社 2019 年版，第 81 页。

厦门①，3月林语堂也选择前往武汉，8月又赴上海。前一时期对周作人以"费厄泼赖"为名的容忍精神的认可，在武汉担任《国民新报》主编期间则转向了对鲁迅"国民性批判"的支持。《给玄同的信》、"萨天师语录"等文为林语堂一生反传统最峻急的时刻。不过，这种将建构现代中国寄于"性之改造"的思想，很快就会在林语堂先天气质与国民党"清党行为"的双重干预下，被赋予独特的形式。"大革命"的结局令中国到民主之路受阻，它致使"在三十年代，乃至其一生，林语堂都要两面作战，抵抗'双重危险'"②前文所说独特形式，指的便是林语堂将麦烈蒂斯（Meredith）的"俳调之神"与中国儒道文化里的宽容达观加以融合创造出来的"幽默"。首先，它比西语里的 Humor 格调为高，不流于滑稽；其次，对儒道因素的摄入，又使得这一概念带有中国文化的从容风致。"幽默"既是林语堂对周作人提倡的"费厄泼赖"的复归，也是林语堂就践行自由主义——"现代自由"与"古代自由"——通盘思索之后做出的回应。对应于"现代自由"，他提出"诗化自适之幽默"；对应于"古代自由"，亦有"议论纵横之幽默"。两者合而观之，即是他对幽默的诠释："只有一个冷静超脱的旁观者才能对人生给予同情和理智的理解，以宽容的态度笑对人生的悖谬。"③某种意义上，幽默纠正了林语堂前一时期关于传统的独断，也是林语堂为争取言论空间、坚持社会批评提供的独特方式。可是就像鲁迅对"费厄泼赖"的态度一样，他于此时林语堂热衷谈论的"幽默"同样难表赞同。伊卡洛斯坠落的隐喻不只暗示了 30 年代的林语堂将另寻现代中国的出路，也

<hr>

① 书中说："这年年底，鲁迅离开厦门。""这年"应为 1926 年。不确。鲁迅 1926 年 9 月 4 日抵达厦门，至 1927 年 1 月 16 日离开厦门前往广州。
② 钱锁桥：《林语堂传：中国文化重生之道》，广西师范大学出版社 2019 年版，第 137 页。
③ 同上，第 100 页。

暗示了 20 年代是林语堂与鲁迅两人一生中为数不多的"思想亲密"的时刻。

第三件事即《语丝》派的分裂。在作者看来，1930 年 3 月左翼作家联盟的成立意味着所谓的《语丝》派不复存在，这也是林语堂和鲁迅两人关系真正破裂的根源。林语堂在文章中曾有这样的记载："是的，潮流转向了……青年中国极度沮丧，从而反叛……胡适还在竭声呐喊，但听众已经提不起神。周作人、钱玄同、郁达夫以及其他《语丝》同人都是坚定的个人主义者，不会入群凑热闹。鲁迅先是反击，抵抗了一年。"[①]《语丝》同人分裂之际，其时代背景亦是国民政府迟迟不由军政期过渡到训政期、训政约法迟而不发的时刻。为此，胡适与他的朋友接连写出一系列批评南京国民政府的文章（此后结集为《人权论集》），敦促国民党履行当初的人权承诺。这一系列活动，据王宏志、陈子善先生的钩沉考证，都应归于那个杂志未办起来（《平论》）、但群体实际存在的平社。从林语堂的角度而言，无论是复归"费厄泼赖"，还是提倡作为社会批评的"幽默"，其根底都在自由主义理念的一贯，也就是他在《中国新闻舆论史》中所概括的："今天我们一定要力争把新闻自由当成宪法原则，把个人人权当成宪法原则。民主简单来讲就是要让普通大众对其生活有发言权。"[②] 以此观之，加入平社就是自然而然之事。在此期间，林语堂每周参与一次平社的聚会，为期半年。除了日后以史家身份写的那本新闻史专著《中国新闻舆论史》，他还在 1930 年翻译了克罗齐的美学理论，同鲁迅对俄国文学理论的译介构成了耐人寻味的对照。

---

① Lin Yutang, "The Little Critic"（11 September, 1930），p.875. 转引自钱锁桥《林语堂传：中国文化重生之道》，广西师范大学出版社 2019 年版，第 139 页。

② Lin Yutang, *A History of the Press and Public Opinion in China*, p.179. 转引自钱锁桥《林语堂传：中国文化重生之道》，广西师范大学出版社 2019 年版，第 193 页。

第四件事是中国民权保障同盟的成立，这是鲁迅、胡适与林语堂三人为自由主义理念的最后一次合作。从 1933 年 1 月起，林语堂和鲁迅恢复了中断三年有半的交往。钱锁桥对这次联合的看法非常有趣："它一开始就是一个十分尴尬的结合。虽然他们似乎都同意推动国民政府治下的人权保障和法制文化，但一开始他们其实都有各自的目的和主张……对自由派知识分子来说，保障人权不是革命行动，不是要推翻现政权（虽然国民政府在人权记录方面非常不尽如人意），而是要维护一个民主共和政府应有的基本原则……另一方面，对宋庆龄、鲁迅等左翼知识分子来说，国民政府背叛革命镇压共产党，他们必须继续革命推翻国民党政权。"[1] 广义的自由主义而论，正因为争取自由的态度如此泾渭分明，林语堂又一次面临当初那种"两面作战"的窘况：他"参与中国民权保障同盟，向法西斯右翼争人权，但他马上发现他不得不又要与布尔什维克左翼作抗争"[2]。在我看来，于林语堂身上反复出现的这一二律背反，恰恰也是他关于自由主义的核心认知：对前者的否定并不意味着同情后者，反之亦然。我们也不妨听听林语堂在 1936 年撰写的《中国新闻舆论史》一书中的自况："我提倡幽默，两派都不参与，感觉自己一个人在黑暗中吹口哨。"[3]

二、民族主义者：对本国现代性的充分肯定

林语堂对现代中国知识结构的贡献，除了自由主义的关切以

---

① 钱锁桥：《林语堂传：中国文化重生之道》，广西师范大学出版社 2019 年版，第 152—153 页。

② 同上，第 160 页。

③ Lin Yutang, *A History of the Press and Public Opinion in China*，p.166. 转引自钱锁桥《林语堂传：中国文化重生之道》，广西师范大学出版社 2019 年版，第 193 页。

外，以思想倾向而论，作者在此书所言不虚："二十年代是林氏中西跨文化之旅民族主义倾向颇为突出的一段时期。"需要补充的是，这一倾向同样贯穿了他的一生，而且林语堂的民族主义显然要比他的自由主义复杂得多。如果说自由主义是林语堂对国内时局所持的批评态度，无须一个他者的文明在场，民族主义便是他对本国文明何以融入世界现代性的核心关切：其一，他对本国现代化进程中允执厥中态度的确定；其二，他对殖民主义话语与狭隘爱国主义的双重抵抗。作者关于这一部分的论述，位列本书题旨的核心地带。

1895 年，林语堂生于福建漳州的一个基督教家庭。在作者看来，他的出生年份处在两千多年的政治体制行将破产，而中国也开始其义无反顾的现代化进程之际；他的出生家庭则是"现代性在中国推进的一种特殊形式"。这两者从一开始就规定了林语堂同中国传统文化的关系有别于大多数现代中国的知识分子。谓之与中国现代性共生也另有一层含义，此即从时间与空间中导出的心理因素，使得林语堂对于现代性的接受已然早于国家而具备了得天独厚的优势。1911 年，从厦门的教会学校寻源堂毕业后，他的家人送他前往上海的圣约翰大学，先是一年预科的学习，接着是四年大学生活，1916年他以优秀生身份毕业。在林语堂 1919 年向哈佛大学递交的"就读文科学位申请书"上，我们能够看到他在圣约翰大学所学的课程，包括："英语写作、英语文学、德语、法语、历史、经济、社会学、哲学、教育学、数学、天文学、物理、化学、生物、地质学，以及四至五门神学。"[①] 正是这种教育背景，使得林语堂在 1916 年赴北京之后便立刻遭遇到一次"文化反差"。钱锁桥从两方面分析了这一现象：在新文化运动的一体两面中，林语堂的教会学校背景契合了

---

① 钱锁桥：《林语堂传：中国文化重生之道》，广西师范大学出版社 2019 年版，第 50 页。

其中全盘西化的成分，亦即他先在地兼具了接受新文化的前提以及中国介入现代化运动的必要性的认识，但另外，在关涉中国传统文化时，对于一个成长于基督教家庭且受教于教会学校的青年而言，中国文化只是其心理与知识结构的异质性成分。首先，根据这种独特的成长和教育环境，拥抱西方的现代性是理所当然之事，可是也必须注意，从新文化运动自身的逻辑出发，全盘西化必然还要延伸到对中国本土文化的重估上来。尽管林语堂一直浸染西学，在此之外却仍需一个大的文化系统作为自身根基；当此之境，这一文化系统——对林语堂而言是亟待认同与理解的事物——在新文化运动的自我设计里却成了旨在攻讦与亟待摆脱的对象。能否坚持这一逻辑，既令林语堂备感疑惑，也无从逃避。其次，当林语堂身边的知识分子开始旗帜鲜明地"反传统"时，他甚至还难以界定"传统"的内涵与外延。这或许才是最令林语堂感到尴尬的地方：由于先前所受教育造成的断层，他根本就不具备谈论改革"传统"的资格。正因为此，"终其一生，林语堂一直不忘批评传教事业在中国基督徒和非基督徒之间筑了一堵墙"。但在当时，置身新文化运动的风暴眼内，林语堂意识到自己首先需要做的，却并非批评西方在华的传教事业，而是去弥补自己的知识结构漏洞，"探寻自己作为中国学人的文化根源"。

如果说新文化运动的全盘西化与反叛传统是一体两面，那么在林语堂身上，民族主义意识的觉醒，同样以他对基督教教育的反省为前提。总的来看，林语堂内心深处民族主义意识的觉醒，可以分为三个阶段：第一个阶段是他在圣约翰大学就读期间朦胧感知的复兴国家的愿望（如于年鉴《圣约翰人》上发表的小说《圣约翰人的偏执》中，他已然吐露了的民族主义心曲）；第二个阶段是当林语堂来到北京后，他与一种要求与传统决裂、借此实现文化复兴的民族主义相遇，而他切身感到自己难以同这种风气对接——这甚至不是说他不认同"反传统",而是说他不知从何讨论——于是林语堂开始审视自身的教育背景同一个能够接纳他的文化系统之间的断裂,这直接导致了他废止每周的礼拜,进而宣称自己是"异教徒",此时的民族意识多少有文化逆反心理因素致之;第三个阶段是行经中国文史哲经典的补习,林语堂让自身进入讨论"传统"或"反传统"的语境,他得以主动理解反叛传统浪潮背后的"民族主义欲望",而这种欲望也反过来激活了他的民族意识。

1917年,林语堂发表的一篇英文论文《礼:中国社会管控组织原则》,便可视作一种"三重超越"式的介入实例:首先,他所分析的对象,是遭到新时期知识分子彻底否定的礼教;其次,他的现代解读,客观而富有同情色彩,却非基于"汉学家旁观者的角度",而是"试图从中国内部解释自己的文化传统";最后,林语堂认为彻底废除礼教从现实角度而言并无可能,因此他"希望传统和现代价值之间能够相互妥协融合",也希望"青年中国会重归理智,重新尊重古老的美德"。1919年到1923年,林语堂出国留学。在哈佛攻读硕士学位期间,他上过两门白璧德的课程,而白璧德的中国学生大多是"学衡派"的成员。附带说一句,倘若我们仔细分析白璧德与其门徒的思想,就会发现两者并不完全一致。白璧德对中国知识分子的告诫,事实上是基于西方现代性的教训提出的,他的那些"学衡派"门徒仅仅遵照了白璧德"反对和传统切割的态度",而遗忘了作为雅努斯的现代性的另一面,即中国现代化的程度与西方不可同日而语,这是中国必然要接受现代化洗礼的根底所在。两相来看,反倒是林语堂完整地践行了白璧德关于"两个文化传统在人文层面互相印证,共同构成人类的永恒智慧"的观念:他当然明白自己的老师指出的以"进步"之名弃绝传统的愚昧(为此才反复给不断激化的文学与文化革命降温),但他也理智地意识到这场需要被纠偏的革命自有其合理性所在。及至1921年林语堂到莱比锡大学师从孔好古，阅读《皇清经解》和《汉学师承记》等汉学经典，并且用德语撰写博士论文《中国古代音韵学》，便是他间接给新文化运动中的"疑古"风气降温之举。1923 年留学归国后，林语堂在统观新文化运动的一体两面，审视传统文化与现代文明时，其眼光已兼具数个层次：不是实用主义的借鉴，而是现实生活的融合；不流于工具性质的表层，还要追究由生活实感经验出发的深度。不同于高歌猛进反传统的知识分子，林语堂辨认出"告别传统"思潮中非理性的因素，然而，这也并不妨碍他依旧是新文化运动中的一员。他与一般主张充分现代化的知识分子的心理顺序相反而实际方向一致，由此没有走上辜鸿铭或"学衡派"成员的道路。

林语堂在欧美留学期间，以"不在场"的姿态延续了他对中国传统文化何以现代的思考，其思考的成果在他回国之后立刻付诸实践。第一件事，便是介入到"整理国故"的运动。在作者看来，胡适发起的这项运动，名义上承接了晚清学人的研究，亦似乎是新文化运动的倒退，但实质上"它是整个新文化运动解构传统文化的一部分"，"其主旨是要为中国传统文化'去魅'"。[①] 去魅，也就是令传统文化不复文明之本，而降格为现代科学方法操练的场域。钱锁桥先生揣度了胡适的心境，认为"整理国故之所以成为新文化大业的一部分，是因为国学研究在士人精英阶层仍有一定地位，胡适需要在国学领域展示他的思想力度，在中国知识界内将西学合法化"[②]。胡适在《新思潮的意义》中提出的新文化事业的四大组成部分——研究问题，输入学理，整理国故，再造文明——并非有什么逻辑层递的关系。在国故成为现代方法实操对象的意义上，与其说两者有必然联系，还不如说"输入学理"与"再造文明"更为密切。针对这

---

① 钱锁桥：《林语堂传：中国文化重生之道》，广西师范大学出版社 2019 年版，第 61—62 页。

② 同上，第 63 页。

项运动，林语堂发表《科学与经书》，一方面呼应了胡适的号召，另一方面也对胡适过分看重"输入学理"提出了批评。在这篇文章里，林语堂还展望中国语言学发展的前景，而这将是他余生在学术领域用力最勤的事业。关于这方面，本文仅略作交代：首先，林语堂留学归国之后，延续其博士论文的方向发表了一系列论文，同时创建北大研究所国学门方言调查会，提出对中国各地方言加以调查记录的远景，由此扩大了古音韵学与语文学的研究范畴。其次，他反对汉语改良运动中过分激进的主张，即在白话文取代文言文之后，进一步实现汉字的彻底拉丁化。林语堂从理论与现实两方面出发，指出较为合理的做法是在文字上对汉字进行简化，在注音系统上对威氏拼音系统稍作修改。林语堂晚年极力赞扬大陆实施简化汉字的举措，且发表文章敦促海外华人效仿学习。最后，林语堂在海外期间发明了中文打字机，晚年又独自编撰了一部汉英大词典。凡此种种，均可见其意见与志业的一贯。

综上所述，林语堂的民族主义除了肯定本国文明融入现代性的必然，思虑本国文明何以现代化的道路，从而让实现转型的中国文化成为全人类共同的资源以外，也有其否定性的向度，它涵盖了林语堂从重审自身教育背景起始的一系列对殖民主义话语加以反抗的行动，直至其最终提出关于作为"文明"的中国与作为"民族 / 国家"的中国同现代性关系的阐释。如果说在对传统文化的态度方面，林语堂是以"学衡派"的方式介入到新文化运动之中，以此促进了"传统中国"与"现代中国"的融合，那么当他从民族主义的立场出发，去抨击几个世纪以来西方关于中国国民性的叙述时，正是对中国文明何以融入世界现代性的补充。这一点主要体现在两个互有重叠的阶段：定居海外之后，林语堂前期事业以在艺术上为"传统中国"（文明）提炼一种有别于传教士话语的"抒情哲学"为主，后期事业则主要是伴随着抗战进行，对"现代中国"（民族 / 国家）的阐释工作，以及作为中国的阐释者，批驳种种对中国不利的国际舆论。诸如他对这场战争胜利的谨慎预测，以此呼吁美国向战时中国提供援助；又如他对中日之间将要进行一场持久战的预言，即是基于他对一种东方主义论调的反对，后者认为中国向来有着被异族侵略然而异族又被汉族同化的历史（元、清），西方社会的观察家以这种历史模式认定中日战争也将依此重演：被征服之后泰然处之。他们认为中国政府会被更替，但"中国"依然存在。但林语堂不接受这种论调，他不认为在现代中国仍旧有将文明和民族／国家分而论之的必要与可能。在他眼中，中国政府与中国是一回事，两者共生共存，而且只有中国实现了"民族／国家"的转型，中国"文明"才能够被拯救。

三、普世主义批评家：对世界现代性的批评

林语堂关于现代性显然有两套话语。其一是批判已经实现现代化的国家的现代性（如美国），其二是对尚未实现现代化的国家的现代性予以充分肯定（如中国、印度）。在1939年《吾国与吾民》的再版中，新增了题为《新中国的诞生》的第十章。这篇长文是林语堂就后者所做的最为充分的阐释。他于此文明确提出了中国现代性的源头是19世纪以降，作为文明的中国不得不面对其他文明这一事实。因此，当中国面临被瓜分甚至生死存亡的考验时，传统中国就需要让位于现代中国，中国现代化的道路因此是不可避免的；而考虑到现代性的双面神隐喻——危机与机遇的共存——林语堂也在这里肯定了中国现代化的必要性，由此发展出一套"现代民族主义"的理念。他此后对西方社会的现代性弊端多有抨击，不过两者并不矛盾。如果说对现代性的批判如今已为大众熟稔，那么林语堂对现代性的肯定，则是基于对现代性与中国现状的深刻认识：既然在现

代性的浪潮下，只有作为民族/国家形式的中国才能存在，而文明以前者的成立作为自身存在的根据，那么中国的当务之急，便不是批判效率至上导致的异化现象，而是承认现代性是一次拯救。明确了这一点，我们就可以很好地理解他之于印度民族问题的倾向了。不妨回顾1924年泰戈尔访华期间的一些事情，这一时期林语堂对他的态度颇可玩味。当泰戈尔来到中国时，围绕着科学能否回答人生观的"科学与玄学"之争已经持续一年之久，因此泰戈尔关于"东方精神文明"的高度赞扬便给了张君劢以支持，而吴稚晖则嘲讽泰戈尔的思想是"贴上佛教诗歌来抵抗敌人的机关枪"。据钱锁桥先生在此书提供的信息，林语堂虽然不赞同吴稚晖的论调，但同样无法忍受泰戈尔认为印度无须寻求独立解放的政治态度。之所以说林语堂的这种态度值得玩味，便源于他在两种现代性话语之间做出的划分，也就是说，在一个尚未实现现代化的国家内部，其知识分子的首要任务是将它的文明建立在政治独立的根基之上，而非如泰戈尔那样舍近求远地去批判西方现代的科学物质主义。

别有趣味的是，当林语堂批驳西方社会的现代性时，他由以出发的立场恰恰是"东方精神文明"：在《吾国与吾民》中，他侧重于阐释这样一种文明的面目，及至《生活的艺术》，即更多地从前一本书所确立的"抒情哲学"出发，展开了他对西方社会现代性的最初批判。在这一时期，林语堂对"合理"与"理性"这一对概念做了类似于马克斯·韦伯对价值理性与工具理性所做的区分，他认为西方人应当用"浪人精神"去反抗愈来愈严苛的效率至上。不同于此前林语堂侧重于民族主义对西方现代性展开批评，当他的基点转向自由主义时，对应这两种话语枢纽，西方现代性亦呈示双重面目，即殖民主义话语与工具理性压倒价值理性的两分。在这两者之间，林语堂的一系列言论著述，皆存在清晰的逻辑关联，后者既是对前者的拓深，也是前者在特定时空下的延续，而仅此一点就足以使他成为鲁迅、胡适之外中国知识分子的第三个坐标。钱锁桥先生认为，林语堂1939年发表的文章《真正的威胁：不是炸弹，而是思想》，标志着林语堂重回自由主义的立场，而他的"批评锋芒转向全球舞台的前奏。珍珠港事件正好是其知识评论发展的分界线。珍珠港事件以后，美国被拖入二战，世界局势为之一变。林语堂的批评焦点也从'中国哲学家'的角度转向对整个世界现代性的普世批评，其批评议题集中于世界范围内的战争与和平"[1]。这是前一时期林语堂对西方社会现代批判的纵深，在他看来，正是西方国家长期以来奉行的效率至上的经济学，衍生出了权力、强权、贸易、种族等相关政策，而这一点在整个西方世界都呈现出了整体性的逻辑趋同——甚至在同盟国与协约国之间也未见得有何差异。此时的林语堂已将现代性的弊端具体界定到了"地缘政治学"之上。基于这样的认识，林语堂关于现代性的最后探索，也开始涉及新的领域，即他尝试着探索一种和平哲学，这种哲学能确保未来的世界文明免于遭受现代性的灭顶之灾。

　　毋庸置疑，林语堂晚年回归基督教，而基督教思想成为其和平哲学的一部分，与他陷入对西方现代性的批评困局有着紧密关联。无论是"把自己对东方智慧的译介置于对西方现代现代性的批评框架之中"（《中国印度之智慧》）：以强调价值的儒家人文主义，去调和强调事实的"十九世纪肤浅的理性主义"（"科学唯物主义"）；以佛教的因果报应理论，去抑制西方根深蒂固的帝国主义思维，还是力图从美国的圣贤作品中挖掘出平和中庸的思想（《美国的智慧》），抑或径直创作一部乌托邦小说，以小说的形式勾勒和平哲学的轮廓（《远景》），他的著述都既没有产生太大影响，也无助于改变严苛的现实。他认为和平哲学始于人们开始思考和平的元素，这就要求将

---

① 钱锁桥：《林语堂传：中国文化重生之道》，广西师范大学出版社2019年版，第252—253页。

人作为有人性的人来理解，而不是作为"经济人"随意对待，然而个体的自由依然在种种不利的因素下节节败退。他预测"美国式和平"将会在两极对抗中胜出，但这种预感的胜利又令他倍感失望。当此之际，林语堂意识到了一个比美国的政治环境还要严峻的事实：仅仅依靠人文主义的理性成果（东西方的智慧）建构的和平哲学，完全无力缓解普世的现代性困境，即现代性的极端形态"地缘政治学"对个体自由与世界和平构成的威胁。也正因为此，林语堂在 1959 年出版了自传《从异教徒到基督徒》，宣告自己"重现发现耶稣"。

在这里我们不妨简单地梳理一下林语堂与基督教关系的诸个阶段：首先是他的成长环境与教育背景，这一点先天地决定了他在 1916 年到北京以前同基督教的亲密；然而自林语堂到清华任教之后，在日渐觉醒的民族意识的观照之下，原本融洽的关系逐渐疏离，直至最终破裂。某种意义上，基督教直接导致了林语堂对"民族主义欲望"的认同，尽管是以非常奇怪的方式：基督教的看法具体化为传教士话语里的西方偏见，为此他开始抨击西方在华的传教事业。林语堂在 30 年代去国之后延续了这种断裂，此即他在战时作为中国的阐释者，仍旧要不时反抗种种对中国不利的国际舆论。这种信仰的断裂一直延续到了他承认人文主义无力纠正现代性弊端的时刻。林语堂对基督教态度的几经变迁，包括促成他最终"重新发现耶稣"的，"并非表明林语堂的宗教信仰发生了根本性的变化"，而毋宁理解为是在某一时刻置身不同立场的特定选择。"重返基督教"标示的，是林语堂痛感现代性沉疴遍地因此发乎于心的最后抵抗，是构建一个理想的未来，不仅需要东西方的智慧相辅相成，也有赖宗教智慧和异教智慧（人文主义）的共同启示。在其政论集《匿名》结尾处，林语堂谨慎地引申了耶稣的名言，他写道：

假如我们想要一个未来世界，其间人只是一个工具，只能"为国家献身"，我们可以做到；假如我们想要一个未来世界，其间穷人和出身卑微者不会受到压迫，我们也能做到。世界必须作出选择。①

---

① Lin Yutang，*The Secret Name*. New York: Farrar. Straus and Cudahy. 1958. p.258. 转引自钱锁桥《林语堂传：中国文化重生之道》，广西师范大学出版社 2019 年版，第 367 页。

在"有情"传统中建立及重建自我

——关于张新颖的沈从文传兼论其写法

在《沈从文的后半生》（以下简称《后半生》）的《说明》中，张新颖解释了他为何要越过传主的"前半生"（1902—1948）而先写其"后半生"（1948—1988）："沈从文（1902—1988）的前半生，在已经出版的传记中，有几种的叙述相当详实而精彩。至少到目前为止，我不认为我有必要去做大同小异的重复工作。"① 这里留下一个"扣子"（或者说余地），作者并未把话说得太满。四年之后，他重新做出解释："《沈从文的后半生》完成后，这一想法有所改变。不仅是因为近二十年来不断出现的新材料中，关涉前半生的部分可以再做补充；更因为，回头再看前半生，会见出新的气象，产生新的理解。我抑制不下冲动，试写《沈从文的前半生》。"② 材料的增善与面世固然是一方面，更重要的地方，或许仍如作者所言：通过写作《后半生》，以之为坐标，他得以更为深入地把握传主前半生的方方面面。但如何深入，又是怎样地深入，却有赖于我们进一步的追问。在关切作者写了什么之前，我们应当问询这一写法的独特性。

将张新颖的这两本书放在一起统而观之，我们就会发现写作顺序的倒逆同时也是一种理解上的回溯。倘若纯粹以前半生看后半生，

---

① 张新颖：《说明》，《沈从文的后半生》，上海三联书店2018年版，第1页。
② 同上。

"预言"在"证实"以先，后者便无可免地受制于前者，即试看沈从文在四十六岁之前埋下的种子，如何在他四十六岁之后生根发芽，或遭拦腰砍断。以这种"势所必至"的眼光，看到的便是一切得其所哉的连续；即使有断裂，也是外界强力的干预，断裂的原因被归因为外界，同个人无关，而个人主动的因素即被无限度地淡化。它的症结在于不可逆的线性时间。由此一线性时间生发出来的理解，个体"理有固然"地被改写成为弱小、无力，理当被"同情伦理学"观照的对象。可是，如若我们将它置于回溯这一向度，即以后半生看前半生，进而再反观后半生成一全体，我们就会发现另一样式的连贯：同样是埋下种子与生根发芽，连续却蕴藉了丰富的"质的规定性"。在四十六岁之后，沈从文不仅是接续了他之前的所有根本性观念，也在一定程度上对此加以改写、充实，而信念几经中断，又几经重新确立的丰富，非先在的"预言"所可烛照；同样是遭受摧折，个人除逆来顺受以外，尚有濒于绝境的承担与一分一寸的争取，亦非后知的"证实"可以洞悉。

由写作顺序之不同产生了两种理解：不可逆的线性时间的理解致力于捕捉"先在"何以在"后来"被证实，而回溯的理解则是去捕捉"后来"如何充实了"先在"。前者导致了对时代境遇的过度强调，由此可能发生认识上的断裂，个人遭到悬置，遂成为一部传主生活时代的境遇史，而后者则紧贴着人物的成长线索，得以写成一部带有延续性质的、时代境遇下传主的生活史。在我看来，张新颖关于沈从文一生的写作，均以此为基准，且莫有越界之处。

一、前半生的两种"落伍"

作者以 1948 年为节点，将沈从文的一生分为前后半生，而在前一段时间的内部，又以沈自嘲"落伍"作着眼点，分为两个小的阶段。第一个阶段，表现在他同"五四"时期知识分子的关系上，后者多是留洋归来的学生，他们关于启蒙的言说则泰半取自西方现代的思想资源，并且令其行经他们的写作教育等活动进入中国；然而，这种资源的获取恰恰是沈从文所不具备的。"五四"精神在他身上始有体现，固然也是浸润其时的思想风潮，而对这种精神加以发扬和贯彻，却有赖他浸润其中的了解与对民间俗世生活的观察①这两方面的融合。概而言之，这既来自他的思考，又是两方面互为贯通的结果。沈从文关于"启蒙"一事思考的顶峰，发生在他将这两方面加以融合的十年之后。1934 年 1 月，沈从文回乡探望母亲，在 1 月 18 日他有两封给妻子张兆和的信，其内容却截然不同。那一天上午，他看到一位老人为了一点工钱而做了小船临时的纤手，在信中叹息"这人为什么而活下去？他想不想过为什么活下去这件事？"②，由是出发，鼓励妻子与自己一同为这个民族摆脱愚昧而奋斗。可是在下午的信中，他却比这一立场更进一步地写道："三三，我错了。这些人不需我们来可怜，我们应当来尊敬来爱。他们那么庄严忠实的生，却在自然上各担负自己那分命运，为自己，为儿女而活下去。不管怎么样活，却从不逃避为了活而应有的一切努力。"③这两封信所显示的，恰是沈从文不知不觉间调整了自我与时代的关系：他并非不得不完全依附于舶来的单向思想以便"思想"，即沦为后者的发声管道；凭借着一己自觉思考，"落伍"反倒在启蒙精神之

① 沈从文对观看的喜爱贯穿了他的一生，早年间即有这样的自述："我永远不厌倦的是'看'一切。"沈从文：《从文自传》，《沈从文全集》第 13 卷，北岳文艺出版社 2002 年版，第 323 页，转引自张新颖《沈从文的前半生》，上海三联书店 2018 年版，第 31 页。
② 沈从文：《湘行书简》，《沈从文全集》第 11 卷，北岳文艺出版社 2002 年版，第 184 页，转引自张新颖《沈从文的前半生》，上海三联书店 2018 年版，第 156 页。
③ 沈从文：《湘行书简》，《沈从文全集》第 11 卷，北岳文艺出版社 2002 年版，第 188 页，转引自张新颖《沈从文的前半生》，上海三联书店 2018 年版，第 157 页。

上增添了批判理性的向度，使得它在沈从文身上真正成立。

　　在沈从文的前半生，后一阶段的"落伍"，则是 30 年代的现代作家普遍要面对的问题。始于 1924 年的《"我恨他的是……"》（刊于《晨报副刊》十二月二十八日，署名休芸芸），讫于 1948 年的《中国往何处去》（刊于《论语》杂志九月一日，署名沈从文）的这一批杂论文章，其中的多数皆是沈从文关于文学与社会关系的论辩，一言以蔽之："他担忧追逐'时代'而丧失文学的独特性，新作品成为新式八股。"[①] 因此，这一时期的"落伍"就表现为时代的纷扰有时仍被沈从文"不合时宜"地落实在文学之上：他试图在文学的空间追问，也企盼文学能够解答。附带说一句，沈从文之所以自信文学能够承担起设问与回答的场域，有一点至关重要：在张新颖看来，小说《长河》的完成，尤其是结尾《社戏》一章的庄严与活泼并重，标示着沈的小说开始由"自足世界的时间和空间"转向"风吹草动都与外界息息相关的时间和空间"[②]；而这一批杂论文章的形式，庶几是沈在承认文学于世间自有其"细碎"的光明与意义的同时，开始转向外部世界发声、解释这种设问的可能性及其意义的举动。不过，这一阶段的"落伍"与否，除了作家的自信自知以外，即无论沈从文是否认为自己"落伍"，以及是否坚持这种"落伍"的合理性，都将因更为根本的评价机制在其外部而变得毫无意义。从 1946 年起，一系列针对他所作杂论的反驳文章以及对沈从文文学成就的论断，性质已不同于过去，如署名史靖的两万字长文《沈从文批判》，荃麟的《二丑与小丑之间——看沈从文的"新希望"》，郭沫若的《斥反动文艺》，等等。他的坚持与声辩之毫无意义于是可见一斑：仅仅是将"落伍"升级为了"反动"。

---

① 　张新颖：《沈从文的前半生》，上海三联书店 2018 年版，第 183 页。
② 　同上，第 223 页。

二、"社会发展取突变方式，这些人配合现实不来"

在张新颖为沈从文勾勒的成长主线里，含有两条线索，其一对应于传主和时代的关系，其二对应于传主与自我的关系。沈从文与其他人的不同很可能并不表现在前者，即落伍或趋时之上，而在于他具备反身自觉这一点：他将处理与自我的关系视作调整自己与时代距离的根本前提。如果说前者是心灵的战场，后者是时代的战场，那么从1946年开始，沈从文的处境——当内部的事业竣工，他开始为文学的自足与独立而呐喊时，追求本身却使得他再也无法回到文学中来——已然愈发明确了这种先后顺序的"不合理性"。是否具备反身自觉并不重要，重要的是是否具备"时代自觉"。也是因此之故，《后半生》开篇即从沈从文的"时代自觉"写起："沈从文很快就清醒地认识到，北大座谈会所讨论的'红绿灯'问题，是一个不需要、也不可能再讨论的问题，因为即将来临的新时代所要求的文学，不是像他习惯的那样从'思'字出发，而是必须用'信'字起步，也就是说，必须把政治和政治的要求作为一个无可怀疑的前提接受下来，再来进行写作。看清楚了这一点，他也就对自己的文学命运有了明确的预感。"[①] 这种"时代自觉"是被迫接受的信念，其产生的第一个结果，就是让1947年11月在复刊的《文学杂志》刊载的《传奇不奇》，成为了沈从文公开发表的最后一篇小说。[②]

---

① 张新颖：《沈从文的后半生》，上海三联书店2018年版，第15页。

② 张新颖引用了沈从文由于所编副刊停刊，在1948年12月给一个青年作者寄还来稿的附信，其中有云："中国行将进入一新时代，……传统写作方式态度，恐都得决心放弃，从新起始来学习从事。人近中年，观念凝固，用笔习惯已不容易扭转，加之误解重重，过多久即未被迫搁笔，亦终得搁笔。这是我们年龄的人必然结果。"沈从文：《致季陆》，《沈从文全集》第18卷，北岳文艺出版社2002年版，第517页，转引自张新颖《沈从文的后半生》，上海三联书店2018年版，第15页。

在 1948 年最后一天，沈从文做了两件事，一是为这篇接续《赤魇》《雪晴》《巧秀与冬生》而在构思计划里仍有续作的《传奇不奇》，写了一个"题识"："卅七年末一日重看，这故事想已无希望完成。"①第二件事，则是对"题识"意思的进一步明确：在为同事周定一写的临史孝山《出师颂》的条幅上，沈从文于落款写了"三十七年除日封笔试纸"几字。②

如果说封笔是沈从文具备了"时代自觉"之后产生的第一个结果，而他对于"封笔"也仅仅是意识到"社会发展取突变方式，这些人配合现实不来"③的不得已之牺牲，那么第二个结果就严重许多，此即沈从文在"封笔"以后的 2 月至 3 月间精神濒临崩溃，最终陷于自杀绝境。张新颖在增订版的《后半生》中增添了两篇附录，其中一篇即是通过新近发现的《一点记录——给几个熟人》，从而对他在这两个月内的精神状况加以梳理、解析。沈虽然早已将自己的文学事业盖以悲剧的论定，但他却认为个人的事业牺牲于于社会"不妨事"，于"一颗心都磨炼得沉沉的"自我亦复如此。他只是希冀"年青人能理解这悲剧所自来，不为一时不公平论断所蔽"④。可是信寄出后，当他独自在清华园金岳霖的房间内休养时，问题便不

① 转引自张新颖《沈从文的后半生》，上海三联书店 2018 年版，第 16 页。

② 沈从文：《题〈出师颂〉条幅》，《沈从文全集》第 14 卷，北岳文艺出版社 2002 年版，第 498 页，转引自张新颖《沈从文的后半生》，上海三联书店 2018 年版，第 16 页。又，在记录这一题识的原出处上，录有周定一 1988 年的回忆文章《沈从文先生琐记》中关涉这一点的部分，他说："民国三十七年除日是 1949 年初，即北平解放的时刻。我想，这里的'封笔'也许意义双关：岁末年终，官府封印，戏班封箱，文人封笔，这是社会习俗；另一面也暗示要封笔不写小说了。"

③ 沈从文：《致吉六——给一个写文章的青年》，《沈从文全集》第 18 卷，北岳文艺出版社 2002 年版，第 521 页，转引自张新颖《沈从文的后半生》，上海三联书店 2018 年版，第 16 页。

④ 同上。

是可以靠着"封笔"所轻易打发的。如果继续写作，是"我写什么？还能够写什么？笔已冻住，生命也冻住。一切待解放，待改造"[①]，这是"时代的巨大转折压给他的"[②]；如果真正封笔，则等于是不仅否认了他在前半生创立的事业，也连带着将这一事业的存在维度消解了：唯有先确立了关于"我"之叙述的自足性，方可奠定这个"我"在时代中的位置，而关于"我"之叙事的主要渠道，对沈从文而言正系于文学。回想他的前半生，从乡下到民间，再到北京，其时的沈不过二十岁。几次考试没有成功，他打算开始写作，但写作除了缓解生活压力的意义以外，也令他在写作中，"经历一个长时间的过程，一步一步地进展，一点一点地成熟"[③]，得以探索和确立自我。进一步说，得以在写作行为中同人间发生真切关联，进而反思生命的源流，确立此在意义，规划未来道路。以这种维度去梳理沈从文的作品，是故张新颖在《沈从文的前半生》（以下简称《前半生》）中，特别标举了《从文自传》与《从文小说习作选》两书的精神自传意义："借助自传的写作，沈从文从过去的经验中重新'发现'了使自我区别于他人的特别因素，通过对纷繁经验的重新组织和叙述，这个自我的形成和特质就变得显豁和硬朗起来。"[④] 既然如此，倘若真正封笔，沈又如何确立自我，如何勘探这个"我"在时代中的位置？而如果继续写作——便又回到了那个原初的"二律背

---

① 沈从文：《一点记录——给几个熟人》，《新文学史料》2014 年第 4 期，转引自张新颖《死亡的诱惑，求生的挣扎——沈从文作为"绝笔"的〈一点记录——给几个熟人〉》，原载《东吴学术》2015 年第 1 期，后收入《沈从文的后半生》作为附录，上海三联书店 2018 年版，第 351 页。

② 张新颖：《死亡的诱惑，求生的挣扎——沈从文作为"绝笔"的〈一点记录——给几个熟人〉》，原载《东吴学术》2015 年第 1 期，后收入《沈从文的后半生》作为附录，上海三联书店 2018 年版，第 351 页。

③ 张新颖：《沈从文的前半生》，上海三联书店 2018 年版，第 81 页。

④ 同上，第 127 页。

反"困境。①

比较沈从文的前后半生，有一点颇有意味：在他二十余岁刚到北京时，他不知该写什么以及怎么写，为此才不停练习；思虑封笔之际，困扰他的竟仍是"写什么与怎么写"的问题，尽管问题的实质已截然不同。思而不成，所以"封笔"，但沈的"封笔"亦不是一蹴而就的。在《一点记录——给几个熟人》之后，他同样有所尝试地写时代要求的文学。1951 年 11 月，在去四川参加土改的途中，沈在家信中多次提到自己可以写赵树理式的作品，并对此加以改进。沈从文此时的心境可分两方面来说，其一是他在赵树理的小说中发现了需要改进的地方，其二是他自信能够对这些地方加以改进。需要改进，亦即沈从文眼中赵树理的作品存在纰漏。针对反映土改的《李有才板话》，他以为其中除了要有"人事的发展"，还要增添一个人事在世界中的位置，即自然风景；及至 1956 年底沈从文前往湖南参与政协安排的观察活动时，他又读到了赵树理反映农业合作化的《三里湾》，以为其中"只动作和对话，却不见这人在应当思想时如何思想"。② 至于自信能够对这些不足加以改进，沈从文在湖南给妻子的信中有趣地提到他"每晚除看《三里湾》也看看《湘行散记》"，且"觉得《湘行散记》作者究竟还是一个会写文章的作者"。③ 这种自信，实际上仍内在于 40 年代"自由主义"作家对文学共生的愿景。他们信任作品与自己的创造力，而怀疑在此以先与之外的干预

---

① 关于这种两难处境，张柠在《1949 年：拿笔的军队大会师》一文中有所论述，他指出："整整 30 年，这位才华横溢的作家一直在'写还是不写'的犹豫不决中痛苦地挣扎。"张柠：《1949 年：拿笔的军队大会师》，《文艺争鸣》2018 年第 7 期。

② 沈从文：《致沈虎雏》，《沈从文全集》第 20 卷，北岳文艺出版社 2002 年版，第 97 页，转引自张新颖《沈从文的后半生》，上海三联书店 2018 年版，第 110 页。

③ 沈从文：《致张兆和》，《沈从文全集》第 20 卷，北岳文艺出版社 2002 年版，第 111 页，转引自张新颖《沈从文的后半生》，上海三联书店 2018 年版，第 111 页。

力量。不过，关于写的两个问题既然早已被"时代的战场"的胜利者规定，沈之难符合要求，从他此后反复修改七稿而仍未被采用的《老同志》与另一个未刊小说《财主宋人瑞和他的儿子》的写作经历便可得见。及至几次想写而不成，于是才有了缓慢的"废文"：最终对文学事业的放弃。

三、后半生的三种"解放"

这条轨迹，正如同他在前半生对自我的确立，看似已告完成，其实尚有待来日之重建；如今看似已然"废文"，却并未真正转向对人间的弃绝。《前半生》和《后半生》合璧之后，我们对这一点看得更清楚了：沈从文的一生就是一条反复摧折而又重筑自我的道路。在我看来，沈的前半生是一种为后半生做出充分准备的努力，这种努力使他由内敛达至自足，赋予一己生命以厚重和庄严的本色。我的这个结论，也许和沈在1949年的诸多遭遇不相吻合，譬如他在清华园迅疾①写出的"遗书"式的三篇文字：《一点记录——给几个熟人》《一个人的自白》和《关于西南漆器及其他——一章自传——一点幻想的发展》。如果一个人的性格真正由内敛达至自足，何以转瞬就要写下遗书，预备告别人世呢？这一点主要关系到"确立自我"

---

① 张新颖在书中指出："《一点记录》和《一个人的自白》《关于西南漆器及其他》都是在清华园金岳霖的屋子里写的，前两篇当时已经完稿，后一篇回家后续写，也在三月初完成。沈从文一月二十八日到清华园，住了七八天，到三月六日写完《关于西南漆器及其他》，这么短的时间里，写出超过三万字的文稿，可见其精神活动的持续性和纷繁激烈的程度。"此外，他提到的一个事实也可见沈当时峻急的心态："后面两章是他构想的一部长篇自传的两章，但来不及全部完成，他留下标记说，在这两章之间还有八章。"张新颖：《死亡的诱惑，求生的挣扎——沈从文作为"绝笔"的〈一点记录——给几个熟人〉》，原载《东吴学术》2015年第1期，后收入《沈从文的后半生》作为附录，上海三联书店2018年版，第349—350页。

在沈从文这里，从来就不是一件瞬间可以完成的事，我们与其将它指认为灵光一闪的直觉，还不如把它看作是某种性格缓慢而艰难、直至其自杀获救之后才约略完成并且仍将继续下去的自我情感教育。这种性格，也是一种从柔弱发展为刚健而又不失柔软的刚健，是隐性的历史学家式的强韧。杜甫《江头四咏·丁香》一诗最能体现其中意思："丁香体柔弱，乱结枝犹垫。细叶带浮毛，疏花披素艳。深栽小斋后，庶近幽人占。晚堕兰麝中，休怀粉身念。"[1]

　　既已"废文"与封笔，如何重建自我呢？这三篇新中国成立后写的自传，事实上可以看作沈从文从文学转向文物研究的转折，也不妨作为他"新生"的冥冥开端。他想要在文物研究中将文学事业未竟的使命完成，也将那"圮坍的塔，毁废的土堆"[2]重新建立起来。《下半生》第一章中的崩溃、自杀与获救，既成全了他的这一转行愿望，也是衔接前后两个生命时段、支撑他重获"新生"的着力之点。关于后者：生死难关既已渡过，此后的事情无论怎样艰难，至少不会超越作为起点的死，而只是对"新生"本身的证实。沈从文的"新生"以死为前提——对应了施奈德的那句话：我们"只有以死为代价，才能发现人、热爱人。"[3]——从而照亮了无数种生的可能性。沈从文的后半生之所以遇辱而不受辱或者不以为辱，与之不无关联。对于前者，张新颖有如下叙说："他的文学遭遇了新兴

---

[1]　杜甫：《杜甫草堂诗注》，四川人民出版社1982年版，第147页。

[2]　张新颖在书中提到了沈从文的两种隐喻：其一是地理爆炸，使得沈视之为"召唤声音的回复"，其实便是死亡的诱惑；其二是"圮坍的塔，毁废的土堆"，沈视之为自身文学事业的意象。张新颖：《死亡的诱惑，求生的挣扎——沈从文作为"绝笔"的〈一点记录——给几个熟人〉》，原载《东吴学术》2015年第1期，后收入《沈从文的后半生》作为附录，上海三联书店2018年版，第352—354页。

[3]　转引自弗兰茨·贝克勒等编著：《哲言集：向死而生》，张念东等译，生活·读书·新知三联书店1993年版，第119页。

文学的挑战，这个挑战，不仅他个人的文学无以应付，就是他个人的文学所属的五四以来的新文学传统也遭遇尴尬……这个时候，就需要一种更强大的力量来救助和支撑自己。一直隐伏在他身上的历史意识此时苏醒而活跃起来，帮助他找到了更为悠久的传统。千载之下，会心体认，自己的文学遭遇和人的现实遭遇放进这个更为悠久的历史和传统之中，可以得到解释，得到安慰，更能从中获得对于命运的接受和对于自我的确认。"①文学曾经给予沈从文的自我肯定②——通过令写作打上主体立场的烙印，个体从"得来无自"的惶惑，一变为"其来有自"的强韧——当此之境，自我肯定的力量再次通过文物研究向沈从文输送，就变得更有气象了："他把自己放进了悠久历史和传统的连续性之中而从精神上克服时代和现实的困境，并进而暗中认领自己的历史责任和文化使命。"③沈既脱文学家的感伤，另换了一副史家的眼光。

"解放"一词的所指在沈从文那里的变迁，亦可对这一身份的转换佐证一二。在濒临精神崩溃前夕的《关于西南漆器及其他》，张新颖特别注意到沈从文在此文末页添加的一个注："解放前最后一个文件。"④其时他大概并不知道政治的解放始于何日，因而联系到这三份文件的"遗书"性质，"解放"很可能意指"解

---

① 张新颖：《沈从文的后半生》，上海三联书店 2018 年版，第 83 页。

② 这种肯定，正如沈从文在《一个人的自白》中所说："一切都在'微笑'中担当下来了。……这微笑有生活全部屈辱痛苦的印记。有对生命或人生无比深刻的悲悯。有否定。有承认。有《旧约》中殉教者被净化后的眼泪。"沈从文：《一个人的自白》，《沈从文全集》第 27 卷，北岳文艺出版社 2002 年版，第 11 页，转引自张新颖《沈从文的前半生》，上海三联书店 2018 年版，第 164 页。

③ 张新颖：《沈从文的后半生》，上海三联书店 2018 年版，第 83 页。

④ 沈从文：《关于西南漆器及其他》，《沈从文全集》第 27 卷，北岳文艺出版社 2002 年版，第 37 页，转引自张新颖《沈从文的后半生》，上海三联书店 2018 年版，第 23 页。

脱"。① 二十年后，沈从文通过写作多篇检讨通过检查，对他的定案如其所述："主要只说'写了六七十本黄色小说，编过反动《战国策》刊物，思想反动。但在政治问题上并未发现什么。（是思想认识世界观未得到根本改造，是人民内部矛盾）'……从此以后若在什么文件提及历史，大致就有称为'反动黄色小说家'可能。"② 沈终于被拉到人民内部，也意味着他将免于受到更大冲击，可以专事一己之业，虽然早年写作"黄色小说"的论断已是侮辱，可是受辱却不以为辱，在这里正得益于文物研究工作带来的史家眼光和胸襟。关于沈的物质文化史研究，张新颖在《沈从文与二十世纪中国》中也指出了值得注意的一点："做文物研究，已经是偏离时代潮流了；做的又是'算不上文物'的杂文物研究，连文物研究的主流也偏离了。"③ 两相来看，偏离时代潮流使得他要"承受现实处境的政治压力"，偏离文物研究的主流，又让他需要对"主流'内行'的学术压力"加以承担。他后半生的文物研究事业，从一个同样啼笑皆非的例子可以管窥：50 年代，历史博物馆将沈从民间搜集购买来的各种工艺器物，汇于一端做了一次教育人民群众反对浪费的展览，另安排沈从文向参观者进行讲解，这与将沈前半生的文学事业论定为"写了六七十本黄色小说"有异曲同工之处，但沈其时并不以为意。

---

① 将"解放"解释为"解脱"，来自《沈从文全集》编者在《关于西南漆器及其他》一文下的注释。沈从文：《关于西南漆器及其他》，《沈从文全集》第 27 卷，北岳文艺出版社 2002 年版，第 37 页。又，如其 1950 年 3 月在华北革命大学进行政治学习期间，写给友人程应镠的信中所言："我如同浮在这种笑语呼声中，一切如三十年前在军营中光景。生命封锁在躯壳里，一切隔离着，生命的火在沉默里燃烧，慢慢熄灭。搁下笔快有二年了，在手中已完全失去意义。国家新生，个人如此萎悴，很离奇。"沈从文：《致程应镠》，《沈从文全集》第 19 卷，北岳文艺出版社 2002 年版，第 92 页，转引自张新颖《沈从文的后半生》，上海三联书店 2018 年版，第 46—47 页。
② 沈从文：《致徐城北》，《沈从文全集》第 22 卷，北岳文艺出版社 2002 年版，第 158 页，转引自张新颖《沈从文的后半生》，上海三联书店 2018 年版，第 211 页。
③ 张新颖：《沈从文与二十世纪中国》，《当代作家评论》2012 年第 6 期。

四、身份建构问题与自我觉醒问题

在作者看来，这就是沈从文在一切思想行事以"时代自觉"为根据的社会，在个体与他身处的时代、社会之间构成何种关系的立论。关系构成的问题也是身份如何形成的问题：在两者力量过分悬殊的前提下，个体如何建构自己的身份，建构的又是哪一种身份，一般来说有两种选择，或者是被动接受给定的身份，或者是主动建构自己的身份。选择前者，"承认了时代强加给个人的被动的身份，也等于变相地承认了时代的力量"[①]。这里的"承认"与事实层面上的证实或证伪意义上的承认无关，毋宁说它是黑格尔"主奴关系"语境中的承认。沈从文的选择，虽未必径直指向后者，但的确开启了另一重思考的向度："在一个变化非常大的时期，一个人除了是一个受害者，还有没有可能通过自己的努力，去超越受害者这样一个被动的身份，自己来完成另外一个身份？"[②] 于是，对完成身份方式的不同选择，又将个体重新拉回到他与时代的关系层面。沈的前半生，曾经通过持之以恒的写作，在不同路径中寻找乃至开拓了"五四"精神的本义，尽管这种坚持最终反倒使得他彻底为时代裹挟——但这还是线性时间的理解，这种理解仅仅关注一时一地的表层后果，即社会压倒了个体，杂论消减了文学，可是倘若深层次地看，沈的后半生就并不完全是对这一表层后果的证实，它证实的反倒是沈从文对"五四"精神一以贯之的坚持。[③] 文学的事业放弃了，关于

---

① 张新颖：《沈从文的后半生：这是什么样的故事》，本文为张新颖 2014 年 9 月 13 日在上海思南读书会·文学之家的演讲，后刊于《上海文化》2015 年第 1 期，复收入《沈从文的后半生》作为附录，上海三联书店 2018 年版，第 366 页。

② 同上。

③ "我们后知后觉，站在今天回望，能够知道一浪高过一浪的时代潮流做了什么，时代潮流之外的沈从文做了什么。而且我们还应该反思，潮流是由多数人造成的，潮流里的人，经过了那些年代，他们得到了什么，失去（转下页）

"我"之叙述的自足性（身份）仍可借着文物研究事业确定。归根结底是创造力的强劲，是"这颗创造的心总是不死，一有机会，就又跃跃欲试起来"[1]。创造力令自我完成一种身份，而根究沈从文愈发强韧的主体意识，张新颖在《沈从文与二十世纪中国》一文中还提到了另一重历时性的观察视角，即"觉醒"方式（或成长方式）的问题。

这一问题同样有两种情况：其一是个体"在生命经验的过程中，猝然遭遇到某种转折性的震惊时刻，因而'觉醒'"[2]。不过，由于这种觉醒的力量"直接或间接地来自现代思想和现代理论"[3]，作者故将它归入"现代"觉醒的范畴，却很可讨论。如果说这种"现代"是启蒙运动以来的题中之义，那么按照康德在《答复这个问题："什么是启蒙运动"》里的说法，它恰恰并非觉醒，而是觉醒的反面——一种"不成熟的状态"。[4] 因此，这第一种"觉醒"情况只能视作"现代中国关于觉醒的叙事模式"[5]，它将个体能否觉醒归因于外在思想理论的介入，于是也就让外在思想未曾干预前的个

（接上页）了什么。二十世纪以来的多数中国人，争先恐后，生怕落伍，生怕离群。其中的知识分子，本该是比较有理性的，有独立精神的，有自主能力的，但多数却从养成了与时俱进的意识和本领。落潮之后，能够看得比较清楚了，多数人又把一切责任推给时代，不去追问自己在时代里选择了什么位置，做了什么事情。"张新颖：《沈从文与二十世纪中国》，《当代作家评论》2012 年第 6 期。

[1] 张新颖：《沈从文的后半生》，上海三联书店 2018 年版，第 157 页。

[2] 张新颖：《沈从文与二十世纪中国》，《当代作家评论》2012 年第 6 期。

[3] 同上。

[4] 康德：《答复这个问题："什么是启蒙运动"》，《历史理性批判文集》，商务印书馆 1990 年版，第 22 页。

[5] 康德在同一篇文章中还指出："通过一场革命或许很可以实现推翻个人专制以及贪婪心和权势欲的压迫，但却绝不能实现思想方式的真正改革；而新的偏见也正如旧的一样，将会成为驾驭缺少思想的广大人群的圈套。"康德：《答复这个问题："什么是启蒙运动"》，《历史理性批判文集》，第 24 页。

体同外在思想干预之后复加觉醒的个体，在同一生命内部发生了断裂，后者通过对前者施以否定，从而获得了暂时的合法性。"现代中国关于觉醒的叙事模式"与20世纪中国变革思潮下的激进主义情绪是相通的，而它仍旧是线性时间观念宰制下的产物，它得出的结论是：只有对过去的时间实施彻底的否定，现在的时间才得以作为前者的开端展开。反观另一种成长方式，继而亦可对应于康德在同一篇文章中的说法：如果"不成熟状态就是不经别人的引导，就对运用自己的理智无能为力"[1]，那么成熟的状态就是"Sapere aude！要有勇气运用你自己的理智！"[2]，以此摆脱自我造就的不成熟状态。张新颖在沈从文身上看到的便是这一点："他的'我'，不是抛弃'旧我'新生的'新我'，而是以往所有的生命经验一点儿一点儿积累，一点儿一点儿扩大，一点儿一点儿化合而来的，到了一定程度，就可以确立起来。这样确立起来的自我，有根源，有历史。"[3] 沈从文的一生无不沿袭此一成长模式[4]，他对两者均予以或隐或显的肯定。可能稍有不同的地方在于：《从文自传》，以及他亲自编订、作序，总结过往十年创作成果的《从文小说习作

---

[1] 康德:《答复这个问题:"什么是启蒙运动"》,《历史理性批判文集》,商务印书馆1990年版,第22页。

[2] 同上。

[3] 张新颖:《沈从文与二十世纪中国》,《当代作家评论》2012年第6期。

[4] "每到大的关口,沈从文会习惯性地勘探自我的来路,以此帮助辨认出现在的位置,确定将来的走向。《从文自传》写在创作的巅峰状态即将出现的前夕,仿佛是对沈从文最好的作品的召唤;《从现实学习》于纷纷扰扰的争斗中强调个人在时代里切身的痛感,对自己的文学未来及早作出了悲剧性的预言。一九四九年,在至为剧烈的时代转折点上,在个人精神几近崩溃的边缘,沈从文又写了两篇自传——在完全孤立无援的时候,他唯一所能求助的,是那个自我。这两篇自传,一篇叫《一个人的自白》,一篇叫《关于西南漆器及其他》,是一部大的自传中的两章。"张新颖:《沈从文与二十世纪中国》,《当代作家评论》2012年第6期。

选》，其间贯穿与追问的历史是他个人的生活史（当下身份的源与流）①，而从事物质文化史研究时期的沈从文，研究事业贯穿的却是将个人生活放到更大语境之中的历史。

关乎历史兴废之叹，是文物研究给予沈从文的特殊含义，这也让他一生的事业得以并置，共同支撑、组构了沈从文一贯的成长模式，那么亟待追问的是，除了在成长模式中的同一作用以外，文物研究与文学的内部同一性何在？或者说，两者是如何衔接起来的？张新颖认为，从其文学生涯之初，沈从文理解的"人"就与"人的文学"潮流中的"人"不一样。在后者那里，"人"因其思想水平同现代意识的距离而被自动编码为从上至下的序列："先觉者、已经完成启蒙或正在接受启蒙过程中的人、蒙昧的人"②，而这一等级的划定者恰恰是处在序列顶端的先觉者。由此便造成了关于文化启蒙的悖论：先觉者（启蒙者）认为应当从外部介入中国现代化的道路，打破传统思想壁垒，以此救治愚昧的大多数（被启蒙的对象）。可是，在启蒙的进程中传播现代意义上的思想与理论固然重要，但它早晚都要让位于自我启蒙的"觉醒"。否认了后者的必要性，抑或径直认为愚昧的人如果脱离了先觉者便无法获救，等于是让启蒙事业成为一种新的宗教。从这一视角来看，不仅沈从文小说中的人物、风土叙事要被裹挟到被改造与救治的范围里，恐怕连他或作品中那个

---

① 《从文自传·附记》中有云："一个朋友准备在上海办个新书店，开玩笑要我来为'打头阵'，约定在一个月内必须完成。这种迫促下出题交卷，对我并不习惯。但当时主观设想，觉得既然是自传，正不妨解除习惯上的一切束缚，试改换一种方法，干脆明朗，就个人记忆到的写下去，既可温习一下个人生命发展过程，也可以让读者明白我是在怎样环境下活过来的一个人。特别在生活陷于完全绝望中，还能充满勇气和信心始终坚持工作，他的动力来源何在。"沈从文：《从文自传》，《沈从文全集》第 13 卷，北岳文艺出版社 2002 年版，第 366—367 页。

② 张新颖：《沈从文与二十世纪中国》，《当代作家评论》2012 年第 6 期。

常常被前者感动的叙述者也要被改造与救治。张新颖认为，差异的关键就在于沈从文"有一颗对日常生活和日常生活中的普通人贴近的'有情'的心"①。于是，即令"废文"之后转向文物研究，他仍是以这颗有情的心同各种来自民间日常生活的瓶瓶罐罐如晤相对。既明了了"有情"与"事功"之背斥，而自己又认同"有情"无能于"事功"，所以沈从文寻找到的"有情"这一传统——"这个情即深入的体会，深至的爱，以及透过事功以上的理解与认识"。②——既衔接住了他前后半生的事业，也令其后半生得以在物质文化史的研究中安身立命。汪曾祺回忆沈从文教书时的某些细节颇耐人寻味：沈从文为了方便学生使用《中国小说史》的材料，自己将可能用得到的资料，"用夺金标毛笔，筷子头大的小行书抄在云南竹纸上。这种竹纸高一尺，长四尺，并不裁断，抄得了，卷成一卷。上课时分发给学生"③。对比民国作家学人上课的情形，这种做法即使不能称为孤例，也是多少罕见的细致。在这一段回忆过后，汪曾祺感慨道："沈先生做事，都是这样，一切自己动手，细心耐烦。"④ 在沈从文后半生做物质文化史研究之初，我们也能找到这方面的例子。50年代，为了筹备《红楼梦》新版的出版工作，周汝昌回忆沈从文写出了包含近五百条注释的《〈红楼梦〉衣物及当时种种》，这显然与其时"以为学术不需要考证，只需要突出政治"的氛围极不合拍，而直至1961年，沈从文还对这一新版《红楼梦》注释上的瑕疵难以释怀，甚至撰文讨论。

---

① 张新颖：《沈从文与二十世纪中国》，《当代作家评论》2012年第6期。

② 沈从文：《致张兆和、沈龙朱、沈虎雏》，《沈从文全集》第19卷，北岳文艺出版社2002年版，第319页，转引自张新颖《沈从文的后半生》，上海三联书店2018年版，第82页。

③ 汪曾祺：《沈从文先生在西南联大》，《汪曾祺文集》第3卷，北京师范大学出版社1998年版，第463—470页。

④ 同上。

认真的一以贯之可以作为此后沈与时代"隔膜"的例证，但也未尝不能为沈所谓的"有情"之"深入""深至""理解与认识"做一注脚。唯其细心耐烦，深入才是可能，而"有情"也才不至于是一句空话。这一点正是沈的文学事业与文物研究衔接住的内部同一性所在，也正是这一点令沈从文在纷乱的时代里支撑下来。一次次的连根拔起，复是一次次的重新扎根。可以说从参与川行土改发现"有情"的传统之后，沈的后半生便初步完成了"正念"与"澄观"这一"稳住自己"的工作："要来的终得接受，应做的还是得争时间做下去。尽人事去谨慎处理，终能出现些奇迹。"① 此后的事情，无论搬家、检查、抄家、批判、家人分离，亦无论在北京、济南、南京、上海、长沙、湘西、江西、湖北等地的不定迁徙，还是在各种恶劣环境下做不同的物质文化史研究，沈皆不任自己彻底沦为俎肉，而是有一寸生存的可能，便尽一份为生存的努力。坐在湖北干校贫农大院的小房间里，他凭借着关于自己早年作品的印象，写出了万言的《关于马的应用历史发展》初稿与《狮子如何在中国落脚生根》；此后，又依靠着在博物馆工作多年的记忆，对头脑中博物馆八千平方米的上万件文物的陈列逐一进行解说；右手指关节炎时常发作，甚至有一天可能无法转动，为此沈从文又学会了用左手写字。合而观之，创造力的强劲，同"千载之下百世之后"的历史眼光，终竟使得沈从文在个体与他身处的时代、社会之间，奠定了某种关系的立论。这些努力的成果，不仅成全了沈所谓的"不升天，不下地，还得好好活在人间"②，也印证于经由北岳文艺出版社 2002 年出

① 沈从文：《复张兆和》，《沈从文全集》第 22 卷，北岳文艺出版社 2002 年版，第 466 页，转引自张新颖《沈从文的后半生》，上海三联书店 2018 年版，第 234 页。
② 沈从文：《复程应镠》，《沈从文全集》第 23 卷，北岳文艺出版社 2002 年版，第 162 页，转引自张新颖《沈从文的后半生》，上海三联书店 2018 年版，第 244 页。

版的三十二卷《沈从文全集》里的后五卷，其中包括了研究玉器、陶瓷、漆器的《中国玉工艺研究》、《中国陶瓷史》（残章）、《中国陶瓷研究》、《漆器及螺甸工艺研究》，研究艺术中的动物形象的《狮子艺术》《说"熊经"》《龙凤艺术新编》《马的艺术和装备》，研究铜镜、扇子、丝绸的《唐宋铜镜》《镜子史话》《扇子应用进展》《中国丝绸图案》，研究服饰的《织绣染缬与服饰》《〈红楼梦〉衣物及当时种种》《中国古代服饰研究》，以及其他学术论文与随笔性质的文章，如关于陈列设计与展出的说明、《文物研究资料草目》、《文物识小录》、《文史研究必需结合文物》。

五、"时间胜利的故事"

在增订版的《后半生》中增添的第二篇附录《沈从文的后半生：这是什么样的故事》里，张新颖从"绝境，和在绝境中创造事业的故事"，"个人和时代关系的故事：超越受害者的身份"，讲到了"创造的故事"与"爱的故事"，而其落脚点在于"时间胜利的故事"。我们先来看"时间胜利"——什么样的时间？70年代在湖北丹江改造期间，沈饱受高血压、心脏病以及关节炎的折磨，他在勤勉工作之余，曾在一张小纸片上写了一个小小的杂记，题为《从针刺麻醉中得到一点启发》，其中感慨自己七十余年的生活和工作，有云："凡事多近于沙上建屋，随潮必毁，毁后又复重建，仍难免毁去。"[①] 事虽如此，人却仍能从毁则建而复毁的工作中找到活下去的信念。这种乐观的西西弗斯信念，极像是周作人在《知堂回想录》里的夫子自道："我真实是一个屠格涅夫小说里所谓多余的人，在什

---

① 沈从文：《从针刺麻醉中得到一点启发》，《沈从文全集》第27卷，北岳文艺出版社2002年版，第385页，转引自张新颖《沈从文的后半生》，上海三联书店2018年版，第238页。

么事情里都不成功，把一切损害与侮辱看作浮云似的，自得其乐地活着。"对于沈而言，他所以能自得其乐乃至苦中作乐，与他的历史研究有着极深的关联。在沈的后半生，后者将他从封闭与自杀的绝境解救出来，而且代替了曾使其确立自我的文学事业，进而将这种确立从个人的生活史移置到了以千年计度的华夏文明史中。孤立的个人生活因其不过历史沧海一粟，是故既与时俱进，也与时俱亡。此处的时间仅仅标示着从出生到死亡的距离，因此是冷酷而空洞的现实时间；然而，在"有情"的传统勾连衔接，将个体存在与历史并置的意义上，时间却是绵延的：它温情地将每一个个体充实其中，而每一个个体来到世间也都有它不容置疑的根据和使命。作者在《前半生》最后给出的"结论"并没有错。在他看来，沈的前半生留下的是一个有"悲哀的分量"的背影。如果我们联系到刘西渭（李健吾）对《边城》的评论，或许能进一步解释这后一种时间的特质，他说："作者的人物虽说全部良善，本身却含有悲剧的成分。惟其良善，我们才更易于感到悲哀的分量。这种悲哀，不仅仅由于情节的演进，而是自来带在人物的气质里的。自然越是平静，'自然人'越显得悲哀：一个更大的命运影罩住他们的生存。这几乎是自然一个永久的原则：悲哀。"[1] 张新颖认为，个体之所以在这种长时段的历史里显得悲哀，是"天地不仁'内化'为个人命运的结果"[2]，可是在此之外，《边城》中还体现了一种与悲哀并置的刚健，这是"天地化生的力量"。后一种时间的特质便在于它是一种天道的时间观："人道"是倏忽而过、变幻万千的暂时，也必有终结一日，天道则运行不息，无有终结。因此，不仅是天道的时间将战胜人道的时间，以

---

[1] 李健吾：《〈边城〉——沈从文先生作》，原载 1935 年 9 月 16 日《文学季刊》第 2 卷第 3 期，原题《〈边城〉与〈八骏图〉》，后改题《边城》收入《咀华集》，上海文化生活出版社 1936 年版。此处引用自李健吾《李健吾文集》第 7 卷，北岳文艺出版社 2016 年版，第 57 页。

[2] 张新颖：《沈从文与二十世纪中国》，《当代作家评论》2012 年第 6 期。

这种眼光生活和工作的个人亦必将流泪播种而欢呼收割。

最后我们再来看"故事"——什么样的故事？这也是在《前半生》与《后半生》两书中张新颖的写法问题。本文开篇，我曾提到这是一部有别于过分突出时代力量从而悬置个人的历史，正因为此，它叙述的是"时代境遇中传主的生活史"而不是"传主生活时代的境遇史"。在汪曾祺的回忆里，沈从文关于如何写作的指导其中有一条是"要贴到人物来写"[1]，我以为张新颖在这两本书的写作中便践行且改进了这一点[2]：将写作技术的问题转换为写作伦理的问题，由此

[1] "沈先生讲课时所说的话我几乎全都忘了（我这人从来不记笔记）！我们有一个同学把闻一多先生讲唐诗课的笔记记得极详细，现已整理出版，书名就叫《闻一多论唐诗》，很有学术价值，就是不知道他把闻先生讲唐诗时的'神气'记下来了没有。我如果把沈先生讲课时的精辟见解记下来，也可以成为一本《沈从文论创作》。可惜我不是这样的有心人。沈先生关于我的习作讲过的话我只记得一点了，是关于人物对话的。我写了一篇小说（内容早已忘记干净），有许多对话。我竭力把对话写得美一点，有诗意，有哲理。沈先生说：'你这不是对话，是两个聪明脑壳打架！'从此我知道对话就是人物所说的普普通通的话，要尽量写得朴素。不要哲理，不要诗意。这样才真实。沈先生经常说的一句话是：'要贴到人物来写。'很多同学不懂他的这句话是什么意思。我以为这是小说学的精髓。据我的理解，沈先生这句极其简略的话包含这样几层意思：小说里，人物是主要的，主导的；其余部分都是派生的，次要的。环境描写，作者的主观抒情、议论，都只能附着于人物，不能和人物游离，作者要和人物同呼吸、共哀乐。作者的心要随时紧贴着人物。什么时候作者的心'贴'不住人物，笔下就会浮、泛、飘、滑，花里胡哨，故弄玄虚，失去了诚意。而且，作者的叙述语言要和人物相协调。写农民，叙述语言要接近农民；写市民，叙述语言要近似市民。小说要避免'学生腔。'"汪曾祺：《沈从文先生在西南联大》，《汪曾祺全集》第3卷，北京师范大学出版社1998年版，第464—465页。

[2] "我感到不少引用这句话的人其实并不怎么懂得这句话。看起来是说写作方法，其实牵扯更重要的问题：怎么才能'贴到人物'？带着理论的预设是不行的，因为理论预设就产生了距离，贴不上；没有切身的感情不能从心底里自然而然地生出亲近感、亲切感，也贴不上。从根本上说，这不是方法的事，而是心的事，能不能贴到人物，取决于有没有一颗对日常生活和日常生活中的普通人贴近的'有情'的心。"张新颖：《沈从文与二十世纪中国》，《当代作家评论》2012年第6期。

再打量写作层面的细枝末节，亦即更深的认识需要通过有情的理解来完成。李健吾在评论《叶紫的小说》中有一段话说得感人，且仍可与此说相类，他说："当着一位即往的作者，例如叶紫，在我们品骘以前，必须先把自己交代清楚。他失掉回护的可能。尤其不幸是，他还没活到年月足以保证他的熟练。他死于人世的坎坷，活的时候我们无能为力，死后他有权利要求认识。"① 诚然，如果说有情的理解是对认识的升华，那么在最基本的认识／书写过程中，同样不可移易想象与事实的界限。张新颖在写作之初也必定将这一点作为其写作的准则。两相来看，诚如他在《后半生》的说明中提到的："我写沈从文的后半生，不仅要写事实性的社会经历和遭遇，更要写在动荡年代里他个人漫长的内心生活。但丰富、复杂、长时期的个人精神活动，却不能由推测、想象、虚构而来，必须见诸他自己的表述。"② 写个人的内心生活，需要用有情的理解"贴到人物来写"，而见诸沈个人的表述，则是去陈述事实本身，从而拒绝任何一种无论合理或不合理的想象。

① 李健吾：《叶紫的小说》，连载 1940 年 4 月 1 日、3 日、5 日《大公报·文艺》（香港）第 809 期、810 期、811 期，原题《叶紫论》，后改题《叶紫》收入《咀华二集》初版本，上海文化生活出版社 1942 年版，再改为《叶紫的小说》收入《咀华二集》再版本，上海文化生活出版社 1947 年版。此处引用自李健吾《李健吾文集》第 7 卷，北岳文艺出版社 2016 年版，第 160 页。
② 张新颖：《说明》，《沈从文的后半生》，上海三联书店 2018 年，第 1 页。

刘震云创作脉络辨

纵观刘震云四十余年的创作历程，其线索可谓异常分明：如果从作者 1979 年发表的第一个短篇《瓜地一夜》算起，迄于最近的一部长篇《吃瓜时代的儿女们》，那么刘震云的创作大体可分为三个阶段：第一个阶段主要以短篇小说为主，时间是 1979 年到 1986年；第二个阶段主要以中篇小说为主，时间是 1986 年到 1991 年；第三个阶段以长篇小说为主，时间从 1991 年开始迄于今日。细读这二十余个短篇、九个中篇以及九个长篇，会发现刘震云与那些在短中长各领域齐头并进的作家并不一样，他的写作更像是爬楼梯，即每爬到一个层次，他便要废止一种文体，转而操持另一种文体重新开始。1992 年的《土塬鼓点后：理查德·克莱德曼——为朋友而作的一次旅行日记》是刘震云写的最后一部短篇小说，《温故一九四二》与《新闻》于次年问世，他也就同时中断了中篇的写作。据说中国的作家大多有长篇情结，刘震云或许也如此，不过他的每一次文体转变也都有着相对应的认识论基础，其中轨迹是一目了然的。

乔治·布莱在论述普鲁斯特时曾经指出："在一切艺术中，都有一种请求，请求与已经认同于表现对象的那个人认同。……但是这种重复、复制、重新开始的举动究竟是什么？这还不是批评行为，但已是其开端，已是轮廓了，或以真正的名字相称，是仿作。……然而，真正的阅读，批评的阅读，并不在于简单的仿作。与所读的东西认同，就是立刻被移进一个独特的世界之中，那里一切都是奇特的，却又都具有最大真实的特性。一切都像是平等地拥有一种基本的个性。"[1] 在这段文字中，论者其实暗示了模仿、批评与创作的关系，延伸来说，就是在真正的创作以前至少还有两个阶段——通过阅读达成的模仿、通过阅读达成的批评——而它们与创作共同统摄于理解的范畴：对他人的理解（模仿）；变成他者之后，对他者与自我进行区分的理解（批评）；以及对自身的理解（创作）。刘震云的创作历程使我想起的就是乔治·布莱的这段话：他的短篇一概被打上了同时期文学的烙印，是仿作也是探索。中篇则是区分与确立，行至长篇阶段，方才有了独抒己见的创作。

一、1979—1986：早期小说

1979 年到 1986 年是刘震云创作的预备期。作者对这一时期作品的看法或可从他结集出版的选择上一窥：1989 年付梓的处女作《塔铺》（"文学新星丛书"之一）仅收录了这一时期的五部作品，计：《乡村变奏》《栽花的小楼》《大庙上的风铃》《被水卷去的酒帘》《罪人》。1996 年的《向往羞愧》同样也只是收录了五部这一时期的作品，与第一部小说集《塔铺》类似，不过是删去《大庙上的风铃》，增添了处女作《瓜地一夜》。在 2009 年由人民文学出版社出版的 10 卷本《刘震云文集》里，这一时期的作品被悉数删除。从内容上看，这一批作品大都有着同时期文学的烙印，如全部创作于 1983 年的《三坡》《村长和万元户》《模糊的月亮》中之于农民追逐财富的描写，便呼应了"改革文学"的风尚；此外，在描写时代变迁中家庭伦理变化（《月夜》《江上》《大庙上的风铃》）与描写改革开放

---

① 乔治·布莱：《批评意识》，百花洲文艺出版社 2010 年版，第 43—44 页。

年代乡村男女的情感纠葛（《被水卷去的酒帘》《河中的星星》《东方露出了鱼肚白》《栽花的小楼》和《乡村变奏》之《花圈》）等作品中，其谋篇布局上也存在模仿他人与自我重复的鲜明印记。

当然，这一时期的作品也不乏可圈可点之处，如处女作《瓜地一夜》便奠定了刘震云反思权力与关注"被损害的人"的写作母题。在这篇小说中，村民李三坡因到瓜地偷瓜被民兵捉住，瓜地负责人老肉坚持要将他送到大队接受惩罚。从情节来看这只是一个索然无味的乡间散文，不过，由于刘震云又提供了另一个场景——队长喜堂提着布袋来瓜地随意拿瓜，老肉与他商量如何向公社、供销社、信用社等上级单元送瓜送得恰到好处——这个文本立刻就富有了立体感。李三坡之所以偷瓜，表面上看是因为他没钱买瓜，而他又想让卧病在床的母亲吃一口水果，但是只要我们将他与后一个场景放在一起对观，即可明了老肉的形象才是这篇作品的焦点，亦即权力在乡村的运转模式对人性构成的影响。《瓜地一夜》中有不少刘震云后来作品的影子，然而在接下来的七年中作者竟未展开这篇小说之于权力的思索，这七年里他的写作主要涉及三个方面：第一个方面关注农民的致富梦想，如小说《三坡》里主人公眼馋于对门二愣子的发财，但在跟着他饲养小貂、长毛兔的时候接连遭遇失败，二愣子心疼三坡，因此建议他跟着自己干；村长鼓动农民成为万元户，福贵老汉为了达标，无奈对茶山做了涸泽而渔式的开采（《村长和万元户》）；儿子强迫父亲离开土地，与自己一同开办工厂（《模糊的月亮》）。

第二个方面涉及个体在商品经济时代与城乡开始对立时刻的情感转变，《月夜》里忧伤于儿子远行的母亲，《江上》中徘徊在农村的爷爷与北京母亲之间的儿子，《大庙上的风铃》里因为有了自己独立家庭而愧对姐姐的弟弟。这几篇小说的笔法皆是以实写虚，其中经历虽未必为刘震云所有，却是透露出作者本人的某些情感态度，尽管这种情感本身是模糊的：到远地当兵的儿子，在北京工作的妈妈以及组成独立家庭的弟弟是情感的一极，思念儿子的母亲，留在乡下的爷爷与抚养弟弟长大的姐姐又是另一极，至于刘震云本人，恐怕就是《江上》一篇里的那个八九岁的孩子，此时的他摇摆在眷恋与理智的两端难以抉择，更不必说去评判传统与现代的对错。探索时期的第三个方面主要处理的是男女之间的情感，其基调与上述一致，就笔法来看则无甚出彩且颇多重复的地方。《被水卷去的酒帘》中的郑四、青子与县里机关主任，《河中的星星》里的于三成、娟子与村支书金山，《东方露出了鱼肚白》里的王丕天、花枝、胡群，《栽花的小楼》里的坤山、红玉、李明生，《花圈》（《乡村变奏》之一）中的小水、秋荣与李发，在这几对恋人中，男女关系的轨迹基本都沿袭了男的一方被抛弃，女的一方依傍有权有钱者的套路，略有变化之处无非是男的是否默认这一处境，而对女性心理的描摹则概付阙如。三个方面统而观之，或可看出一条现代与传统的冲突线索。就像刘震云在创作伊始即洞察到老肉形象背后有着权力的影子，对现代与传统这两者他同样不曾表露过价值判断的冲动。

此处价值判断的消弭不仅缘于刘震云意识到两者的关系是一种二律背反，也因为此时的他尚无能力把握这传统与现代的矛盾。所以，这几篇小说的核心就在于它们的题目——一些暗示了冲突的意象——这大概是作者唯一关注的地方。他以交杂困惑、想象与激情的方式记述了两者的冲突。如何突围？在1985年到1986年的四篇小说里，可以看到作者短暂地将突围系于一种悲剧性的写作（方克强在《刘震云：梦·罪与感伤主义》一文对《塔铺》与《新兵连》的评论其实可以前移至此："在描写农民梦的破灭时，从感伤性升华到悲剧性，他寻找到了更加震撼人心的方式"[1]）——《栽花的小楼》

---

[1]　方克强：《刘震云：梦·罪与感伤主义》，《当代作家评论》1989年第3期。

中红玉为了解决在坤山与李明生之间的徘徊，不惜以割腕自杀了结。这篇小说里的红玉也就是《江上》中徘徊在乡村与北京的男孩，他们都没有找到从现代与传统的冲突中突围的路径，不过是前者以死消解了选择的艰难而已。从这一点来看，《栽花的小楼》对罪的刻画又相当肤浅。与罪有关的另一篇小说《罪人》也是如此，故事里牛秋为哥哥娶来了媳妇，但不久即在不可遏制的冲动下与嫂子发生了关系，为此他认定自己是有罪的，将苦恼付诸苦役的惩罚。此后牛秋终于娶上媳妇，但内心有罪的意识一直困扰着他，不料这次迎娶竟上了当，为此他不远万里走到了陕西，找到了自己的妻子，以便证实这场婚姻是一个骗局，走投无路的牛秋最后用斧子将左手砍了下来。尽管这两部作品在情感深度上突破了以往的小说，但那个悖论仍旧没有得到解决，而这一点也让情感上的深度再次流产于时代的"共名"情绪。

二、1986—1991："新写实"时期

1986 年到 1991 年是刘震云的"新写实"时期。查《刘震云研究》（禹权恒编，中原作家群研究资料丛刊之一），此书附录的《作品年表》中 1986 一栏下仅有两篇小说：《乡村变奏》《罪人》，事实上，这里漏收了一篇对于理解刘震云此后写作极为重要的作品，即发表在同年《安徽文学》第 11 期的《都市的荒野》。今天的研究者一般将刘震云"新写实"起点系于 1987 年的《塔铺》，这样做固然没错，但是倘若不曾读到《都市的荒野》，恐怕也就无从察觉作者的探索期与"新写实"时期的衔接之处。在笔者看来，《都市的荒野》虽然仅就艺术价值来说是一次失败的写作，但它却标志着刘震云的文学创作开始转向城市，而且也预示了未来的"单位系列"。这篇小说的主人公是一位刚刚毕业的大学生程列，无论是他的工作环境还

是生活场景，都与《单位》《一地鸡毛》等作品的小林高度一致。小说起首一句是："程列认为，人生最大的不幸，是摊上一个神经质的女人。"[1] 这个看似稳健的开头也很像是刘震云此后经常使用的寓荒诞于平淡的笔法，可是不要会错了意，以为程列就是小林式的人物。他们的生存处境或许极为相似，他们的想法却绝少相同之处。在与妻子吵架过后，程列心中生出了"一种淡淡的悲哀和空虚"，紧接着看到公交车上拥抱的男女，又情不自禁地感慨自己与来自城市妻子的结合是一个错误。小林会有这种感慨吗？也许会有。只不过作者在处理小林这一形象时废除了全部心理描写。单单废除心理描写还不够，这种废除的基础是作者的认识论在 1986 年与 1987 年之间发生的一次断裂。

从 1987 年开始，刘震云渐渐地意识到程列想什么不再重要——因为有权力的统摄——把理想与现实放在一起相互折磨只是儿戏（参看《一地鸡毛》创作谈《磨损与丧失》）。他之所以能够在此后的作品重新提取《瓜地一夜》中针对权力的这副眼光，恐怕正得益于《都市的荒野》在写作上的失败，而后者也宣告了作者探索时期的正式结束：在接连模仿了"伤痕文学""反思文学""改革文学"等文学思潮，又在作为方法论年的 1985 之于先锋写作保持着罕见沉默之后，刘震云大概意识到想要变革现实主义，就必须首先找到现实的根底，这个根底即是权力对人性的异化。借由这副眼光，他才从城市与乡村、现代与传统的二元对立中突围出来，又在那两个新婚夫妇的日常琐碎中抓住了他们苦恼的根子。既废除议论与心理描写，在小林的生活白描间也就找不到作者的意见，可这恰恰又是作者别出心裁的地方：对事实细部的现象学式呈现，对权力运作的不厌其烦的描述（即使是平和冲淡地讲叙），已然令权力的合法性丧失近

---

① 刘震云：《都市的荒野》，《安徽文学》1986 年第 11 期。

半。《都市的荒野》不仅让刘震云重新回到了观照权力的独特视域，对他的另一重启发则是回到独属于自己的经验。职是之故，在写作将近十年之后，他才以自己的经历写出了那两篇令他暴得大名的小说，这便是《塔铺》与《新兵连》。两篇小说都是作者对自身乡土经验的重构，他没有篡改写作的对象，只是将覆盖其上的诸种意识形态抽离出去，同时又以一种新的视角去审视自己的经验。这样一来，刘震云才把握住了农村青年身份中的悲剧因素，而这种深度在此前的《栽花的小楼》《罪人》等作品中是没有达到的。

《塔铺》尚有感伤的余烬，《新兵连》则已能辨识一种稳健的叙述与作者本人的声音。如果说《都市的荒野》预示了小林这一形象的出现，那么《新兵连》无疑就是以《单位》《官场》《官人》为代表的"官场系列"的先声。"老肥"、王滴、"元首"、李上进等人不就是女老乔、女小彭、老孙、老何、老张（《单位》）吗？与县委书记金全礼、老丛、老周、老胡、老白、县长小毛、副专员"二百五"等人（《官场》），或局长老袁、老张、老王、老李、老赵、老刘、老丰、老方（《官人》）恐怕也没有什么本质区别。从这里我们更能看出刘震云操持的是一种权力批判，而非国民性批判。两者的区别，简单地说就是前者将人性视作承担的一方，人性不是纯然无辜的，但在人性以前尚有一个权力的前提，这个前提即是它批判的对象；后者却是径直将批判的对象锁定在了抽象的人性上面。对此李书磊曾有如是评述："震云身上有种东西在当代作家中是绝无仅有的，那就是他对这世界比较彻底的无情观。他坚定地认为结构是一个笼，人是一条虫，人在结构中生活就像箱笼中虫在蠕动。在他笔下诸如爱情之类形而上的东西都显得子虚乌有，人本质上是低贱而丑陋的，甚至连低贱和丑陋也说不上，因为本来就没有什么高贵与美丽：人就是那么一种无色的存在，亮色或者灰色都是一种幻觉。这种意念不能说对，也不能说错，是对是错无关紧要。"① 此番置评可谓一语中的。同样，刘震云在1991年发表的一篇论文《读鲁迅小说有感：学习和贴近鲁迅》也值得注意。这篇论文就像作者此后的小说一样，言语娓娓道来、心平气和，整个文本又充斥着名与实榫枘不合的荒诞感。譬如文章的题目是"学习和贴近鲁迅"，读来却完全不是这么一回事。

在这篇论文开篇，刘震云便指出鲁迅"是一个与他的思想解剖力相对而言艺术感受力不太丰厚的作家，他小说的艺术感染力主要是通过作品的思想内涵散发出来的。我们只能看到寒冬中几株秃桠桠的杨树"，且由此宕开一笔，指出了有别于由社会性、主题与题材决定的另一种文学，后者的代表是沈从文。倘若这些还属于艺术层面的探讨，接下来刘震云就不太客气地将矛头直指国民性批判："鲁迅最重要的小说《药》《风波》和《阿Q正传》，在作品的思考上和艺术布置上是相像的。反映的全是在这块古老昏睡的东方土地上，幼稚不堪的革命和愚昧不堪的民众之间的关系，它们谁也不理解谁，（甚至这块土地根本不需要变革）但革命者或民众的鲜血，已经洒满了这块土地；他们付出的代价与他们所得到的收获，十分不相符。"② 在某种意义上，这篇写于1991年的文章等于是作者对自己前一个时期的总结：国民性批判基于一种知识分子的立场，权力批判的基础则是平民的立场。刘震云选择了后者。《新兵连》之后的1989年对他来说是极为重要的一年。在这一年1月，《塔铺》获得了1987年到1988年全国优秀短篇小说奖，同月，处女作《塔铺》由作家出版社出版。这一年刘震云主要写了三个中篇小说，但都具有开创性的意义：刊于1989年第1期《青年文学》的《头人》是刘

---

① 李书磊：《刘震云的勾当》，《文学自由谈》1993年第1期。
② 刘震云：《读鲁迅小说有感：学习和贴近鲁迅》，《中国现代文学研究丛刊》1991年第3期。

震云写的第一篇新历史小说，也是拉开 90 年代"故乡三部曲"帷幕之作；刊于《北京文学》1989 年第 2 期的《单位》与刊于《人民文学》第 4 期的《官场》，则分别是作者"单位系列"与"官场系列"（两者合并即是刘震云"新写实"时期的主要成果）的开篇作品。

1989 年的重要性在于这一年不仅诞生了刘震云"新写实"时期的两个重要作品系列，也为他的第三个时期埋下伏笔。1990 年刘震云只发表了一篇介于虚构与非虚构之间的《冰凉的包子》（此篇作品信息也为《刘震云研究》的附录年表失收），一年之后，"单位系列"与"官场系列"的第二部又在同年一起发表。从文本数量来看，这一阶段刘震云只发表了不多的作品，然而都保持了极高的水准，且无一例外构成了"新时期文学"的重要收获。在刘震云的作品中被谈论最多的有两个领域，其一是由六个中篇构成的"新写实"系列（《新兵连》《单位》《官场》《一地鸡毛》《官人》《新闻》），其二即是新世纪以来，以《一句顶一万句》为代表的"说话"系列。鉴于这方面的评述早已汗牛充栋，笔者不再赘言。不过有一段话倒可引述："这本书的前一半是一个苍蝇从瓶子里竭力向外撞的伤痛记录，当然那是非常可笑的了；后一半是当苍蝇偶然爬出瓶子又向瓶子的回击，当然也是非常可笑的了。"这段话出自《向往羞愧》的自序，系江苏文艺出版社 1996 年出版的四卷本《刘震云文集》的第一卷。目录所示，这"后一半"便是"新写实"时期的三篇作品：《头人》《官场》《官人》。第二个时期就此结束。

三、1991 年迄今：故乡写作

1991 年迄今是刘震云写作的第三个时期。由于这个时期跨度较长，所以不妨再将它们切分成几个小的阶段：首先是"新历史"阶段（1989—1998）。《官人》刊行于 1991 年，开启刘震云第三个写作时期的，则是同年问世的作者第一部长篇《故乡天下黄花》。《故乡天下黄花》的源头是1989年的中篇《头人》，此后又衍生出了《故乡相处流传》与四卷本的《故乡面和花朵》。刘震云新历史小说的代表作，除了这三部长篇，还有《温故一九四二》以及它的先声：《土塬鼓点后：理查德·克莱德曼——为朋友而作的一次旅行日记》。陈思和先生在《新时期文学简史》中曾经指出："新历史小说与新写实小说是同根异枝而生，只是把所描写的时空领域推移到历史之中。……其创作方法与新写实小说基本倾向是相一致的。新历史小说在处理历史题材时，有意识地拒绝政治权力观念对历史的图解，尽可能地突现出民间历史的自然面目。……但是也必须看到，在这类小说所隐含的主体意识弱化及现实批判立场缺席的倾向中，或多或少地表现出一种对于当代现实生活的有意逃避。"[1] 这一判断就新时期以来新历史小说的总体创作来说是有效的，可是它也许并不适用于刘震云的这一批创作。除此以外，权力批判的主线不仅在这一批创作中延续下来，而且又分化为两条思路：从《头人》到《故乡面和花朵》是以历史的循环凸显权力的本质，《温故一九四二》与《土塬鼓点后：理查德·克莱德曼——为朋友而作的一次旅行日记》则是关注权力的另一种面向，即权力在空间方面制造的等级序列。

"黑格尔在某个地方说过，一切伟大的世界历史事变和人物，可以说都出现两次。他忘记补充一点：第一次是作为悲剧出现，第二次是作为笑剧出现。"[2] 如果马克思的这句话能够形容历史循环中权力的戏谑，那么后者的戏剧性无疑是刘震云通过将两种级别截然不同的人事放在一起实现的，而戏剧性不是别的，它正是两者在权

---

① 陈思和主编：《新时期文学简史》，广西师范大学出版社2010年版，第175—176页。

② 马克思：《路易·波拿巴的雾月十八日》，《马克思恩格斯选集》第1卷，人民出版社1995年版，第584页。

力批判的主线上的殊途同归之处。从文学史的脉络来看，刘震云转向新历史小说写作也很可能并非偶然，它与新时期以来的文学在80年代末、90年代初仓促地"告别启蒙"有着直接关系。"新写实"接续了先锋文学对宏大叙事的拒斥，它一面以虚化现实对抗政治现实，力求确立一种还原生活的真实观（消解"典型论"），一面以个人话语对抗公共话语，力求确立一种个人意义的写作观（消解"启蒙神话"）。也正是这两重消解使得贯穿80年代文学的理想主义在"新写实"的世俗真相面前轰然崩溃。刘震云是明眼人，即便他对启蒙的看法有所保留，他也不会不清楚迎接90年代以及置身其中的文学会面临怎样的处境。这个处境，简单地说就是文学极容易在既"躲避崇高"又眼花缭乱的现实面前丧失掉它的批判性，抑或是一旦"新写实"的路数写尽，便将掉入自我重复的陷阱。刘震云对后一种结果可能更加感同身受。因此1993年的《新闻》之后，他便同时终止了"单位"与"官场"两个系列，转而将历史引入到写作，将权力批判的意识贯注在了对故乡历史的重构之中。这种重构是以消解掉以往历史叙事的正统，且发现另一种历史演进规律和历史真相为旨归的。

　　就发现历史演进规律而言，刘震云的结论是历史没有什么规律，或者换个说法，历史的规律就在于被权力主导的重复。申村里"我"姥爷他爹是第一任村长，原本做木工的贾祥是第七任村长，刘震云就这样不疾不徐地写了七任村长的事情，而我们发现虽然时间在变，村长的治理手段却没有任何改变。村民不听话，便"封井"与"染头"；做村长便每晚都要吃"夜草"，诸如此类的细节和重复，在《故乡天下黄花》里被进一步地拉长与扩大为四个年份：民国初年、1940年、1949年、1966年至1968年。这样的历史中倘若有历史理性，这历史理性显然也就是非理性的权力本身。在作者早年的另一篇论文《整体的故乡与故乡的具体》中，他言简意赅地解释了这一层权力的时间批判："《故乡天下黄花》是写一种东方式的历史变迁和历史更替。我们容易把这种变迁和更替夸大得过于重要。其实放到历史长河中，无非是一种儿戏。"[①] 至于《温故一九四二》与《土塬鼓点后：理查德·克莱德曼——为朋友而作的一次旅行日记》这两篇小说，称之为权力的空间批判可能更为准确。世界著名钢琴家理查德·克莱德曼，与山西李堡村吹唢呐与敲鼓的民间乐手奎生有何相同之处呢？似乎除了职业以外没任何相同之处，可刘震云硬是将这两个处在不同时空与不同地位的人放在一起耐心比较了一遍，结尾处他"突然明白了理查与奎生的区别"，所以"可以放心、安然、悲哀又不悲哀地去睡觉了"。[②] 这个区别，直至《温故一九四二》中刘震云才加以指明。在《头人》或《故乡天下黄花》中，权力本质上是一种乡土权力，即民间内部的权力运作，到了《温故一九四二》，刘震云更是直接将民间利益与高层意志并置在一起，由此出现了许许多多"理查与奎生"式的对照，兹举几例：

1943年2月，河南省政府官员宴请前来考察灾情的《时代》周刊记者白修德与《泰晤士报》记者福尔曼，彼时河南的饥荒已发展到同类相食的惨烈程度，于是，"在母亲煮食自己婴儿的地方，我故乡的省政府官员，宴请两位外国友人的菜单是：莲子羹、胡椒辣子鸡、栗子炖牛肉、豆腐、鱼、炸春卷、热馒头、米饭、两道汤，外加三个撒满了白糖的馅饼"；因为灾情，河南人只能吃树皮与野草，有人为此中毒身亡，但即便知道某种野草有毒，他们还是会吃。等到树皮野草吃净，灾民就吃干柴。商业恢复到以物易物的水平，女性沦为娼妓，而"卖一口人，买不到四斗粮食"。实物税收与军粮依旧在征收。所以出现了盗匪与逃荒，逃荒路上又出现了狗吃人的

---

① 刘震云：《整体的故乡与故乡的具体》，《文艺争鸣》1992年第1期。

② 刘震云：《土塬鼓点后：理查德·克莱德曼——为朋友而作的一次旅行日记》，《芳草》1992年第11期。

情况，迹近人间地狱。在同一时间的重庆黄山官邸，却是"生机盎然，空气清新，一到春天就是满山的桃红和火焰般的山茶花"；总的来看，1942年夏到1943年春，河南饿死了三百万人，"但放在当时的历史环境中去考察，无非是小事一桩。在死三百万的同时，历史上还发生着这样一些事：宋美龄访美、甘地绝食、斯大林格勒血战、丘吉尔感冒。这些事情中的任何一桩，放到一九四二年的世界环境中，都比三百万要重要"。这些事情之所以比饿死三百万人重要，是因为"在世界战局的分布上，中国就常常是战略的受害者。……（中国）必须在有外援的情况下才能打这场战争"。其次，国民党内部也发生着派系斗争，而美国上将史迪威将军与蒋介石已有嫌隙，这些都可能影响战争的走向。

所以，蒋介石日夜殚精竭虑的是："中国向何处去？世界向何处去？"灾民们则只是思量："我们向哪里去逃荒？"仍回到开始的地方，面对这一灾情，真正对河南灾民报以关注的，不是领袖，不是政府，不是各级官员，而是来到此地探访的记者白修德；同样，令蒋介石"相信"河南发生灾情的，也不是因为刊登了一篇灾区报道与主编述评而被勒令停刊三天的《大公报》，而是白修德发往《时代》周刊的报道。尽管如此，蒋介石展开的救灾还是要晚于教堂的赈灾，而且由于政府的颟顸与腐败，蒋的救灾在实行的过程中又大打了几番折扣。种种不利，加之1943年大旱过后的蝗灾，使得总数约三千万的河南人死了十分之一。在这篇夹叙夹议、类似非虚构的小说文本中，最尖锐的一个细节被刘震云埋到了最后：为什么河南在当时"仅仅"死了三百万而没有死绝呢？因为来了日本兵。"他们给我们发放了不少军粮。我们吃了皇军的军粮，生命得以维持。"诚然，这里又会有国民性批判的空间，而且作者也十分清楚"日军发军粮的动机绝对是坏的，心不是好心，有战略意图，有政治阴谋，为了收买民心，为了占我们的土地，沦落我们河山，奸淫我们的妻女"，可是，他们在蒋政府撒手不管，并且转脸就横征暴敛的情形下，还是"救了我们的命"。在白修德采访的一位军官口中，我们听到了这样的话："老百姓死了，土地还是中国人的。"正是在这里，作者将"国家"概念与"生存"愿望极端地对立了起来，也是在这里，刘震云基于平民立场的权力批判显示得淋漓尽致："这话我想对委员长的心思。当这问题摆在我们这些行将饿死的灾民面前时，问题就变成：是宁肯饿死当中国鬼呢？还是不饿死当亡国奴呢？"①

新历史小说的写作不仅让刘震云从偏向城市的"新写实"阵营脱离出来（1993 年的《新闻》是刘震云"新写实"的封笔之作），由此转向了偏重故土的写作，而且也在《温故一九四二》与《故乡面和花朵》的第四卷《正文：对大家回忆录的共同序言》中为下一个阶段的写作埋下伏笔。后者以作者对自己的故乡——河南延津县王楼乡老庄村——的回忆，收束了此前三卷漫无边际的梦境叙述。这两处无疑都是一个起点，它们共同开启了刘震云晚近以来的另一个写作阶段（1998 年迄今），这一阶段的写作与此前作者所有时期的写作都有所不同，在笔者看来，如果作者第三个时期的创作关键词是故乡，那么从《头人》到《故乡面和花朵》就是带有权力质询性质的故乡写作，而《故乡面和花朵》以降，刘震云又从权力质询走向了"心的观察"。权力质询是基于民间立场的向上批判，"心的观察"则是民间内部的直接对话。《故乡面和花朵》出版后，刘震云沉潜三年推出了接续前者但并不成功的《一腔废话》，从《手机》第三章"严朱氏"开始，他正式开始了"说话系列"的写作，其主要特点是由清新明快一变为缠绕说理。刘震云此前的部分作品诚然也带有这种缠绕的风格，但是这种风格在"单位系列"与"乡村系列"里都只是作揭露现象用——是关系如此复杂所以必得缠绕着说。唯

① 刘震云：《温故一九四二》，《作家》1993 年第 2 期。

独是到了"严朱氏"开始的"说话系列",缠绕的风格才由物及心,由"关系"切入"孤独",由福克纳式的晦涩一变为返璞归真的面目——作者这样写,还因为小说里的人物就是这么说,而他们这么说又无非是为了找一个"能说得着话"的人。伽达默尔曾认为海德格尔对诠释学的贡献是将诠释提升到了本体论的高度,我觉得也不妨如此看待刘震云这一时期的写作,即将叙事学提升到伦理学的层面。说与听都是一种带有伦理意味的行为,是"怀着孤独感的自我倾诉"(贺绍俊语)。

结　语

在梳理以上内容时,笔者又一次想到了乔治·布莱的一段话,同样是在论及普鲁斯特的文章中,他说:"不事先决定文学创作(小说,批评研究)得以实现的手段,就不会有文学创作。换句话说,对于普鲁斯特,创造行为之前就有一种对于此种行为,及其构成、源泉、目的、本质的思考。一种对于文学的总体认识,一种对于文学的根基的无目的性的把握,应该先于计划中的作品。这至少是普鲁斯特为自己规定的首要目标:通过批评,通过对文学、对各种文学的批判理解,未来的批评家达到这样一种精神状态,他希望文学的创造活动,不管是哪一种,从这种状态出发而变得更为准确,更为真实,更为深刻。写作行为的前提是对于文学的事先的发现。"[1]在大多数作家那里,他们的写作或有阶段之分,但分别处往往只是文字更加娴熟,抑或关注的对象有所变迁。在刘震云这里,姑置不论其艺术成就的高低,我们能够感觉到在他的创作轨迹中始终暗藏着一份自我理解的追求。正因为此,他对自身的写作蕴含先见,

---

[1]　乔治·布莱:《批评意识》,百花洲文艺出版社 2010 年版,第 41 页。

而每一个阶段又都能看到上一个阶段的结论与下一个阶段的伏笔。一言以蔽之，它并非随心所欲的写作，而是有着一以贯之的深思熟虑。

"存在是我们的职责"[①]

——格非近年小说论

一、精英阶层群像

在《1999：小说叙事掠影》一文，格非如此表达了他对文学退出社会这一问题的看法："这种繁荣主要指向文学在公众生活中的地位，文学对于大众的影响力。这种辉煌曾经达到了怎样的程度，它所留下的阴影就会浓重到怎样的程度。两者都被夸大了。"[②] 这篇文章收录于《博尔赫斯的面孔》，此文之后，格非就写下了《现代文学的终结》，算是对上文的进一步引申。有趣的是，他显然也对"现代文学的开始"抱有一种清明见解。在许多场合格非都谈到了这一点——"现代文学"的开端系于"文学"开始具备置身"现代"的自觉，同时它也对"现代"这一前提展开反思。正因为此，当我们比对这一起点与现代文学在20世纪的具体进程时就会意识到一个问题：后者究竟是对前者的继承，还是"借用、歪曲，甚至反动"[③]？

除此以外，格非也注意到了现代文学自我神秘化与神圣化的倾

---

① 格非在小说《月落荒寺》中引用了歌德的一句话："存在是我们的职责，哪怕只是短短的一瞬。"此处借取此意。

② 格非：《1999：小说叙事掠影》，《博尔赫斯的面孔》，译林出版社2014年版，第276页。

③ 格非：《现代文学的终结》，《博尔赫斯的面孔》，译林出版社2014年版，第291页。

向。这一倾向归根结底是两种作用的合流：首先，过分强调文学的功用，使得文学成为了干预社会进程的强大武器；其次，掣于市场经济压力，现代文学又开发出一种"反对读者"的策略。可是，一旦文学乌托邦的允诺落空，市场又彻底排除了文学的价值，现代文学就会随之走向终点。这一点，恰恰衔接住了作者在《1999：小说叙事掠影》中给出的结论。它不是对文学已死的宣告，而是告诉我们以下事实："文学从根本上说是个人的事业。假如它是一个奇迹，也是个人用无数痛苦和梦想堆积起来的奇迹，假如文学是一个神祇，只有那些感觉到在世界的胸膛里始终有神秘事物敲击着的人们，才会感到亲切的共鸣。"[①]

唯当格非确立了这层认识，也就意味着他开始向"批判现实主义"那个文学传统复归。或者说面对这个问题——尽管如此，文学是否还能够对现实发声？——作出肯定。《欲望的旗帜》之后以及新世纪以来作者的创作，包括"江南三部曲"、《望春风》、《隐身衣》以及 2019 年出版的这部《月落荒寺》，都是这一肯定的证词。不过，相信文学仍能对现实发言，与让文学依旧作为干预现实的武器究竟是两回事。存在着两种现实的定义。第一种"现实"是人的现实，它是个人困境的隐喻；第二种"现实"则是"去个人化的现实"：在一个关于未来乌托邦的想象中，无论它对人的设想较之当前有怎样的提高，此处的个人都被作了抽象化甚至去个人化的处理。相信文学仍能对现实发言，只是让文学重新回到第一种现实之中，让文学面对此时此刻（而非将来），面对具体的个人（而非无人称的存在），展开叙述。

《月落荒寺》中的现实，主要指向了当代中国中产阶级与精英阶层的精神状况。这些人包括了在北京某高校任职的哲学教师林宜

---

① 格非：《1999：小说叙事掠影》，《博尔赫斯的面孔》，译林出版社 2014 年版，第 276 页。

生，官员李绍基，画家与艺术策展人周德坤，金融投资（投机）者查海立。小说主人公林宜生本硕博一路读的哲学专业，但由于他所在的那所理工科高校没有开设哲学学科，他只能担任两门公共政治课的教学工作。其余时间，林宜生奔波全国各地讲学，收入不菲，但也因过度劳累患上了抑郁症。适逢其时，他的妻子白薇又出轨同校的一位外国教授，与之远赴加拿大定居。林宜生与李绍基认识，源自90年代初两人的妻子在生产时入住同一间产房，不过后者的情形也并不比林宜生好多少：因为仕途受阻——"不仅没有如愿升上副部，反而降到了副司级，被调入了老干部局"[1]——李绍基委顿颓然了两年。先是靠练习书法排遣心中块垒，继而沉迷茶道，抄经书，到龙泉寺听高僧讲经，忽而又废弃一切，转而在家中养起热带鱼。周德坤与林宜生是大学同学，毕业后先是在报社供职，随后辞职做了自由职业者，专事画画与策展。至于查海立，则颇显来路不明。

在涉笔这些人的精致生活时，《月落荒寺》中有大量类似《围城》或普鲁斯特笔下的那些肖像速写，它的讽喻态度与藏在叙事下面的诡魅一笑几近如出一辙。如小说第9节众人聚会饮茶的段落，周德坤如此向李绍基介绍当天他们要喝的茶——茶叶是"武夷山一百零三岁的周桐和老茶师亲手烘焙的牛栏坑肉桂"，水是"内蒙阿尔山特供的五藏泉"，煮茶的器皿是"潮州枫溪的红泥炉和砂铫"，煮茶的炭是"意大利进口的地中海橄榄炭"。如此泡制好的茶，周德坤立刻闻到了"西西里阳光的味道"。[2] 诸如此类的桥段在书中不胜枚举，但最精彩的，莫过于林宜生在李绍基家听他讲解经文这一段。讲经之余，李绍基不时由"注"及"疏"，频频插入个人见解（为此格非又特意标注了宋体字与楷体字的部分）：当他讲到"著衣持钵"时，想起了自己曾和老婆在日本吃过的味噌乌冬面；讲到"次第乞

---

① 格非：《月落荒寺》，《收获》2019年第5期。

② 同上。

已"时，李绍基感叹"中国人平常最不讲秩序……这样下去，怎么得了？"①；讲到"还至本处"时，他终于吐露了那迟迟隐而不发的愤懑：

> 那天部里开会前，我接到了弟弟从老家打来的电话。我父亲因突发脑梗被送往医院抢救。领导讲话时，我悄悄地给医院脑外科的主任发了几条短信。没想到平白挨了一顿骂。骂就骂吧，检查我是一个字没写。他爱咋的咋的。大家都是一个司局里出来的，有什么了不得？我当处长时，他才是个副处。如今人一阔，脸就变，对我也拿腔拿调，这不是小人得志是什么？什么他妈的玩意儿！②

发泄一通，李绍基又很快收束心境，耐心讲起了他对《金刚经》的理解："依我看，一篇金刚文字，奥义尽在'还至本处，敷座而坐'八字之中。人生在世，不过穿衣吃饭。今天的人，终日忙碌求食，应酬日繁，身心俱疲，回家后又不能摄静。参透这八个字，方能得真清净、大自在。"③终归知易行难，李绍基看似悟道，不料又因在单位受了气，直接请病假不去上班，待在家里养起热带鱼。真正拯救他的——倒不是先前他从龙泉寺高僧那里听来的"有而不有，即为妙有；空而不空，方为真空"——还是他时来运转，官复原职的亨通。李绍基的情形浓缩了《月落荒寺》一书的大部分现实。他们世事洞明又犬儒消极，附庸风雅又从无真正的精神生活。质而言之，他们是这样一群"清醒"的知识分子，即清醒地认识到他们连自己都无法拯救，所以一旦仕途商运不顺，便只能浑浑噩噩、痛

① 格非：《月落荒寺》，《收获》2019 年第 5 期。
② 同上。
③ 同上。

感时日难挨。

相比上面种种中年疲惫心境，更可怕的是格非对这一批人另一面向的照亮。书中关于一个车祸情节的描写重复了三次（第1节、第35节、第48节），这大概并非偶然。这个情节第一次出现是在《月落荒寺》的开篇部分，作者写林宜生与他的情人楚云到小区对面喝茶、赏海棠，不意目睹了中关村北大街上十字路口的车祸。但他们并未留意，径直走到茶社喝茶去了。赏花过后，作者又添了一笔："墙外马路上的车祸似乎已经处理完毕。疾驰而过的汽车的嗖嗖声远远传来，像流水一样喧腾不息。"[1] 第1节由目睹车祸始，以交通恢复正常结，贯穿其间的是赏花的雅致。某种意义上，这一结构也是主人公精神冷漠的总的隐喻，而且正是这一精神层面的隐喻统摄了全书的叙述指向。关于车祸的叙述还有一点值得注意，那就是每一次它被叙述，都仿佛是在填补着上一次叙述的留白。

在第一次叙述中，死者的红袜了让林宜生陷入到"本命年"与"红色"的玄想，但是当它第二次被叙述时，红袜子又"撩拨着宜生内心深处纷乱的记忆，既苦涩，又令人心迷神驰"[2]。此处影射的是借由安大夫之口引出的"黄山那件事"——林宜生也曾出轨查海立的妻子赵蓉蓉。换句话说，当时的林宜生还由这死者的红袜子联想到了巫山云雨。联想的对象、重复在叙述层面的用意、对以林宜生为代表的这群中产精英做的社会阶层分析（物质发展与精神发展的严峻落差），也许都无足轻重，重要的是林宜生根本就对眼前的车祸惨状无动于衷。再者，周德坤的妻子因为佣人老宋喂宠物吃了洋葱，致使陈渺儿的爱犬死了，他们为发泄不满，竟然扇了老宋两个耳光，而当老宋的丈夫老杨赶来求情时，周德坤的妻子又让他跪在狗的骨灰盒前磕头。凡此种种，无疑都是格非在精英阶层雅致生活的背面

---

[1]　格非：《月落荒寺》，《收获》2019年第5期。

[2]　同上。

（如蒋颂平所说的音响发声的纯度来源于供电的种类，火电温暖饱满，水电清澈透明，核电则兼两者之长等等细节）隐藏的诊断。他所没有明言的是：冷漠实际是一种精神疾病。

《月落荒寺》里有一处极易忽视的连笔，它是林宜生与儿子同学老贺的父亲进行的一番短暂谈话。某天傍晚，两人因为接送孩子不期而遇，这位海归科学家为了打破冷场，向林宜生提出一个问题："长期以来，我始终有一个疑惑。作家也好，诗人也罢，本来他们有义务向我们提供正能量，告诉我们，什么样的生活是美好的，是值得过的。但他们似乎更愿意在作品中描写负面或阴暗的东西，这到底是为什么？人们阅读文学作品，是希望从中获得慰藉、真知、智慧和启迪，陶冶情操。或者说，我们自己有了烦恼，才会去书中寻求解答。而事实刚好相反，有时不读这些书还好，读了以后反而更加苦恼。另外，作家和诗人的神经又过于敏感，他们稍有不顺，往往动不动就自杀，也让人感到不可理解。"[1] 科学家的见解，林宜生并不陌生，所以他才会援引萨特战后在巴黎一次演讲中的说法——绝望是自我觉醒的必要前提。不过，科学家的问题是"文学中的绝望描写有何价值"，林宜生的答复则毋宁说是"萨特对文学中的绝望描写有何价值的看法"。因此也就根本没有触及问题的核心。这里事实上又提供了小说的另一重题旨：知识仅仅是一种缺乏反思的经验，而这一点是对作为精神疾病的冷漠的拓深。

正因为缺乏反思，这批中产精英才会任由精明与愚蠢集于一身，一面世事洞观，一面委顿颓然。现代知识生产（或如那位海归科学家所暗示的文科教育遭受的怀疑）的根本性问题就在这里，它丧失了向人们提供反观自省的能力。林宜生对此十分了解，但也只能用萨特的话搪塞过去，并且在接下来强调了自己"德国古典哲学"

---

① 格非：《月落荒寺》，《收获》2019 年第 5 期。

的专业背景，轻松说出了"康德、费希特、费尔巴哈、黑格尔、尼采等一长串的德文名字"①。读者不必怀疑他在这一领域接受的方法论训练，也不必怀疑两人交谈的友好诚恳，可是在形式上，这种熟稔难道不正是对他们谈论的那个问题的绝好证实吗？——林宜生意识到知识是一种缺乏反思的经验，只是他不曾意识到自己恰恰就是那个缺乏反思的"知识庸人"（附带说一句，格非启用反讽的手法显然是明智的，因为只有反讽才能平衡《月落荒寺》中此起彼伏的知行落差），所以，那位科学家的疑惑也就是完全正当的："如果说，他们连自己都没能照顾好，又何谈去帮助这个世界呢？"②的确如此，但救赎的面向就此被悬置起来。

二、先锋叙事遗风

（一）

同样是《博尔赫斯的面孔》一书，在其中收录的《文学的他者》一文，格非借《一千零一夜》的一个故事阐释了文学创作中"他者"的必要性。在那个故事下面，格非引申道："文学写作的基本目的，是用语言去阐述个人与他所面对的世界之间的关系。我们知道，文学创作的基本材料往往来自于个人经验和记忆。个人经验对于写作的重要性毋庸置疑，但作家仅仅拥有经验和记忆是远远不够的。一般来说，个人总是封闭的、琐碎的、习以为常的，有时甚至带有强烈的个人偏见。文学所要发现的意义，犹如宝藏一样，沉睡在经验和记忆之中。如果没有梦的指引，没有新的经验和事物的介入，经验和记忆本身也许根本不会向我们显示它的意义。因此，

---

① 格非：《月落荒寺》，《收获》2019 年第 5 期。
② 同上。

我倾向于认为，文学写作的意义，实际上并不存在于单纯的经验之中，而是存在于不同经验之间的关系之中。同样的道理，真相并不单纯地存在于事物之中，而是存在于不同事物的联系之中。正如萨特所说，他者的出现，是我们理解自身的首要前提。"[1] 在这篇小文之后，格非写下了《中国小说的两个传统》这篇理论文章。

回顾上世纪初，以胡适、陈序经为代表的全盘西化派与学衡派关于中西本位的争论，从治学延伸到文学创作的余绪，实际上在80年代早已全然倒转，而格非的这两篇文章至少对于理解他的创作具有重要意义：在我看来，它们标示着格非"由西转东"以及"去先锋化"的转向（正如《小说叙事研究》（2002）直接开启了"江南三部曲"第一部《人面桃花》（2004）的创作）。并非仍要断言中西本位的孰优孰劣，远离了当时的具体社会语境，断言本身就是空洞的。因此，当胡适以文化的惰性和"取法乎上，仅得其中；取法乎中，风斯下矣"来论证全盘西化的必要时，我们同样应当理解在经历了80年代西学风潮之后，当代先锋作家对中国文化内部资源的重新审视和发掘。在格非那里，这一发掘也许直至2016年的《望春风》才真正告一段落。《望春风》中的作者彻底摒弃乃至克服了一种缺乏深层理解而仅凭直觉的风格，取其代之的则是一种——既不同于《初恋》《蒙娜丽莎的微笑》，也不同于《青黄》《凉州词》《褐色鸟群》——既古典又现代的写作。

（二）

即使不曾留意"褐石小区""蒋颂平"或"丁采臣"这些名字在《隐身衣》（2012）与《月落荒寺》（2019）之间构成的互文——对于那些读过前一本小说的读者而言，两本小说也的确在风格层面

---

[1] 格非：《文学的他者》，《博尔赫斯的面孔》，译林出版社2014年版，第122页。

存在着高度同一性。首先，它们都被一种扑朔迷离的解谜氛围笼罩，例如在叙述层面，格非给出线索的方式就有一种一以贯之的滞后（《隐身衣》中"我"的情况要等到第二章才有所交代，《月落荒寺》里楚云的身世同样如此）；时间的回溯、细节的重复（"事若求全何所乐"与"这个酒吧是专为您一个人开的"）在两本小说里也均有重复呈现。至于刻意经营诡秘情绪而切不可作为线索看待的细节，在两本小说中所占比例更是难分伯仲。《隐身衣》中，最大的谜团来自"我"的那位神秘顾客丁采臣，他虽然是小说后半部分的发端，其真实身份却自始至终停留在阴影里，作者像是在用一处留白来牵引着整个小说的叙述向前行进。这个名字一旦出现，《隐身衣》便从写实主义直接跨越到了稍显哥特风的不太真实的段落。围绕着丁采臣这个名字的，是他无意间发错的那条信息，是主人公迟迟未收到"莲12"卖主的机器，抑或还有丁采臣许诺却始终没有打来的26万余款，在他死后又进入到主人公的银行账户，总之，是一层又一层的悬念：丁采臣是谁，他为何自杀，以及最后那个蒙面妇人的故事。

在《隐身衣》最后一章，作者写道："关于她的一切，我所知甚少。所有与她身世相关的信息，都遭到了严格的禁锢，就像她的天生丽质被那张损毁的脸禁锢住了一样。"[1]格非在谈到《月落荒寺》的三条线索时，认为林宜生与楚云的关系是其中的第二条线索，而楚云代表了我们每一个人都向往的另一种"可能性的存在"。事实上正是这个此后变成蒙面妇人的楚云，在《月落荒寺》里取代了"丁采臣"的位置，她是两本小说在风格上得以统一的枢纽：楚云究竟是谁？她为何失踪以及为何拒绝再次相见？种种谜面都驱策着林宜生变成了一个试图侦破恋人真相的侦探。不过，在这里《月落荒寺》

---

① 格非：《隐身衣》，《收获》2012年第3期。

也多多少少与《隐身衣》存在着细微差异，那就是林宜生此后到底还是知晓了楚云的下落（在小说最后还与之意外相遇），而《隐身衣》中的"我"将永远不会拨开丁采臣留下的迷雾。

风格的同一性还表现在两本小说都包含着一种"即时的解读"，亦即真相在被遮蔽的同时也就显露出来。《隐身衣》第四章，姐姐让"我"到她家吃饺子，"我"与姐夫常保国喝酒，姐姐在一旁催促着"我"与她单位的那个大舌头同事见面。酒醉酣熟之际，常保国忽而说了这么一句："他妈的，这个社会，逼得亲人之间也开始互相残杀了。"[1] 这让"我"想起几天前蒋颂平拒绝自己借宿时说的那番话（"你刚才说，今天早上，你姐夫常保国用大头皮鞋踢她的小腹，是不是？你想想，这年头哪来的什么大头皮鞋？"[2]）。于是"我"偷瞄了一眼常保国今晚穿的鞋——是一双破旧的旅游鞋。此后，"我"还是在姐姐的张罗下与大舌头侯美珠见了面。但即便后知后觉如"我"，还是发现姐姐之所以对自己的婚事如此上心，也不过是为了让"我"尽早搬出他们家。这种稳而不露又极具摧毁性的笔锋，在《月落荒寺》也时常可见，不过大多转换成为一种反讽的形式，似乎那些中产精英刚要附庸风雅便会露出马脚。如小说第9节众人聚会饮茶的段落中，周德坤在如此泡制好的茶中闻到的是"西西里阳光的味道"，可是他的夫人却啧啧称叹茶水"香喷喷的"，说这茶让她想起了二舅家炒制的"江油茉莉"，周德坤的窘态大抵是可以想见的。

（三）

两本小说构成的第二重互文，在于《月落荒寺》是《隐身衣》故事层面的前传。《月落荒寺》第53节，通过那个早已出现在前书的古典音乐专家、《天籁》杂志总编杨庆棠，格非又引入了一连串京

---

[1] 格非：《隐身衣》，《收获》2012 年第 3 期。

[2] 同上。

城的音乐发烧友，并且由林宜生之眼目睹了这场啼笑皆非的聚会："因缺了两颗门牙而说话漏风"的唐朝晖、"长着一对招风耳"的老田、"没事老爱扑闪眼睛"的陈奚若、网名是"憔悴江南倦客"的北大退休教授童向荣、以和比尔·盖茨拥有同款音箱为荣的电影导演胡二哥……紧接着，关键人物来了："贼眉鼠眼的 Tommy 服装厂老板"蒋颂平以及蒋颂平的发小、制作胆机的崔师傅。对这两人的介绍，直接扣住了《隐身衣》的第二章。《月落荒寺》第 63 节，作者写林宜生与妻子白薇达成和解，陪她到苏州邓尉山麓涧廊村东南的司徒庙还愿，这时林宜生偶遇了楚云一家三口。尽管这个偶遇过分巧合，值得注意的倒是楚云的丈夫，书中对他的浅描是："她的丈夫四十来岁，看上去是个木讷、厚道的老实人，脸上一直挂着笑。"[1]

如若我们根据这两处细节回想《隐身衣》的结尾，就会知道那个始终不曾现身的崔师傅，他在小说最后终于出现，而第 63 节开篇的那句"林宜生与楚云再次见面，已是七年之后"[2]，则明确标示了《隐身衣》叙述的内容是这七年之间发生的事（如丁采臣已从东直门一栋三十多层的写字楼顶跳楼，崔师傅在走投无路之下与楚云同居，并且于第二年有了一个孩子）。此刻重读《隐身衣》，人们难免会心一笑，小说开篇的那个褐石小区知识分子家庭，不正是林宜生一家吗？于是《月落荒寺》里有关他的省略，又在这里一一浮现，譬如他在中秋音乐会之后也开始沉迷音箱器材，但听的唱片无一例外是盗版的流行音乐。崔师傅在预热胆机时，听到了他与一位神似恩格斯的朋友的对话，诸如慈禧"富有远见"（贪污了海军款项，用来修建颐和园），汪精卫是不可多得的"民族英雄"，中国应与日本联手

---

① 格非：《月落荒寺》，《收获》2019 年第 5 期。
② 同上。

抗衡美国，在崔师傅这里一概论定为"耸人听闻的陈词滥调"，乃至于他最后不得不感叹"这个世界一定是出了什么问题"①。不过，细节上的互文还在其次，让笔者留意的是这两部小说所聚焦的社会阶层，所抵达的精神意旨，以及它们所共同组构的时代精神隐喻。

《隐身衣》聚焦的是京城底层人民的生活，无论蒋颂平此前是否通过服装厂发了财，且赞助了杨庆棠的音乐会，《月落荒寺》中涉及的精英阶层生活，对他们而言都是遥不可及的事。但也许正因为这一点，《隐身衣》中的崔师傅才会乐于守着自己的一亩三分田，过着"自得其乐的隐身人生活"。他对事情真相缺乏兴趣，主要是因为在他早已领悟到的一件事，"不论是人还是事情，最好的东西往往只有表面薄薄的一层，这是我们的安身立命之所。任何东西都有它的底子，但你最好不要去碰它。只要你捅破了这层脆弱的窗户纸，里面的内容，一多半根本经不起推敲"②。也因为崔师傅不得不超然，世间最寻常的三种情感在他那里早已支离破碎，懒于追究真相的信仰只是抵抗现实的武器。

《隐身衣》的叙事结束于崔师傅又到褐石小区的那户人家置办音乐器材。好笑的是，这一次则是林宜生向白薇抱怨起道德沦丧和礼崩乐坏了——我们分明还记得在此之前林宜生对妻子以及蓝婉希对伯远母亲的判断（"一心盼着中国倒霉，人格扭曲，心理极度变态"③），可是在楚云离开的七年间，两人的价值判断好像发生了彻底倒转。崔师傅听得不耐烦，放下手里的活，对林宜生说："在这个问题上，是否可以容我也谈一点粗浅的看法？如果你不是特别爱吹毛求疵，凡事都要去刨根问底的话，如果你能学会睁一只眼闭一只眼，改掉怨天尤人的老毛病，你会突然发现，其实生活还是他妈的

① 格非：《隐身衣》，《收获》2012年第3期。
② 同上。
③ 格非：《月落荒寺》，《收获》2019年第5期。

挺美好的。不是吗?"① 两个阶层在《隐身衣》的最后部分发生了对话,尽管在《月落荒寺》的最后,林宜生早已忘了眼前这个"看上去是个木讷、厚道的老实人"曾经不客气地对他讲的那番话。《月落荒寺》中的精英阶层貌似对真相念兹在兹,其实他们也只是对关涉自己利益的真相才有兴趣。另一部分的真相,不过是茶余饭后供他们"世事洞明"的谈资。

就人物的精神意旨来看,这两部小说都与《蒙娜丽莎的微笑》构成对跖。在这篇 2007 年发表于《收获》的小说结尾处,作者写道:"飞机在北京西郊机场上空降落的时候,不知怎么,我忽然又想起在拉萨做过的那个奇怪的梦来。看着窗外肮脏、昏暗的大地,我的眼泪止不住地流了下来。……它是一种矜持的嘲讽,也含着温暖的鼓励,鼓励我们在这个他既渴望又不屑的尘世中得过且过,苟安偷生。"② 此处的语气过于节制,笔者初读时觉得索然,但它又属于那样一种叙述,即总能在经验持平的情况下以回马枪的姿态,令读者为担得起狂(进取)狷(有所不为)两字同时又微笑面对世间的胡惟丐而感动。此后我读到张柠先生在《十年读书记》中说的一句话:"天才是可遇而不可求的,普通人却天天在生活中踟蹰前行。"③ 诚然,"天才"与"普通人"也可以做另外一番解读。作为"知识庸人"的林宜生与没什么文化的崔师傅都是"普通人",所以两者的精神函数究竟一致,同样是"学会睁一只眼闭一只眼",同样是冷漠地穿过刚刚发生车祸的马路,也同样是对自我根底缺乏任何反思性的认识——不过这恐怕都是无可奈何之事,正如格非在那篇小说里发出的太息:世间已无胡惟丐。救赎的面向就这样在整个时代面前遭

---

① 格非:《隐身衣》,《收获》2012 年第 3 期。

② 格非:《蒙娜丽莎的微笑》,《收获》2007 年第 5 期。

③ 张柠:《代跋:十年读书记》,《感伤时代的文学》,新星出版社 2013 年版,第 375 页。

到悬置。

三、救赎的面向

随笔《尼采与音乐》一文的题词颇可玩味："没有音乐，生活就是一个谬误"[1]，这句来自尼采的话，此后又重新出现在《隐身衣》成书的扉页上。格非对古典音乐情有独钟，这份喜爱不仅体现在他写下诸多关乎音乐的随笔（《塞壬的歌声》一书单独辟有谈论音乐的一辑，收有《塞壬的歌声》《阳光的时间》《寂灭》《音乐与记忆》《我与音乐》《似曾相识的精灵》《寒冷和疼痛的缓解》，其中涉及格非对门德尔松、莫扎特、马勒、肖邦等人的理解），还印证于音乐对格非小说创作的渗透。比较显眼的是《隐身衣》的每一章都以与音乐相关的术语命名，相对隐微的，则是作家早年作品与新世纪以降这一批创作在叙事间奏上的差异。不过，以上这些形式因素还不是本文所要涉及的部分——就音乐的内容来说，它也注定影响了格非的某些想法。在《尼采与音乐》这篇短文里，他以尼采对音乐的理解（音乐是"人类面对虚无、没有任何目的的世界的最后慰藉"[2]）又一次联想到希腊神话中的塞壬形象，并且由此区分出两种生活："塞壬是恐怖与美丽的复合体。它显示出希望和诱惑，也预示着倾覆和毁灭的危险。由于塞壬的存在，水手和航海者永远处于两难的悖论中。面对歌手的诱惑，你当然可以选择回避，远远地绕开它以策安全，也可以无视风险的存在，勇敢地驶向它。据此，人的生活也被划分为两种基本类型：安全的生活和真正的生活。"[3]

同样，我们可以说，安全的生活指向的是《隐身衣》最后崔

---

① 格非：《尼采与音乐》，《小说界》2012 年第 6 期。

② 同上。

③ 同上。

师傅对林宜生的告诫："如果你能学会睁一只眼闭一只眼，改掉怨天尤人的老毛病，你会突然发现，其实生活还是他妈的挺美好的。"① ——也就是那种"他妈的挺美好的"生活。但什么又是真正的生活呢？林宜生在与老贺的科学家爸爸谈话时提到了这一点："生活从来都有两种。一种是自动化的、被话语或幻觉所改造的、安全的生活，另一种则是'真正的生活'，而文学所要面对的正是后者。"② 他没有具体规定"真正的生活"的内涵，只是将它与自动化、由幻觉笼罩的生活对立起来。那么既然如此，"真正的生活"无疑是那种以决断的方式觉知现实危机的生活。进一步说，它必然以人类自发唤醒自身关于"有死"的领悟，由此从"非本己本真"跳跃到"本己本真"的状态。因此之故，它又绝非是可以通过知识性的学术实现的生活（林宜生对老贺的科学家爸爸说："但我本人既不是作家，也不写诗，我的专业是哲学研究"③）。知识性的学术至多提供一种伦理性修辞，至于《月落荒寺》里提及的其他高雅爱好，甚至连伦理性也无从涉及，如关肇龙声称他"决定用音乐来洗一洗自己灵魂中的污垢"④，这可能仅仅是作者开的一个玩笑。

不过，相比音乐的救赎性，这本书在其他地方也提到了抄写佛经、听高僧讲道、到雍和宫上香，它们所占的救赎意味就更加稀薄。前文已经说过，制作胆机的崔师傅与哲学教授林宜生其精神函数一致，但他们两人（以及他们所代表的社会阶层）多少还是有些不同，这主要就是崔师傅没有任何精神疑难，林宜生却不然，他的抑郁症既像是对哲学专业的反讽（作者特意提及林宜生因为西方哲学无法"了生死"而转过头来研究老庄、王阳明与佛学），也端的在表明一

---

① 格非：《隐身衣》，《收获》2012 年第 3 期。
② 格非：《月落荒寺》，《收获》2019 年第 5 期。
③ 同上。
④ 同上。

166

种精神疑难与寻求救赎之间的距离，而且正是由于救赎被日常琐碎和知识生产的现实悬隔，格非才会特意凸显楚云与音乐两者对林宜生的治愈意义。楚云象征着一种"可能性的存在"，她闯入并且暂时中断了林宜生自动化的日常，令后者得以窥探生活的背面，音乐同样如是（如普鲁斯特所说："音乐有如一种没能实现的可能性，人类实际上走的是其他的路，是口头和书面语言之路。音乐向非分析状态的回归实在令人如痴如醉。"[①]）。尽管它是以种种中产阶级化的形态与林宜生发生了关系，但是如果小说里还存在着救赎的可能，救赎也不得不关系于此。小说书名所示的音乐出诸德彪西《意象集》，是一首描写月光的曲子。这个曲子在小说里一总出现过三次。第一次是第 10 节楚云向杨庆棠提出的问题：这首曲子"中文到底应该如何翻译？"第二次发生在第 39 节，对林宜生而言已经失踪了的楚云，通过手机短信与杨庆棠确定了中秋之夜露天音乐会的曲目，其中就有德彪西的这首《月落荒寺》。第三次类似于车祸被第二次叙述时的情形，红袜子勾引起林宜生关于"黄山那件事"的记忆，换言之，它仍然是一种联想：在小说第 10 节，林宜生一面听着楚云与杨庆棠关于曲子译名的讨论，一面又一次想到了赵蓉蓉："'月落荒寺'这四个字，听上去竟是如此的耳熟。"[②] 至于其中根底，则预后到第 45节关于"黄山那件事"的叙述："溪谷对面有片竹林，竹林边上有座颓圮的寺庙。一弯新月在黑黢黢的竹林上方露了脸。月光静静地洒落在荒寺的断墙残壁上，四周一派沉寂。"[③] 以上这些，皆与音乐的救赎性毫无干系，甚至可以说南辕北辙。在小说第 61 节，《意象集》中的《月落荒寺》被《贝加莫组曲》中的《月光》取代。在正觉寺举行的音乐会上，当张逸聪开始演奏《月光》时，一件不寻常的事

---

① 普鲁斯特：《女囚》，华东师范大学出版社 2013 年版，第 263 页。

② 格非：《月落荒寺》，《收获》2019 年第 5 期。

③ 同上。

发生了："林宜生看见前排的嘉宾们纷纷转过身来，将目光投向东南方向的天空。老槐树巨大的浓荫中，透出一片清澈的晴空。一轮皎洁的圆月，褪尽了暗红色的光晕，升到了厢房的灰色屋脊之上。"[1]紧接着他就描绘了所有在场听众的情形：他们似乎挣脱了一切现实枷锁，一概沉浸在同一曲《月光》的旋律，在一种无目的的审美中，"时间像是停顿了下来，仿佛世界上所有的对立和障碍都消失了。惟有音乐在继续。许多人的眼中都噙着泪水"[2]。——关系救赎的音乐，至此终于现身。

在《音乐与记忆》一文，格非谈到过一种作为器皿的记忆形式："对于复现一段历史记忆的场景来说，没有什么东西比音乐更适合的媒介物了。在音乐出现之前，我们的心灵毫无戒备，它突如其来，直接击中我们心灵深处的隐秘，而且它所复现的并不是事物本身，而是某种整体性的情感、情绪、气氛、温度和色彩。"[3]这份普鲁斯特式的印象，此后还出现于《我与音乐》《似曾相识的精灵》等文。不过，对于以林宜生为代表的那些中产精英，他们之于音乐的需求显然还不是要复活某种深藏于心的记忆，毋宁说，格非在此更切近于叔本华与尼采的看法：对叔本华而言，欣赏音乐是人们摆脱意志役使之路，通过欣赏音乐，循环的欲望火轮停下了。在神秘的审美体验中，欣赏者与被欣赏的对象成为了镜子的两面。就尼采来说，他同样认为音乐是人类可以忍受这个世界的前提，不过当他思考音乐时，又总是在酒神（狄奥尼索斯）与日神（阿波罗）对跖的意义上来加以谈论。因为音乐是酒神的艺术，所以音乐又代表了有限个体向无限整体（这一整体被尼采称之为"存在之母""万物最内在核心"）回归的迷狂倾向，这一点实际上是欣赏者与欣赏对象互为

① 格非：《月落荒寺》，《收获》2019 年第 5 期。
② 同上。
③ 格非：《音乐与记忆》，《塞壬的歌声》，上海文艺出版社 2001 年版，第 199 页。

转换的拓深。正是在这个意义上，格非不再于《月落荒寺》中虚设一个地理实际的乌托邦。因为音乐不仅是音乐，音乐还是整个世界，它将带领着林宜生们从日常生活那"耻辱、失败和无望的泥潭中"飞升奔月——"哪怕只是短短的一瞬"。

城市与时代的精神现象学

——宁肯论

在上海文艺近期出版的八卷本《宁肯文集》中，收录了作者从90年代迄今创作的大部分著作，其中包括小说四卷：《蒙面之城》《环形山》《天·藏》《三个三重奏》；散文两卷：《我的20世纪》《说吧，西藏》；非虚构一卷：《中关村笔记》；以及新近编纂而成的一卷《宁肯访谈录》。①众所周知，宁肯的写作一贯带有强烈的先锋色彩，而这一点主要就表现在他似乎随时都在反对与挣脱前一个时期的自我。因此，不仅在每一部小说之间，读者殊难找到一个带有延续性质的、由主题、叙事、风格和写作难度等因素构成的作者形象，就不同文体的转换而言，宁肯的跨越也不着痕迹。既然如此，我们如何在整体性的意义上去把握这些作品？2017年，宁肯先后出版了两部关于北京的非虚构作品，其一是《北京：城与年》，其二是《中关村笔记》，而两者也恰好构成了某种遥相呼应的关系。在笔者看来，我们不妨就从这里入手，看看能否找到进入宁肯作品的"阿里阿德涅之线"。

---

① 既称文集，自然也就有遗漏的部分，如长篇小说《沉默之门》未被纳入便殊为可惜。此外，中短篇小说集《词与物》与《维格拉姆》亦不在其列。

一、一座城市的精神结构

"现在，我已经比北京老，我充满回忆。"[1]《北京：城与年》的叙事，始于这样一句近似谜面的语言。在大卫·芬奇的那部电影《返老还童》中，本杰明以老人的形体降临人间，他同样充满回忆，存在的轨迹即是回忆逐步丧失的道路。当本杰明遗忘所有时，他便带着婴儿的神情离开人世；而一个人声称比他出生的城市还要古老，即使写下这句话的人是玛士撒拉，依旧不可思议（宁肯在此想到的似乎是那个被反复亲吻的古瓮）。与《返老还童》不同的是，电影或许还在印证两个灵魂相爱应有的样子，但宁肯的这本书则给我以离散之感。充满回忆只有这一个原因，那就是早在记忆以前离散已经开始，写下这本书后，离散还没有终结。人正是在时间不确定性的两端，悲痛地溢出了这个城市的历史。

《北京：城与年》是一次从城市地理学过渡到城市精神现象学的写作，书中至少写到六次离散，第一次是明初宁氏先祖四位兄弟一同经历的大槐树迁徙，第二次是四位兄弟中的海门与江门等三位兄长在河北河间分别，第三次是 1925/1926 年[2]作者父亲背井离乡到关外闯荡，第四次是 1957 年作者父亲将一家人从宁庄儿接至北京，第五次是 1968 年"上山下乡运动"期间作者的哥哥重新回到山西。前面这五次离散都是空间意义的变易，且多在序言与后记中提到，只有第六次占据了全书的主体部分，它是时间意义上的断裂，因此也属于心智意义的改变。在其中，被作者反复提及的"后文革"显然是一个节点，后者划分了从作者出生到 1971 年这相对稳定的一个阶段，以及从 1971 年开始的第二个阶段。晚近半个世纪以来，这第

---

① 宁肯：《北京：城与年》，北京十月文艺出版社 2017 年版，第 2 页。
② 在《父亲，母亲》一文中，作者将父亲背井离乡的时间确定在 1926 年，而在此书后记中，则系于 1925 年。也许是不确定。

二个阶段又被诸种事态不断地冲击与切分为数个更加短暂的时期。

因此，当作者坦承他"喜欢神秘、巨大而又敞开的事物"，我毫不感到意外，但这一点恐怕还不应被简单地划归于以空间抵抗时间宰制的范畴（以"城"对抗"年"）；同样，我也不相信作者关于历史的蔑视指向的是那未被规定的时间本身。《北京：城与年》只记录了一部历史，这部历史就是装置破碎经验的古瓮，而作者憎恨的是时间的变量：由于这一变量，古瓮不再象征永恒而意味离散。书中有不少关系此一时间变量或心灵函数的描述，它们无一例外地来自物，属于物象的例证：

> 我住的 34 号与中山公园仅一墙之隔，从后窗能看见筒子河、城墙、角楼。只是时光荏苒，这些年南长街面貌大变，街上的菜店、副食店、粮店、照相馆、修车铺，都失去踪影了。没有垃圾桶，空空荡荡，干干净净。没有下车的人流，学校都迁走了取消了，民间的院子所剩无几，大多都经过了深度改造，变成很新的灰色深宅，烟囱还是见方的，墙体簇新，完全没了时间含量。除了新就是新，新得不可思议，甚至恐怖。都拆了，换了新的，却几乎无人。①
>
> 王府井新华书店，是我去得次数最多的书店。那儿的书开架，品种齐全，堪称图书馆。坐落在老王府井路口，印象中书店旁边有一个很大的工艺美术品商店，把角是中国照相馆，便道靠马路边是北京最早的一家报刊亭。从书店出来骑上自行车不用下车，脚支在马路牙子上即可在报刊亭购买《十月》《收获》《小说月报》，有时就在街边看起来。报刊亭处有上便道的台阶，便道有一段颇为混乱，

---

① 宁肯：《北京：城与年》，北京十月文艺出版社 2017 年版，第 4—5 页。

停着许多自行车，满眼都是打着阳伞的摊点。青艺剧场隐在其中，在那儿看过几场话剧。如今王府井的一切消失得干干净净，回忆起来就像对冥界的一种回忆。[①]

物是安稳所在，也是一种情感关系与伦理秩序的象征，如今却变乱了甚至消失了。以变乱的物象为证，作者叹惋的就是历史本身的消失。这也就是为什么两种历史——他所憎恨的与他所叹惋的——并非同一种历史的原因。前者是时间的变量，后者是时间的常量；变量不要求个体有记忆（甚至要求抹除个体的记忆），常量则不然，常量必然因记忆的丧失生出感喟。每一种时间函数都能决定历史演变的逻辑，并且哺育它的时代之子，唯当两种函数交织在一起，共同决定历史的走向时，人们才会生出时间错乱的感觉。这也是我在《北京：城与年》里读到的时代穹顶之下的个体悲痛：当作者还不习惯被孤立乃至每周都被审判为"中"的小学生活时，他进入了动物凶猛的中学；而当他早已习惯在街头抽烟卷、满胡同乱蹿茬架时，1976年又如期而至，在学生改组分班中他被分到了处处不合时宜的快班。此前的经历就像是此后的缩影，而且变动的幅度越来越大：当宁肯认为艺术到了"以《父亲》《春》《1968年×月×日雪》为代表的现实主义作品"可以为止时，"星星美展"等现代主义潮流又将他"抛在时间的旋涡中"。

作者在《北京：城与年》开篇交代过此书写作缘由，他将其归结为一种回望的冲动，即对起点的好奇胜过了对未来的好奇。但在我看来，回望这个词过于含混，至少它没办法解释本书一以贯之的姿态，即检讨作为一种变量时间的形式与内容，差异与矛盾，换言之，审视这样一种时间函数的来龙去脉。诚然，宁肯也写到了当他

① 宁肯：《北京：城与年》，北京十月文艺出版社2017年版，第256页。

尝试着去理解这变乱恒常的时间函数时，他自身的某些改变（"一切我都接受。经历得太多了。在北京还有什么没经历过的？因此一切也都没什么了不起的。有人不喜欢北京的新潮建筑'鸟巢''巨蛋''大裤衩'，也没什么了不起的，我甚至莫如说喜欢。"[①]），但这恐怕并非基于诚直的立场——至少不是那个认为"人是不愿自己比自己的城市老的"人——得出的结论，倒不如说是玩弄碎片、朝生暮死的后现代姿态。唯其如此，人们才能够撇开审美而超现实。亦如我们所知，区分现代理论与后现代理论的一个界限正是理论自身批判性的有无。以此来看，后现代便不能称之为一种自洽的理论，而至多是一种思想态度或述行迷思而已。

如果仅仅是将变量视作常量进行一番自我混淆的蒙蔽，最终不过是"把北京比作一面历史与现代甚至后现代的镜子"，而"在这面镜子中，我越来越看不清自己"——这是作者此后坦承的事。时代飞奔，精神裂变，但精神终将归于安稳与不分裂。同样，社会理应流动，理应生成，但无论是流动还是生成两者都只对应于社会的内在空间而言，没有任何一个社会能够将其根基建制于变动之上。作者在《美术馆》一文表露过自身的犹疑："我们的现实与历史很难用一种东西统摄，刚刚建立的一种东西很容易因另一种东西而坍塌、解构，据说后现代主义的一个思想来源便是中国的庞大与不可把握性，1980年中国与后现代无关，但并不表明与这种思想无关。"[②] 其立意可见一斑：有所审视，也有所动摇。审视的是何以现实与历史会反复发生断裂，动摇的则是用后现代去解释逻辑坍塌的原因，且以此推诿审视的责任。仅就全书大部分篇幅来看，审视的地方仍然占了更大比例。若非如此，本书便无写作的必要。

变量从何开始？书中给出了一个具体的时间节点：1969年，事

---

① 宁肯：《北京：城与年》，北京十月文艺出版社2017年版，第6页。

② 同上，第245页。

件则是全民都开始响应"深挖洞，广积粮，不称霸"的口号：

> 有一天，突然听说 21 号在挖防空洞，就跑去看，到那
> 儿一看 21 号不大的院子已经围得人山人海、水泄不通。我
> 记得已是晚上，院子上空已拉出了灯，院当中豁开了一个
> 大口子，男人们裸露着上身挑灯夜战，热火朝天，那肌肉
> 真让人信心满满，相信刀枪不入（只要有这种肌肉，中国
> 什么时候搞义和团都没问题，而且真的能抵挡一阵子）。[①]

在宁肯笔下，也许正是从这里开始，民间的语境有所变化。这
件事只是那个时代所发生的无数事情中的一件，对作者而言，时代
的改变既不开始于 1966 年，也不开始于 1968 年，而恰恰是 1969
年。在此之前，无论社会怎样动荡，如何波折，都至少有门洞、影
壁、前廊、屋脊、青瓦青砖，而花草海棠、猫与鸽子同这些景物搭
配在一起就是"古奥整饬"、生活安稳的象征。然而防空洞的挖掘却
让这一切不复存在：影壁、过梁和房脊拆了，鱼缸砸了，砖雕花毁
了，家家户户贴米字条，街上的广播车钻进胡同不间断地播放备战
备荒口号。虽然起首挖洞的小徒子与木匠张占楼有争执，大人们又
怕在地下挖洞的孩子遭遇塌方，所以只好齐心协力地挖开了。讽刺
的是，他们挖出的却是一个不能和其他防空洞相衔的死胡同，而且
也再无可能恢复原样。宁肯敏锐地将这件事看作那个时代的第一个
变量（北京胡同与院子的破败、杂乱应该就是从挖防空洞开始的）。
群体无意识的结果是将小院变成了大杂院，而那一点用途没有的防
空洞成了小院里"一条抹不去的伤痕"。

人们不应低估这种物象在心灵上的结构与象征意味，尤其是对

---

① 宁肯：《北京：城与年》，北京十月文艺出版社 2017 年版，第 76 页。

民间而言，居住的秩序同时也就是心灵的秩序；一旦突破前者，后者便不复存在，同时也就没有任何可以对人性加以估量的底线。给我印象较深的是书中还提到了作者在那个时期的一些自虐行为。如儿童并不在意冬天手上皲裂的口子，他们会将伤口拿出来与同伴比较；一双解放鞋一条绒裤竟然能够熬过冬天；又如1970年左右全班到八宝山祭扫革命先烈，为了摆脱每周都被评为"中"的处境，作者装瘸走了将近三十里路，但事后既没有安慰表扬，也没有周一的例行总结，留给他的依旧是同样的评语。这一点无疑给作者童年心灵留下了冷漠的阴影，他那既战战兢兢又无休无止填写的个人成分，则在他身上镌刻下有愧的疤痕。他恐惧于被人揭发、识破自己没有在工人家庭出生，又惭愧自己为了过关所撒的那些谎。在更大的意义上，这甚至不是对心灵史中恐惧与惭愧的摹写，它只是一个被羞辱与被折磨，人同荒谬不断遭逢的文本。

如果挖防空洞是作者经历的第一次时间变量，那么第二次就是1971年，后者的意义显然也超越了前者。林彪出逃事件冲击了中国的每一个家庭，在其中是"一种巨大的失语。一种休止"。第三次变量是1976年，但毫无疑问的是1976年——对"时代已死"的宣告——早在1971年已被预演过一次。从1971年开始的"后文革"时代不仅赋予此前的阶段以常量色彩（变的恒常），同时也赋予了此后的时间以更大的变量：时代的瞬息万变，终究是一种恒常的变。我不打算在这篇文章里将这个问题演绎得过于复杂，而仅仅是想指明作者某些不易被察觉的态度。首先，宁肯的回忆之所以给北京赋予了一层古意，恐怕还不仅是因为记忆与物质的同构性使得记忆本身就带有某种专属于古代的气息（即使是对20世纪第一个十年的回望，它们也会显得极不真实，或者说距离我们过于遥远，像是世纪以前路灯下昏黄的景象）；也因为北京的发展节奏之快，能够让一切原本不该被立即取代的物象迅速地归入于古旧的范畴，这样一来便没有什么是足够稳定的。以上这些要么属于记忆理论问题，要么是社会学的论题，但我觉得对于此书而言，两者都很容易将一种在我看来更有价值的心理学遮蔽住，即这种古意本身就是人在变量之中寻索常量的抵抗行动。

> 我喜欢神秘、巨大而又敞开的事物，喜欢这类事物带给我的一种无法言说的感觉。去西藏之前我二十四岁，那是我青春年华中最迷惘的一段时光，记得我曾一个人去故宫，在红墙下漫步，在斑驳的地上徘徊，在荒草中停留。我并不喜欢故宫，但喜欢故宫构成的纯粹的空间。一切都和历史无关，我不走进故宫的任何大殿，不想知道任何历史掌故包括传说，我就是喜欢一个人和一种巨大的空间，和荒草、颓砖、天空……在台阶上，在门下，在黄昏的阴影中凝视远方。我蔑视历史，从不感觉在历史面前自己渺小。①

现在回过头来看《北京：城与年》开篇的那段自述，其意义立刻显明了。宁肯不是普鲁斯特，他没有单纯选择以空间去对抗时间，但故宫的红墙、斑驳的倒影与荒草，包括他在写作开端选择的对象西藏，所印证的都不是别的，其恰好是时间的变量从永恒年岁的常量中切取的内容，也就是挖防空洞令小院丧失的那种气韵。不仅仅是门洞、影壁与屋脊——亦无论时代怎样变乱，只要这些民间的元气、筋骨和秩序尚存，人心的谱系便不会风化。从这一角度来看，将时代分而论之也并无十足的必要。每个时代里的变都会破坏恒常，而恒常也总在对此加以抵抗，如作者在诸多物象中特别描述的自行

---

① 宁肯：《北京：城与年》，北京十月文艺出版社 2017 年版，第 2—4 页。

车，今日看来寻常不过之物，在当日却映衬了人们为自由而生的天性。作者因盼望骑车而盼望过年，或者同伙伴七斤与秋良搭伙骑车，都是出自儿童天性的抵抗，同象征命令与静止的线性时间截然不同（我们需要将这种命令的静止同时间函数的常量区分开来：变乱的时代里个人只能默许乃至服从于一种静止不动的时间）。

又如被作者感念的荣宝斋工人梅作友，不只是他的烟袋、神情与对襟衣衫令作者感到古意存焉，他还在作者描空心字的时候让他临帖，由此赠送给作者一本《曹全碑》。与其说作者感念梅作友鼓励他开始习字，不如说是引领他在一笔一画间进入到古老的时间之中。这种重返，即使当初并未察觉，此后来看也是一种抵抗，恒常对变量的抵抗，古老时间对时间恐怖主义的抵抗。当然，从作者的自述中也能看出，真正引领他进入到正常时间秩序的，是其偶然读到的那本谢苗·巴巴耶夫斯基的《人世间》。将古意作为常量以此冲淡歇斯底里的超现实变量，只能被视为一种暂时保全人性的策略（"我们的历史从不考虑个人感受，历史是历史，人是人，历史构成人，人并不构成历史——人根本无法迎接历史。"[1]），但真正的人性依旧要回到正常且现实的时间之中去发现。宁肯依据巴巴耶夫斯基写出的那篇既是模仿也有自述影子的作文，大抵正是回归之始。他在《1976年冲击波》中关于此事说得非常坦诚，我觉得无妨将这些段落全文引述：

> 《人世间》原是那批书中的一本，那批书可是大名鼎鼎，影响了一大批人，而我是最早受到启蒙的人之一？历史有时体现到一个具体的人身上，就是这么的神奇，像上帝偶然安排的。那么我是怎样得到《人世间》的呢？现在

---

① 宁肯：《北京：城与年》，北京十月文艺出版社2017年版，第223页。

完全记不清了。那么《人世间》在那个混乱年代究竟给了一个少年怎样神秘的影响？难道我的思想起点已经从读谢苗·巴巴耶夫斯基就开始了？我不这样认为，我那时只有感受，潜移默化，不可能有思想，但事实上也正是真正的文学对人的作用。潜移默化——《人世间》给了我一种人的东西，人性的东西，让我具体感知到历史宏大叙事中的个人痛苦，使我关注到自己的内心与灵魂，并让我在冥冥中以感同身受的人性角度，超越了当时的历史叙事与意识形态……十年悉心苦读我想应该可以造就一个人了，我想就算我有着十年"文革"的废墟，在这废墟之上我已建立了一座圣殿。我会继续沿着人道主义的方向研究人、发现人、表现人，正如一位哲人说的：历史对人的定义下得越宏大，我们对人的研究就应该越精微——我想这是我读外国文学感受到的一条道路。这条路实际上早在我读《人世间》时就隐秘地开始了。《人世间》可能至今算不上一部名著，但却是我人生道路上最早的一盏灯。[1]

虽然作者在书中还提出了由戏曲、武侠、武术组成的三位一体理论，认为这些东西构成了民间的心理空间，但我倒觉得具体是什么充实了民间的心理空间并不关紧，即使是一块青瓦青砖，一爿影壁红墙，也能够在变乱的时代唤醒人们关于恒常的想念。重要的是这心理空间实然存在，在能够抵抗历史将人们拉扯得过于遥远的地方停下脚步。民间在这里不过是一种人心安稳的时间装置。关于这一点，宁肯说得非常浅显："人并不构成历史——人根本无法迎接历史"，但正因为此才要停下脚步。此外，面对那时间的象征（城），

---

[1] 宁肯：《北京：城与年》，北京十月文艺出版社 2017 年版，第 228—232 页。

人也实在卑微极了，好在人能够忍耐，能够等待这不变的时间赶上那变的时代（年），以便重新洞悉人心的幽微、可怜与伟大。

二、勘探历史理性

在作者 2017 年出版的两部非虚构中，《北京：城与年》可以看作是北京的"过去之书"，它由作者个人的回忆片断组成，充满感情色彩，《中关村笔记》则是这座城市的"未来之书"，贯穿其间的是一脉理智的基调。周作人曾在《杂拌儿跋》一文里评价俞平伯的随笔，有云："这风致是属于中国文学的，是那样地旧而又这样地新。"[1] 我觉得此语未尝不可形容北京，也未尝不可如是对观宁肯的这两部作品。它们不仅是作者用来勾勒北京时间镜像、思想空间与情感维度的作品，也是他努力勘探时代中历史理性存在有无的一次尝试。

《北京：城与年》的副标题虽是"城与年"，书中写到的却是人在"城与年"中的离散。不是空间意义的迁移，作者涉及的是时间的断裂与个人心智对断裂的承受和抵抗。断裂是时间的变量。由于变量，作者在城市的物象里看到了历史本身的消失（消失是对变量的证实）。这本书的写作基本上来自一种回望的冲动，因此它也属于一种形而上学的欲望，即在时代奔逸绝尘之后，个体尝试着检讨他所经历的那个时代，是故不乏感性之哀婉。《中关村笔记》显露的写作冲动与之相反。尽管宁肯依旧回顾了中关村的历史（起于冯康，讫于程维），但这里的审视不可再归结为一种回望，倒不如说这是他对时代风潮从何处点燃，又将引向何方的回溯与辨识。前者关乎用民间立场坚守心灵秩序，后者则牵涉到作为一个国家"未来引力"

---

① 周作人：《杂拌儿跋》，《永日集》，河北教育出版社 2002 年版，第 75 页。

的科学的想象与行动，牵涉到在未来尚未来临之际，置身历史中的个体所想象的另一种可能与自我实现。

所以，《中关村笔记》虽是非虚构，却要比《北京：城与年》更近于文学的本质，也就是想象。对过去的检讨是哲学的作为，它必得落后于时代，如此才能看出时代精神的脉络；而想象时代的另一种可能，却是文学与科学的象征。联系到这本书的主题——科学，三者据此组成了一个三角结构，内在于其中的是社会与常识。想象性的文学在最上方，犹如中关村在中国的最前方。这便解释了，为何当陈春先在1978年作为中国物理代表团团员访美时，触动他的不再是普林斯顿等离子物理实验室环形聚变实验反应堆的托卡马克（一种环形磁约束装置），也不再单纯是两个国家科学发展水平上的落差，而是美国的科研结构。核聚变的研究不仅在大学，也在硅谷与128公路；科学不仅被用来提高军事实力，也在经济领域发展着民用企业。于是，在第二次访美之后，

> 1980年10月23日下午，在数百人的报告厅，陈春先面对年轻人也包括许多中老年人做了一场访美报告。"我看到了美国尖端科学发展很快。美国高速发展的原因在于技术转化为产品特别快。科学家、工程师有一种强烈的创业精神，总是急于把自己的发明、专有技术知识变成产品，自己去借钱，合股开工厂。我感兴趣的是，那里已经形成几百亿美元产值的新兴工业。"①

时代的火焰正是从这个观念里点燃。50年代中后期中关村的崛起（建立科学城、大学城）尚有政治因素的运作，在70年代末，陈

① 宁肯：《中关村笔记》，北京十月文艺出版社2017年版，第35页。

春先成为中关村再次崛起的第一人，促使这一切发生的就是想象力造就的偶然性与可能性。作者在书中写道："北京等离子体学会先进技术发展服务部"成立的那一天"是个非常平常的日子，当时谁也不知道这一天发生了什么，但是在以后的日子里，人们越来越一致认为那一天是中关村公司的诞生日"。① 偶然的一天，又绝非偶然，这样的日子此后还会无数次在中关村上演。一个科学剧场的确需要这样的常驻剧目。诸如吴甘沙 2015 年离开英特尔中国研究院院长的职位，上任驭势科技 CEO（研发无人驾驶），也是如此。他没有选择按部就班地升迁退休，而是直接跨越了当代，选择成为永生来临前的一代人。宁肯将此形容为"未来的引力"，想来与地心引力正是相反，与历史的决定论亦不相同。地心引力是下坠，历史决定论是被历史宰制、吞噬，未来的引力则是飞升，是个体主动地设置一个未来的图景，然后被这个图景驱策着前进。

与陈春先萌生那个观念相似，"未来的引力"同样属于想象力的范畴。我们甚至可以说，中关村之所以有今天的规模与样态，在未来尚未到来之际，那些置身历史中的个体所想象的另一种可能至关重要。它是个体在历史中的自我实现：在王缉志之前，人们难以想象中文打字；在王选之前，人们不敢设想汉字激光照排技术；在王永民之前，人们同样无法想到汉字的输入可以通过二十六位的键盘实现。但他们想象了，于是时代变成眼前的样子。

> 一切还是满目疮痍、百废待兴时，"新人"陈春先已开始像"外星人"一样大谈硅谷，谈 128 公路，谈惠普、英特尔、思科、王安，谈汤姆克教授的永磁公司，谈乔布斯和苹果。……的确，当时，同事们谁也没去过美国，闻

---

① 宁肯：《中关村笔记》，北京十月文艺出版社 2017 年版，第 36 页。

所未闻，好像在听一个地球之外的世纪。当陈春先说"我们也可以这样"，人们觉得陈春先像是在说梦话。"不是梦话，"陈春先说，"我们这里的人才密度一点不亚于硅谷、斯坦福、128公路，我们只需转变观念就能追赶。"[1]

想象未必是简化。应该说，墨守成规才是，而想象只是为现实提供可能。这便是历史主义与多元主义的对跖。科学的想象力恰似理查德·罗蒂对当代哲学任务的规定："走一步看一步。"科学与文学虽然在想象力上有一点殊途同归，但科学的旨归是有用性，这也势必推动它在自身谱写的可能性道路上有所作为。如同王洪德拍案说的"五走"，如同他领导的施工队在北京大学主楼外将传说是"海眼"的泥潭填上，都表明了科学在想象力之后的行动力。陈春先如果在访美之后仅仅意识到了那个新观念而不付诸行动，其结果也可想而知。赵勇与吴甘沙在讨论科学与现实的问题时也提到了这一点："他们可能比我们早活了100年，好莱坞也比我们早活了30—50年。我们活在当下，我觉得我可能比大多数现代人早活了三五年吧。……科幻作家可能已经着急了，可是没办法，我们只能把未来一个齿轮一个齿轮地变成现实。"[2] 将想象到的可能性逐一变成现实，这便是科学的行动力。

作者在书中提到陈春先时特意勾勒了一笔当时的背景："变成了'新人'的陈春先，回到中关村成了一个鼓动家，当国人还在为'伤痕'文学所激动，为十年浩劫痛彻不已，还在挣脱'两个凡是'，总之一切还是满目疮痍、百废待兴时，'新人'陈春先已开始像'外星人'一样大谈硅谷。"[3] 这多少出乎我的意料，但或许更能看出文

---

① 宁肯：《中关村笔记》，北京十月文艺出版社2017年版，第34页。

② 同上，第65页。

③ 同上，第34页。

学与科学的差异：尽管两者都能在现实之上高蹈着想象，但文学终究是无用的记忆，代表着耽搁、反思的常量，科学则是有用的"失忆"，代表了变革、行动的变量。宁肯在这里不再如《北京：城与年》那样坚持常量的必要。这个道理，也许正是当时代渐渐恢复正常秩序时，也就同时有了僵化凝滞的危险，这就要求变量的因素，以此打破坚冰；要求有遗忘的力量，以此重新开始（恰似罗兰·巴尔特晚年对"遗忘"的重视）。文学的感伤或反思均应维持在一定限度，人文学科对科学混淆目的和手段，也不应一概而论。在需要行动的时候，必须依赖科学的想象力与行动力，否则我们就还是圣人子弟，尧舜之民，却不成其为当代人。

中关村不止有陈春先以降这一脉的人物，宁肯在接近它的时候，不同寻常之处就在于他将中关村的历史直接追溯到了数学家冯康那里。如果将中关村比作一幢大厦，冯康就是它"沉默的基石"。从1959年罗布泊决定建立核基地开始，或者说从第二机械工业部（二机部）第九研究所（九所）的成立开始，中国科学院计算所就承担起了时代的使命。这里有两个场景，其一是1960年3月，"21基地"的士兵来到计算所，参与科研工作；其二是1964年10月16日下午3时，在罗布泊上空升起的蘑菇云。四年时间，冯康一面指导计算所三室进行理论研究工作，一面指导五楼的"123"任务组展开对流体力学（导弹）、空气动力学（原子弹）、冲击波数值（卫星）的实践工作。在这些军事研究以外，他还指导了对刘家峡水电站困难排除的工作，而后来"有限元"法得到的边界节点上的差分格式正是在对刘家峡大坝的设计实践中产生的。冯康之后，还有冯康学派，如书中详细描述的尚在久、袁亚湘、余德浩、唐贻发……如果没有他们，历史又会是怎样的？作者对此的看法并不模棱两可。关于时代与个人，他花了不少篇幅加以谈论：

冯康发现刘家峡水坝整个设计过程不简单，凭着他的世界性的"飞鸟"视野，有些东西值得总结、深入探讨并升华，而这件事情也必须由他完成。就像一个将军总揽一场战役，而这总结也只能由将军完成。①

当今是怎么来的？某种意义上是从陈春先开始的，他的先行的意义绝不亚于一百年前中国的那些伟大的先驱。②

有些人在时代的坐标上非常清晰，时代越久远就越清晰。王洪德的耳聋与填海眼都赋有天然的象征意义，甚至寓言意义，像另两个人一样都具有创世的色彩。③

历史有时会做出自身的安排，当公司需要方向的时候，就有了方向，比如需要核心技术与竞争力，需要重要技术基石"联想汉卡"——倪光南出现了，而且出现得那样"历史"。④

没有比时势更年轻的，时势也必然造就这个时代的代表。⑤

宁肯拒绝接受历史决定论的安排。正因为此，他才会肯定偶然的价值。但这种肯定并非是对偶然性的无限贴近，抑或对后现代主义中虚无思潮的追逐，而是要肯定在偶然性背后个体的价值。宁肯在《北京：城与年》中说"人并不构成历史——人根本无法迎接历史"，如果将这句话的语境加以置换，那么他在《中关村笔记》里的想法是清晰可见的：事实上，人还是可以迎接历史的。他能够迎接，因为人除了忍耐——在心灵深处对变量加以抵抗，还能够创造——

① 宁肯：《中关村笔记》，北京十月文艺出版社 2017 年版，第 17 页。
② 同上，第 34 页。
③ 同上，第 92 页。
④ 同上，第 213 页。
⑤ 同上，第 428 页。

在现实生活中对常量予以突破。这也是两本书的又一不同，而它比两本书在主题上的差异更为根本。《北京：城与年》所持的是"时代飞奔，而精神裂变，但精神终将归于安稳与不分裂"的看法，以此抵御心智的畸变，维护人性的最低限度；《中关村笔记》所显示的，却是个体对时代僵化的警惕，是常量过于稳固，以致重新对个体独创性构成威胁的反对。诚如作者在书中所说："中关村有一种个人的精神，个人挑战时代，个人挑战命运，个人挑战历史，这种挑战构成了中关村的神话。事实上中国埋藏着巨大的个人力量，只要有条件——甚至不必充分的条件就会释放。"[①]

这是道地的人本主义立场。承认人的价值，就是要承认人的自由。从这个意义上说，人既不是历史的依附，也不是未来的傀儡。人是自由的，是因为人能够主动地勘探他所置身的时代，从而调整自我与时代的距离，创造自己的道路。宁肯在谈及这本书时，有过这样一句话："通过对中关村的回忆和书写，我想再次确认中国改革开放的价值和历史理性。"其实历史理性在这两本书中彰显得足够清楚，但却未必是黑格尔的意思。如果存在一种历史理性，那正是因为历史由大写的人构成，历史的主体是人，而人是理性的。

三、时代的心灵史

《北京：城与年》与《中关村笔记》这两部非虚构作品完全不同，而两者的关系也很可形容宁肯自90年代以来的创作轨迹：是巨大而又无所不在的断裂，宁肯似乎随时都在挣脱一个固定的中心与因袭的自我，但在这条游移不定的写作线索下面，作者的人本主义立场同样清晰可见。

---

① 宁肯：《中关村笔记》，北京十月文艺出版社 2017 年版，第 328 页。

首先是断裂——宁肯不仅不同于一般的经验性写作，甚至也不同于自己，从最早书写西藏的《蒙面之城》（2001），到极度自省的《沉默之门》（2004），再到狂欢叙事的《环形山》（2006），以至新世纪第一个十年之后重返西藏的《天·藏》（2010）与关切现实的《三个三重奏》（2014），人们殊难找到一个得以概括它们的关键语词。如自省到无以复加的《沉默之门》，下一刻便为《环形山》里的狂欢化叙事所取代；又如《天·藏》设立的难度标杆在四年之后又被《三个三重奏》推翻；《三个三重奏》之后，作者甚至暂时中止了小说创作，转向了非虚构。从叙述语气到叙述难度再到叙述的对象，它们无一不在发生断裂，而如果断裂就是这一系列作品的内在精神气质，毋宁说它证实了写作对宁肯而言只是一种自我立法与自我超越的辩证运动。

　　一般来说，断裂（或悖谬）总要表现为一个 A—B 的二元对立项，其中 A 与 B 构成互反。在宁肯最著名的《天·藏》中，我们可以找到大量这样的例子，譬如宗教与哲学的对立。在作者看来，宗教的维度是书写西藏最不可或缺的维度，然而宗教本身又是无法言说之物，尤其是当它成为一种民间生活的景深时，文学便很难准确地直面这一景深。为此，宁肯借鉴了让 - 弗朗索瓦·勒维尔的《僧侣与哲学家》这本书的思想方式（哲学与宗教；对话形式），即将哲学作为进入宗教生活的通道，由代表藏传佛教的上师马丁格与他的父亲法兰西终身院士让 - 弗朗西斯科·格维尔展开对话。至于小说主人公王摩诘，他既认同马丁格关于"我们应该怎样生活"的精神关切，也认同马丁格的父亲那怀疑论的哲学立场。事实上，宁肯正是在王摩诘身上实现了作为两者合题的文学的在场，这也是王摩诘的意义：他既是马丁格与他的父亲之间的合题，也代表了小说呈现西藏的方式。就像文学无法直接从宗教的维度切入西藏，文学也很难以故事的形态去描绘西藏。《天·藏》的绝大多数篇幅都像是透过王摩诘的目光绘制的素描（很难说它们与传统的小说有何相似，因为既无高潮，也缺乏戏剧性），而宁肯则用一种诗性的语言去模仿目光，某种意义上，这就是西藏在《天·藏》中的显影液。

就叙述方式而言，王摩诘是一个统一的人，但除此以外还有一个"分裂的王摩诘"，这是就其小说题旨来说的。精神与肉体在王摩诘身上构成的互反无疑是《天·藏》的第二重对立。宁肯擅于书写这类知识分子的残疾形象，无论是此前《环形山》中的跛脚侦探，还是此后《三个三重奏》里坐在轮椅上的叙述者，他们都受苦于一种面对现实的精神分裂。在"分裂的王摩诘"处，他对于右燕或维格的爱皆非正常的爱，甚而可以说没有爱，王摩诘仅仅要求女人强暴他——这大概是一种历史的隐喻，也正是凭借着这一点，那个在公共场合彬彬有礼的青年教师，不仅不构成对私底下百般依赖受虐的王摩诘的证伪，反倒与性倒错组成了另一个王摩诘，而且直到小说最后，被维格拒绝的王摩诘飞赴法国去读马丁格父亲的哲学博士，他在肉体与精神上的分裂也未能完成统一。可以断言这是《天·藏》中最重要的部分：王摩诘的分裂也是两个时代的断裂，而由于作者对历史断裂的咀嚼（不是体会，他要追究断裂的实质并且提醒人们历史上曾经发生过一次至今没有弥合的断裂），王摩诘就远不是夏吕斯式的单数人物，他直接串联起了整整一个时代知识分子的命运与想象。90年代以降的知识分子与王摩诘一样可以对万事万物寰球宇宙进行发言，唯独在面对自己的时候，他们无言以对。

《环形山》中的简女士提供了另一个二元对立，小说里穿插的新闻访谈表明她是一个热衷环保的公益人士，可是到了夜晚，她又变得歇斯底里。简女士的内在症结要比王摩诘更早，可是两者呈现的分裂却是一致。对王摩诘而言，他在精神层面的高度发达掩盖不了他在肉体层面的极度残缺，前者使他避世，后者却是避世不成之后耻辱的内化，诚如小说里一处情节的安排：他正在阅读杰姆逊的

《后现代主义与文化理论》中关于人被语言控制的论述，随即遇到了前来施虐的于右燕。学术让他深感压抑，倒是于右燕的叩门令之身心愉悦，仿佛得以具体地模拟知识分子的处境；简女士的情形稍有不同，她在白天关乎环保的狂热言说到底还是那些夜晚游戏的转换形式：她在性倒错的游戏里公开审判男人，正如她孜孜以求地在环保行动里暗中审判世人。无论是王摩诘还是简女士，两者都令人想起《北京：城与年》中那些特殊年代的自虐行为。

王摩诘或简女士当然不是作者，但关于个体心灵分裂的描述已然是在为时代塑像，而宁肯并未止步于沉默，其立意与标准一以贯之。在自述中，作者曾反复提到其童年偶然读到的那本谢苗·巴巴耶夫斯基的《人世间》，认为这本书保全了自己的人性。需要注意的是，宁肯得以完成分裂的描述，依赖的是他在叙事与结构方面的不竭探索。他那几乎是自觉选择的现代主义风格，仅仅是因为世界变得模糊、破碎乃至不可把握，而传统的现实主义写作再难复原此在的完整现实。然而，关于分裂的描述只是描述，它还缺乏一种愈合功能。唯独是到了《人世间》这里，或者说人本主义这里，我所读到的那些断裂才被暂时性地加以缝合，尽管这又是一重分裂：现代主义质疑历史理性的存在，坚守人的立场则预示着一份沉甸甸的历史理性终将回归到我们这个时代。人本主义不是一次拯救（恰如分裂仍将存在），但在宁肯冷酷、暴力、戏谑、迷惘的叙事下面，我想他暗暗藏着这个火种，这份希望。

阿乙论

一、镇与城

（一）世界的尽头

小说《对人世的怀念》被收录到作者第四部短篇集以前，没有单独发表过，而在小说集出版以后，这个被安排到集子底部的文本同样未能引起读者太多注意。从谋篇布局来看，《对人世的怀念》包含四个章节，第一章写回忆，第二、第三章是回忆勾连起来的当下，第四章既非回忆亦非当下；而从叙述节奏看，《对人世的怀念》又像是过于仓促结束的故事。但我以为这篇小说的写作至少曾被阿乙认真对待，于写作之初，他也必定是想将其写成一曲类似挽歌的东西。以至完成之后，评价何如，作品在他心中的分量恐怕并未改变。我做出这个判断，不单是因为结尾部分的怅然令人回想起《重现的时光》里的一个镜头：马塞尔忽然发觉身旁熟识的人都已老得不成样子，在此前一刻，他们还是晚宴里光鲜灼目的明星。此番平稳叙述中的时光跳跃，这一次同样发生在阿乙笔下："我"的祖父曾因克俭持家，将一塘染了瘟疫的鸭子无一例外制成板鸭，复将做好的板鸭一丝一丝吃掉。"祖父用了很多语言、很多种方式来形容他在连玉门前自觉要死的那一瞬"[1]，"我"在成年后想起并且理解了祖父当初的

---

[1] 阿乙：《情史失踪者》，译林出版社2016年版，第205页。

修辞。这是小说的第一重跳跃,濒死的错觉将"我"和存在于不同时空的祖父联系起来;第二重跳跃是"我"回到了凋零破败的乡村,正坐在故乡的湿草地上痴望时,遇到了堂兄老细哥。我们两人用乡音宽慰地交谈病情,旋即在河岸背靠着背睡着了。当"我"想要给熟睡的老细哥添些衣服,适才发现人已不见踪影,也才意识到一切是梦:老细哥已于许多年前死于一场车祸。这两重跳跃得以并行不悖地交织在一篇小说中,有许多重决定因素。首先是疾病的因素,疾病既让"我"在记忆里循着祖父的脚步复现了阮家堰的情形,使"我"理解了他当初那尝不可解的修辞,也随着病情发展的轨迹,关于乡村医生汉友的记忆一再出现,而"我"需要在梦境或现实中反复向亲友解释病情病理;其次是挽歌的因素——那贯穿整篇小说又始终隐而不露的哀伤基调。在第一部分,由于担心自己在吃板鸭的过程中中毒,祖父天真地来到医生汉友落脚的阮家堰,"我"以之修正了自己关于"世界尽头"的看法:

> 我一度以为,从行政规划上说,湾里是世界尽头——先是有一个地球,接着有洲、国,国之南端有对着首都延颈长叹的外省人,省之僻远处有市,市下有县,县之僻远处有乡,去乡政府最远处有村,去村委会最远处又有村民小组,湾里就隶属于这第六村民小组(少见行客过此,偶有摇拨浪鼓的贩子汉来,也不过是来觅取蝇利)——但在我的记忆循着祖父迟疑的步伐来到阮家堰,我才猛醒,走湾里还是有地方可下的。[①]

到了第二部分,"我"看到自己的老家也破败如斯,它们本不

---

① 阿乙:《情史失踪者》,译林出版社 2016 年版,第 194 页。

繁华，"如今只剩破瓦残垣，包括我祖父兴建的二层楼房。失踪多年的疯子赤裸着脊背，在砖土间专注地翻拣。野兔般大的耗子蹿来蹿去。往西北方向望去，就是我们这个姓的坟山"[1]。梦里的"我"接受了祖父逝去的事实，也看到汉友消失于大地的奇诡，只是还不曾获悉与自己长谈的老细哥已经暴死。叙述祖父在汉友家门前吃板鸭的经历，被作者揳入了许多貌似无关的事情：它们有的是理性的后知后觉，如阮家堰尚且在湾里以下，有的是较为久远的记忆，如作为"我"童年梦魇的汉友医生的家世与形象[2]，他的孩子本立在读小学时戏水溺亡，以及祖父对"我"爱护有加；还有一些记忆切近于当下，如汉友的另一个孩子道生，曾在"我"居住的北京小区干了三个月的保安，此后消失。本雅明说的那段话完全可以移置于此："普鲁斯特呈现给我们的不是无边的时间，而是繁复交错的时间。他真正的兴趣在于时间流逝的最真实的形式，即空间化形式。这种时间流逝内在地表现为回忆，外在地表现为生命的衰老。观察回忆与生命衰老之间的相互作用意味着突入普鲁斯特世界的核心，突入一个繁复交错的宇宙。这是一个处于相似性状态的世界，它是通感的领域。……这种让人重返青春的力量正与不可抵御的衰老对称。当过去在鲜嫩欲滴的'此刻'中映现出来时，是一种重返青春的痛苦的震惊把它又一次聚合在一起。"[3] 回过头来重审这篇小说，时间的流逝就被印证为记忆或梦与现实的对观，一面是"我"循着祖父的脚步走进阮家堰，复又回到故乡，一面是这些地方均已成为废墟似的空间，探访它的人是一个已经衰老的作家。在《对人世的怀念》中，所有这一切都带有梦魇色彩，然而也都是现实。疾病与死亡只是表

①　阿乙：《情史失踪者》，译林出版社 2016 年版，第 208 页。

②　阿乙在小说《下午出现的魔鬼》中也刻画过汉友这一形象。

③　本雅明：《普鲁斯特的形象》，《启迪：本雅明文选》，生活·读书·新知三联书店 2012 年版，第 226 页。

象，作者真正挽悼之事是与《早上九点叫醒我》（以下简称《早上》）遥相呼应的乡村的消亡。至于结尾的突兀，不外乎遵循了"止于当止"的信条，是阿乙不愿让情感宣泄得过分彻底。

将《对人世的怀念》置于集子末尾，作者或有许多考量，但以上所说必居其中之一。这篇小说体量不大，然则意蕴尖锐，起码相对于作者从前之于"省——市——县——镇——乡——村"直到"世界尽头"的推论①，小说做出的修订可以视为作者写作转向的标志。我们先来看前面这一推论。显而易见，由省及市及县及镇及乡及村，本是国家现行行政区划的规定，就像东周起始的郡县、唐宋的道路、元明清的行省，可是在阿乙这里，这一序列却变成了表达某种特殊感受的公式。操演这一公式，早在《在流放地》已有端倪：那篇小说里的"我"最初被安排到石山县派出所实习，此后又被分配至"柏油路晒满柚子皮的峇城乡"。②峇城乡之于石山县是降级，之于省城、首都就更是流放的所在，因此这里是"世界的尽头"，是"世界的一段盲肠"。更形象的说法来自《鸟看见我了》："纽约往下，是北京，北京往下是南昌，南昌往下是九江，九江往下是瑞昌，瑞昌往下是赵城，赵城往下是清盆。"③平行的中性序列在此倒转为一种价值递减的判断。在价值底部，人与城有着一样的命运：那个被安排到偏远之地实习的民警小艾处在近似流放的境遇，这峇城乡同样"是个被时代遗弃的地方"④，如《意外杀人事件》中红乌镇火车站，本身即是遗弃的象征：几乎与车站建好同时下达的全国大提速文件（它使得驶过的火车过站不停，将正在庆祝

---

① "世界的尽头"一语及其变形在《国际影响》《鸟看见我了》《模范青年》《早上九点叫醒我》以及随笔《倔强》中均有呈现。

② 阿乙：《灰故事》，译林出版社2016年版，第95页。

③ 阿乙：《鸟看见我了》，文化艺术出版社2010年版，第94页。

④ 李振：《小说世界中的野心家——阿乙论》，《南方文坛》2012年第11期。

车站建成的红乌镇甩在身后），便象征着一骑绝尘的时代。由于交通不便，公路"到了我们县却是走到了尽头"，所以"我们县除了有一家温州发廊，没别的流动人口了，而等到全国人民都不玩呼啦圈时，我们又呼啦啦玩起来"。① 这里有两点值得注意，其一是人口的流动性，其二是价值的多元性，两者互为因果：交通的闭塞使得人口在打工潮出现以前绝少流动，县城人口的稳定又导致了价值体系的极端封闭。

《在流放地》中的呑城乡尚且有柏油路，而事实上它的原型洪一乡连柏油路都没有铺就，只有一个邮电代办所与一家兼售汽油的小卖部。② 严格说来，即使价值一路贬降至此，贫穷依然有它的中性因素，那就是它并不对个人的生存构成威胁，而若是个体足够勤奋，能在封闭的体系内"如鱼得水"，他的生活条件同样有望极大擢升。因此，作者执意否定"小镇活法"，根本原因不在富足的无望，而在于这种价值的中性总是以取消个人自我实现的可能性为前提。在一篇随笔中阿乙将这种价值体系比喻为仅剩两根枝丫的树干，反观那些并不全将这两点（钱与权）视为生命价值所系之人，"就会变成一只可笑的像得了癔症的鸡"，沦为小镇的异类。③ 作者也时常将"世界尽头"的意象更换为井、棺材或黑夜，进而比喻为无意义的宿命。滞留此地的人甚至将自足转化为一种夜郎式的自大④，而他们通通是"上帝不要的人"。阿乙作品中的景观正是由这些人的经验视域和与之相反的批判视角构成，尽管他也以自己的童年经历写过一些小说，不过其中的温情（《下午出现的魔鬼》）已然逊于其对生命无意义感

---

① 阿乙：《灰故事》，译林出版社 2016 年版，第 116 页。

② 阿乙：《寡人》，重庆大学出版社 2011 年版，《倔强》。又，此书没有页码，下同。

③ 同上，《县城的活法》。

④ 同上，《自信》。

所作预言（《毕生之始》）[1]，后者与《灰故事》开篇《极端年月》同为提纲挈领式的写作，在时间上则是承续接替的关系：当那个靠在木椅上蜷缩着入睡的少年长大以后——其"少年时的宽阔之地"[2]消失以后——他注定会获得关于人生虚无、痛苦与偶然性的体验，这便是《极端年月》立论的根据。《极端年月》此后又引出了《鸟看见我了》等作品，它们的极端一概在于用犯罪、自尽这些并非生活常态的冲突（呈现是尸体与命），将人性里不可解的因素淬炼出来[3]；但在作者早期另一批小说中——《一件没有侦破的案子》《在流放地》《国际影响》《面子》[4]——常态往往是没有案件，主人公只能用爱情消磨或者以打牌抵抗。[5]针对意义匮乏下笔最深之处，来自作者对一次牌局的描述：

> 我合该在麻将桌上老死。有时，我们组成的麻将局是这样的：

退居二线的老同志（北）

主任（西）·······················科员（东）

副主任（南）

> 总因为某人手气不好，大家按顺时针方向换位。这

---

① 《毕生之始》系《灰故事》再版新增篇目，原是《寡人》的《少年》一篇。

② 阿乙：《灰故事》，上海三联书店 2008 年版，第 237 页。

③ 阿乙、徐兆正：《"新的长篇已基本写好"——阿乙访谈录》，《创作评谭》2015年第 5 期。

④ 《面子》的原本见同题随笔。阿乙：《寡人》，重庆大学出版社 2011 年版，《面子》。

⑤ 随笔《贫瘠之地》是作者警察生活最完整的记录，多篇小说（《面子》《鸟看见我了》中的张峰与单德兴章节等）均可在这里找到原本。阿乙：《贫瘠之地》，《阳光猛烈，万物显形》，北京十月文艺出版社 2015 年版，第 182—183 页。

样，二十多岁的科员变成三十多岁的副主任，三十多岁的副主任变成四十多岁的主任，五十多岁的主任退居二线，变成五十多岁的老同志。牙齿变黄，皮肉松弛，头顶秃掉，一生走尽，从种子到坟墓。①

这一牌局可能发生在清盆乡，也可能是青龙山，就像呇城乡、红乌镇、雎鸠镇一样，具体的名字无关紧要，重要的是这普普通通的牌桌换位，已让那位青年民警一眼望穿了倘若安坐于此则自己也将如是换位（从东到西，由南向北）、如是度过（从种子到坟墓）的一生。牌局公式意味着某种小镇青年先天担负的宿命，此乃价值底部的直观体验之一。当他介入到案件时，他是"被角色庇护的人"②，所以执法的胜利也不是执法者的胜利，而是司法制度的胜利，是"无形的条文和我背后站着的所有虚拟的执法者，让我取得胜利"③。但他自有身份政治以外的俗世生活，无论牌局，还是在牌局周围，那平静的一面缺乏任何极端因素，至多是农妇自尽（《敌敌畏》《黄昏我们吃红薯》）、葬礼举行（《葬礼照常进行》④），偶有诉求不满、壮志难酬发疯的精神病人（《八千里路云和月》《小卖部大侠》《北范》）⑤，此时此刻，总之寡淡至极。此地所有人的生平行止最后都被归结为简短的一行文字："很多红乌镇人都这样，不再行房，不再吹琴，有一天死掉，留下房子和存折。"⑥尽管死亡在乡村还是为数不

---

① 阿乙：《模范青年》，海豚出版社 2012 年版，第 19 页。
② 阿乙：《寡人》，重庆大学出版社 2011 年版，《两个人》。
③ 同上，《友谊的诞生》。
④ 原题《赵十六爷的葬礼照常进行》，收入再版时改为这个题目。
⑤ 《八千里路云和月》写的是上访者，《小卖部大侠》写的是被村长借钱不还的可怜人，《北范》写的是高考失利者。在作者最近的小说《虫蛀的外乡人》里同样有一个短暂现身的痴人形象"缠访闹访分子文金荣"。
⑥ 阿乙：《鸟看见我了》，文化艺术出版社 2010 年版，第 6 页。

多没有丧失其庄严的事件，葬礼让人意识到生命的荒凉，意识到某个人的存在至此结束，也意识到所有人都将面临同先祖、前辈一样的命运，但价值底部的另一重体验，便是这意识到的事情：存在的轨迹即是家族史的公式，后者将每一个个体箍约到繁衍的链条上来："祖父——父亲——我"[1]，也将每一个个体化约为担负传宗接代使命的原子。个体的存在只有对应于代际血缘的绵延才有意义。这一点或许能够解释为何在阿乙的作品中屡见不鲜的对生育的恐惧。因为这件事很可能重新将他埋没到那条时间循环的河流。

（二）城市与乡村的镜像

城市之于小镇青年的吸引，就像月球引起江河湖海的潮涨潮落，似是不可战胜的客观规律。小镇青年眼中的城市不仅是城市，还是城市的各种变体：在《阿迪达斯》里，它是名牌服装所意指的时尚符号；《粮食问题》，它代表了商品粮；《都是因为下了雨》，城市指涉日常着装；《再味》与《杨村的一则咒语》，城市便是财富；至于《情史失踪者》，城市更是直接地与"城市女人"画上了等号。城市过于抽象，小镇青年如要与它发生关系，首先需要这些作为中介的变形；可是一旦抽象的城市被赋形之后，又连同小镇的现实共同构成了对小镇青年的镇压。他们当然可以抵抗——既抵抗浩渺的远方，也抵抗庸常的当下——代价是"变成一只可笑的像得了癔症的鸡"（《一个乡村作家的死》《隐士》）。以《隐士》为例，这篇小说在情感线索上与《极端年月》相似，不过后者多少还有因之戏谑增添的温暖，前者却是悲怆许多。小说从"我"回乡过年写起，一位同届的高中同学请"我"去他家做客，因为他"有好多心事"等着要和"我"说。待"我"到了那位同学范吉祥家中，故事开始进入

---

[1] 阿乙：《阳光猛烈，万物显形》，北京十月文艺出版社2015年版，第263页。

主线：范吉祥讲述了他与刘梅梅的感情。范吉祥在高中时喜欢上梅梅，因为后者的拒绝，他自戕、苦读、烧山，直至高考前夕才被后者接纳。此后他又将自己的学费给了刘梅梅，让她拿着两家人的钱去安徽读了金融专科。故事第一个转折出现于此：两人的关系适巧稳定，求学在外的女友便失联了。范吉祥在家中掐着时间过，"掐到一天便知道梅梅嫁了，再难是我的了，又掐到一天，便清楚梅梅该生孩子了，便永远与我没有关系了"[①]。

　　小说的第二个转折出现在十六年后：梅梅又背着包袱上山了，而范吉祥则被"吉祥，我回来了"这句话再次掳获。梅梅上山后，当范吉祥看到她"全身的褶皱，以及褶皱中间遍布的伤痕"，"肚腹处的妊娠纹、干瘪下来的乳房以及被烟头烫过的阴唇"时，梅梅说："就是你也会嫌弃我的，会的。"范吉祥便赶忙说："有什么关系呢。"[②] 这些极端的画面是个中介，作为解释的原材料，它一方面填补着那消失的十六年，一方面也像符咒似的招致了人心的面目全非。"我"在范吉祥家，自始至终没有看到那个男主人对着空气呵斥的她，可是在夜晚又听见两人剧烈奔跑的声音。——也许自那之后，梅梅便成了幽灵一般的存在：她的回归不过是范吉祥的幻觉。只有准确释读出这一谜底，我们才能明白城市在这里既是吞噬小镇青年爱人的黑洞，也是令他们产生幻觉的源头；也许幻觉休止了欲望、虚荣、怀疑、否定等等施之其身的湍流折磨（如罗兰·巴尔特所言："耗尽人们称之为想象的那种令人痴迷的能量"[③]），亦作为力量支撑起他在深山里安详地活下去。但幻觉终究是幻觉，他们总要触及身份意识的问题。李振在一篇文章里说得足够清楚："阿乙对出走的

---

① 阿乙：《鸟看见我了》，文化艺术出版社 2010 年版，第 117 页。

② 同上。

③ 罗兰·巴尔特：《恋人絮语：一个解构主义的文本》，上海人民出版社 1988 年版，第 107 页。

书写直到《模范青年》才趋于完整，它不但是作者自省式的发问，而且出走与死亡的交锋也前所未有地清晰化、白热化。……这是一道单选题，由不得半分含糊。生命也因此变得简单而残酷：要么离开，要么死。"① 因此，城市还是一种迫使：它迫使小镇青年用某些东西去重新审视自我存在的价值，并且做一道残酷的选择题：或者是成为隐士，或者是以"世界的尽头"为起点，策划一场旷日持久的逃离。②

这些逃离者多数废然而返。有的是未能将决绝贯彻到底（《自杀之旅》），有的纯粹死于偶然（《意外杀人事件》）。在看似成功的事例中，有一些也未免付出了太大的代价，如《阁楼》一篇的情形。这篇小说讲的是一个名叫朱丹的女子，多年来她上至婚嫁入党，下到买菜烧饭，无不掣肘于自己的母亲。她在年轻时被母亲介绍给一名县政法委副书记的儿子。婚后，强势的母亲发现女儿的头发倏地白了，老得比自己还快，便带她去看医生，无事。一日，她又发现朱丹乘一辆出租车朝着家的反方向驶去，便尾随其后，目睹女儿来到荒野看望两位老人。女儿回来后母亲强迫她将这些年来所发生的事一一坦白。原来，朱丹在婚前曾与一名同学刘国华谈过恋爱（因母亲催逼她尽早成婚），但这段感情又被朱母不容分说的介绍打断了。一晚，刘国华闻讯来到朱丹家中，那一夜家里恰好只有朱一人，刘国华强迫朱丹表态是否爱他，在得到否定的回答后取出把蒙古刀自残，后消失人间。以上是朱丹向母亲的摊牌。又过了些日子，朱母疑心保姆接自家乡下的亲戚来家里借住，神经质地从一楼到四楼乃至阁楼逐一扫荡一遍。最后在阁楼上发现了两个严丝合缝的箱子，打开一看竟是尸骨，心想保姆杀人，慌忙不迭赶去报案，案情也自

---

① 李振：《小说世界中的野心家——阿乙论》，《南方文坛》2012 年第 11 期。

② 参看方岩：《"世界的一段盲肠"：从阿乙小说的起点谈起》，《当代作家评论》2017 年第 3 期。

此大白：那一夜朱丹将前来问话的恋人杀害分尸，藏在阁楼一共十年，而朱丹心神不宁、朱母有几夜出现幻听的根由亦水落石出。此刻再回过头来看小说那藏着的伏笔："然后他永远地消失了。"意味深长如是。弗莱德里克·R.卡尔有云："自从蒙田热情洋溢地描写了阁楼之后，阁楼就成了学习和隐退的浪漫之所。"[1] 如若不是有意反向引用，《阁楼》也显然处在这一浪漫主义的文学传统之外。这篇小说里爱人消失的情形与《隐士》截然相反，朱丹的全部心理，甚至于她听从母命嫁给陈晓鹏也不是违心之举；不仅不是，还是称心如意的选择。朱丹唯一承认的过失应该就是她拒绝刘国华的反应。但是，反应越激烈，这篇小说的题旨也就离背叛越远。

小说这般结尾，因此称得上合情合理："她说完后，现场一片安静。那刘母举起遗像，想说却不知道说什么，便摇晃着它。'别让我看到他，恶心。'朱丹说。在处决她前，她写了一封简短的信，说：晓鹏，你一定要相信我是爱你的，我一直就在爱你。"[2] 在《隐士》中，城市是小镇青年遥不可及又近在咫尺的黑洞，它吞噬了范吉祥的爱人，令他不得不在幻觉中与归来的刘梅梅像个老人一样共度残生；《阁楼》亦复如此，但由"无法结合的寓言"向着"城市的寓言"变迁所揭示的，毋宁是更加荒凉的真相：乡村对朱丹而言如果意味着威胁，那么这种威胁就在刘国华身上人格化了，于是城市便是他必须消失朱丹才能抵达的应许之地。朱丹恐惧于刘国华所象征的那种生活，正如《模范青年》里的"我"恐惧于周琪源所代表的另一种生活。《模范青年》是作者关于自身逃离经验最完整的一次书写，虽名之"非虚构小说"，但其中亦有虚构的张力存焉。[3] 在这

<hr>

[1]　弗莱德里克·R.卡尔：《福克纳传》，商务印书馆 2007 年版，第 161 页。

[2]　《阁楼》的原本其一见《〈阁楼〉来历》，其二见《旷日持久之事它可能的根源》。阿乙：《阳光猛烈，万物显形》，北京十月文艺出版社 2015 年版，第11—13、96—97 页。

[3]　这个中篇最初刊于《人民文学》2011 年第 11 期"非虚构小说"栏目。

个中篇里，阿乙第一次写到他去郑州面试、回乡、进京等将近十年的辗转流离。2004 年之后，"阿乙"因回乡办事，最后一次见到周琪源。后者眼神中流露出的无尽渴望与绝望，让他觉得"那是另一个我在看我"，而自己则因"偶然的旨意"成了大城市的居民，徒留周琪源在乡下无望地从生到死。这十年间，他偶尔听到周琪源的消息，却是如秋雨过后的花朵，渐进凋零，愈发衰败了。两人再未见面。这个小说的比例很是精当：前五十页主要讲"我"，后五十页则全部落实在复述周琪源的经历上。有关他的事情曾在两部随笔集中略有闪现①，但不免支离；周成为主角，还是在《模范青年》中。谁是"模范青年"？

　　　一个是艾国柱，自由放荡、随波逐流、无君无父，受尽老天宠爱；

　　　一个是周琪源，勤奋克己、卧薪尝胆、与人为善，胸藏血泪十年。②

　　这种评判对于作者本人毫无意义，尽管他也意识到自己原有可能成为另一个"周琪源"，却是因缘际会地变成了现在的"阿乙"。小说下半部分以主人公回乡寻找周琪源起始，见到了他的父亲周水生。与之交谈，主人公了解到周琪源这短暂一生的漫长挣扎，"他面临一个课题：成为"③：因父辈教育，他成为一个战战兢兢的执行者；因家庭困窘，他成为一个约束自我的暴君；因政策变动，他又成为愈发孤僻、只得自我消化的夜行人。他拒绝交往，拒绝恋爱，

---

① 《模范青年》的原本其一见阿乙《寡人》，重庆大学出版社 2011 年版，《于连》；其二见阿乙《坏朋友》，《阳光猛烈，万物显形》，北京十月文艺出版社 2015 年版，第 107 页。

② 阿乙：《模范青年》，海豚出版社 2012 年版，第 40 页。

③ 同上，第 61 页。

拒绝考研，拒绝一切有损他承担责任的事情，直到"那个隐秘的坏朋友——那个叫病魔或者死神的东西找上门来，捏着他的鼻子，拖着他悲惨地走"①。小说最后，"阿乙"翻阅周琪源留下的三个剪报本，其中包括论文与外文报道等共计八百一十七篇，而周在一篇自述中则提到他发表了超过一千篇文章。十年之间，"阿乙"的写作与周琪源的写作呈现出两种截然不同的形态，这种差异也进而延伸到了他们的生活上来。某种意义上，毛姆笔下的斯特里克兰德与《模范青年》中的周琪源恰为一组对照。四十岁以后的斯特里克兰德为内心欲望驱使，辗转各个国家与城市，直至在塔希提定居。他弃绝理智、责任、克制、含蓄、义务，甚至于道德等等所有正统生活的法则，仿佛是必须出走，必须疯狂，必须成为天才，也必须在疯狂中耗尽自己的天才，然后心满意足地死去。《小镇青年》里的"阿乙"与斯特里克兰德一样拒绝了正统生活的约束，即便没有那么彻底，也究竟使他从小镇的泥潭与家族史的公式中逃逸出来。

因此我们完全可以将李振提出的那个判断（"这是一道单选题，由不得半分含糊"）转化为对周琪源的审视：作为个人的他卧薪尝胆堪称楷模，只是周疏忽了这道单向选择之于自我实现的残酷（"要么离开，要么死"），同浓情的小镇虚与委蛇而后再实现自我亦无非是一场幻觉。作者在完整复现了周琪源的一生之后已经意识到了这一点，但我觉得他也不是在论证、标榜那个"无君无父"的"阿乙"的正确，就像此后的《作家的敌人》，他也只是以对跖的形式写下两人的命运各异，意图呈现的却是做出选择时的痛苦与激情，而且正是这一点使得《模范青年》成其为小说，捕捉到了唯有小说才能发现与照亮的"社会学与政治学均无法达及的人类生存情境的秘密"②：可能性的部分。可能性或偶然性里有命定的因素，不过显然存在着

---

① 阿乙：《模范青年》，海豚出版社 2012 年版，第 82 页。
② 昆德拉：《被背叛的遗嘱》，上海译文出版社 2011 年版，第 234 页。

两种宿命：第一种宿命是小镇的隐喻，它否认人有主观实现的能动性，也否认人有自我实现的权利，第二种宿命是同自由意志相对的决定论。在逃离者"阿乙"身上发生的一切都可谓第二种宿命（这一点对每一个具有自由意志的人都有效），周琪源却还谈不上这一点。他的宿命只是结论，是在父辈的旨意与生育的责任授权下做出选择的结果。骰子一旦掷出，其余可能性的宇宙便重回黑暗，但起码人们有掷出骰子的能力和远见，周琪源却不具备。[①] 与其说"阿乙"哀伤于周的结局，还不如说是因为他看到了另一个"阿乙"在相同的时间做出了相反的选择。触痛他的是周琪源身上的宿命原本可以跳出，可以纠正，也可以修改，却是没有纠正，于是周琪源为自身解放而付出的所有努力一概付诸东流。

《模范青年》是阿乙审判小镇价值观的集大成之作。周琪源的眼神将他割伤，他忘不了其中"所泄露的深义：我没有资格和你在一起。我觉得这是壮志难酬、黄钟长弃的悲伤"[②]，恰似小说《百分之五十》里，梦中的叶森梦见自己过着与现实中堂弟叶森一样的生活，在莫家镇老老实实地做一位油漆商人，然而当他望向夜空，"这一望便把天上的叶森吓落下来，便把梦中的叶森吓醒过来。他不知道自己在梦中见到的是叶森还是叶森，他觉得自己真的好像还在莫家镇活着"[③]。城市之于小镇青年是不可战胜的引力，而乡村便是他们念兹在兹的威胁，即使对那些出逃多年的人也不例外。所以"阿乙"或叶森会震惊同自己平行的另一种人生，两相对照，"正好是两个完全不同的造化，两条完全不同的河流"[④]。乡村构成的威胁除此以外，在

① 虽然小说里的"阿乙"也拿不定主意如何切断这布满寰宇的平庸与委顿的生活逻辑，但是他已经无数次地掷过骰子。
② 阿乙：《模范青年》，海豚出版社 2012 年版，第 41 页。
③ 阿乙：《灰故事》，译林出版社 2016 年版，第 258 页。
④ 同上，第 259 页。

作者近年来的小说中也呈示为别样的形态。《肥鸭》中的细老张是一位凭着教育穿州过府之人，掣于经济情况，他只能将妻子与儿子、母亲与女儿隔离起来、分房而居。儿子随他与妻子住在城市，接受良好教育，女儿则留在城郊陪伴她的祖母。不承想正是这自以为高明的一着棋，使得祖母与孙女先后丧命。《虎狼》也是如此，这些小说都聚焦于城市与乡村的裂隙对逃离者重新构成的威胁。大概也只有在这些威胁统统消失之后，阿乙小说中的城市与乡村才不再互为彼此的镜像，而展露出它们的本相。

（三）城市与乡村的本相

阿乙写过许多小镇的孤独日常，他笔下的主人公一部分死于那种熟悉的孤独，一部分则向着"世界之都"孤勇进发。《左拉之子》写到的那位中学语文老师王仿贤，某天课上他突然扔掉课本，情难自抑地向学生朗诵起左拉的名篇《陪衬人》；对于老师这番举动，学生们只是回之以冷漠的不解。许多年后，叙述者回想起那一瞬间，他的喟叹是合理的："我们都没有当一个人知音的资格，甚至是长长一生都没有。有很多次，当我想拿起电话告诉某个人一些奇怪思想时，我自己憋了回来。我觉得可能是自取其辱。大多数人变成社会的子民，就是王仿贤本人也被这股强大而温柔的泥流吞吸。"[1] 王仿贤之所以备感孤独，叙述者推测是因为他在朗诵的前一晚读到了这个故事，却没有朋友可以倾诉，因此只得围着操场暴走，将"多余的"激情打发掉。但在第二天的课堂上，昨夜耗尽的激情便又一次回归。将这种孤独延展到极致，也许就是《葬礼照常进行》涉及的境遇。可是两相来看，城市的本相恐怕比这还要糟糕。《早上》对宏阳那场宏大葬礼的铺排描述，至少使死者在驻留人间的最后一刻，仍然通过类似神话的葬礼与耗费，为其赢得尊严并且使之或长或短

---

① 阿乙：《阳光猛烈，万物显形》，北京十月文艺出版社 2015 年版，第 349 页。

地暂留于乡人记忆①；反观城市的死亡，却是日渐成为现代化工业进程里的一环，死者没有尊严地被遗忘抹去。②至于城市的日常生活，阿乙写到过现代人在封闭空间内（地铁、房间、写字楼格子间）的生之疲乏，个体的行动轨迹被简化为从一个封闭空间向另一个封闭空间的漂流，同样是没有交流，充满误解，意义依旧匮乏。③我们应当还记得，在小叙事《胜利》中，阿乙虚构过一个农妇，她因为想到个体之于宇宙的无依无靠而备感惶恐④，但正是这同一个宇宙，在三年之后的一篇文章里转换为了城市的意象：

> 上了床并不意味着睡眠，它意味着一段酷刑。就像回到家前，要穿过冰冷而漫长的河流。在那黑暗又不完全黑暗、像得了青光眼的世界里，我作为单个的人，被放逐在浩大的宇宙里。我的脚下是泥泞的地，辨不清东南西北，来路和去向。只有永恒的一动不动的雾气。我在半夜醒来，能看到窗外屋顶的雪，那是一种类似月光的白。阴暗的白，沉重的白，盖着黑的深渊的悲伤的白。我知道这座

---

① 巴塔耶：《色情史》，商务印书馆2003年版，第88页。

② 阿乙：《阳光猛烈，万物显形》，北京十月文艺出版社2015年版，第229页。

③ 这一部分多以小叙事呈现。见随笔《逆转》（2010年8月20日）、《委屈》（2010年2月5日）、《代沟》（2009年12月31日）、《工业化的告别》（2009年11月21日）、《失眠》（2009年11月16日）、《在房与房之间的流浪》（2009年7月13日）、《扫兴的人》（2009年5月26日）、《建议》（2009年4月26日）、《优惠券》（2009年2月24日）、《失业》（2009年2月16日）、《女人和女人》（2008年9月20日）、《低等动物》（2008年5月9日）、《海市蜃楼》（2007年11月30日）、《立锥之地》（2007年8月5日）、《在城市生活的诀窍》（2006年11月9日）、《排队》（2006年9月26日）、《隔壁的叫床》（2006年3月1日）（以上见《寡人》）；《岔口》（P22）、《城市腹地》（P23）、《出租车司机》（P29）、《个体》（P93）、《面试》（P163）、《医院》（P306）（以上见《阳光猛烈，万物显形》）。

④ 阿乙：《寡人》，重庆大学出版社2011年版，《胜利》。

城市和我一起生活着一千八百万人，他们在白天挤着公交车、地铁和路面，现在挤着他们自己的被窝。我感觉到孤独的可怕。①

死亡在乡村与城市有着不同待遇，生活意义的匮乏却是一致。②作者也很可能正是凭借着这层领会，开启了他最终于《对人世的怀念》里显露的修订过程。此刻逃离者眼中的城市又是什么？——是暧昧的世界之都。阿乙关于城市涉笔最深之作，当以《春天》为首，而纵览他前期的小说，这个中篇③可能也是最为费解的一个文本。它的篇幅并不算长，只有四万字左右，由二十个被编码的章节构成，叙述了一个名叫"春天"的姑娘潦草的一生。小说起始于躺在殡仪馆中的"春天"，而终结于第一人称的"我"在同"春天"一道殉情的临时退出，徒留其一人独自沉溺。作者由静态的死写到动态的死，在两种死的形态之间即是此一文本的主体所在，而小说那独特的形式则如同借来的目光，使得我们能够倒逆式地观看"春天"一生的来龙去脉。与《极端年月》不同，这篇小说涉及客体或者说主体的客体化。春天在城市中是陌生的，陌生不仅是她关于自我认知的陌生，也关系到她与城市关系的疏离。在"我"家里，"春天"是暂居

---

① 阿乙：《寡人》，重庆大学出版社 2011 年版，《失眠》。

② 比较这两篇小叙事，农妇那里的情形是，凭借着给孩子卖肉、做饭、夹菜，生活的重心在她那里失而复得，她以这种自洽抵消了对无意义的恐惧。可是这对于在城市失眠的人而言没有意义。那个人曾想依赖对童年时光的追忆来对抗孤独："我怀念童年时的火光。一位堂叔弄出树根，点着了，大人们围在那里抽烟，抽完一根，又拿出一根凑到火上点燃，说着不太正经的正经事。妇女们在厨房炒着花生。我们就在这飘过来的香味中，围着树根蹦出的火星绕圈小跑。花生的香味是一种暖和的、固体的、刚硬的香味。火星也是。大人们的胡荏和经验也是。"——但孤独无法消失。

③ 收录阿乙的第三部小说集《春天在哪里》。在阿乙的处女作《灰故事》中还有一个同题的短篇作品。

的客人，她面对这个城市亦复如此：似乎是永远的异乡人，她哪里都能去，又哪里都去不了，最终只能以自身的消失来达成与这个城市的最后关联。当我们在《春天》中读出以下一点时——任何一个城市之于任何一个个体都是"世界之都"——我们已然是在阅读一个关于城市的寓言。

《春天》写城市中的死亡与个体的卑微，《正义晚餐》与《永生之城》则是写城市里的生活与个体的暧昧。《正义晚餐》的开头是这样写的："吕伟朝西走的时候，彭磊在朝东走。"这一句奠定了整篇小说的对位式结构，即一面写外出做学术演讲的丈夫吕伟，一面写在家与情人幽会的妻子。两面都是主线，合成一篇又是复调的特色。小说里吕伟到达会场后发现讲座取消，转道回家，路上又仿佛是被天意阻拦，被各种各样莫名其妙的事情干扰——慕名者请吕伟前去鉴宝，地铁轨道有人自杀，吕伟去买蓝玫瑰被店员要求换钱——这反倒增强了妻子与情人幽会的紧迫感。交欢结束，彭磊有所预感地离开，妻子又不断挽留，终于是等到了丈夫吕伟回家。小说写到这里才抵达高潮。闹剧结束后，先是彭磊受辱离去，紧接着妻子也收拾行李准备出走，对位的结构依然延续着。这个文本是一个非常典型的城市生活片段，它同样没什么意义，却反映出一种城市生活的真相。也许，阿乙对"世界尽头"序列的修订就起于这种直观的失望：经济发达，人口流动，但没有为个人提供一劳永逸的意义，至于价值的多元，似乎更是在透露"有无数种真理，所以再无真理"的秘密。如果说不逃离便没有自我实现的可能，那么逃离之后，这种可能性依旧在饱受着市场的嘲弄。恰在此刻，城市被揭示为逃离者曾在乡村夜空仰望的宇宙——但故乡已是废墟（《对人世的怀念》）。因为空间形式的故乡存在于时间／记忆之中，所以"故乡作为地理概念，是回不去的"①，但回不去也未尝不是由于地理概念的乡村已在逃离者的蝴蝶效应中被实然地摧毁。如《巴赫》等一系列小说实际上都蕴藉了这一层现实：作者其他小说里那些立竿见影的杀伐追捕在《巴赫》里被抹去，代之以历史的漫漫。在苍茫一瞬，巴礼柯决定不远万里去寻找遗失的爱人。作为逃离者反面的巴礼柯，与《模范青年》中回乡寻找周琪源的"我"有着诸多暧昧的相似，两者或许都隐喻着乡村的衰败。此时"还顾望旧乡"，已是"长路漫浩浩"。

至于带有志异色彩的《杨村的一则咒语》，乡村已然处在被城市化运动掏空的边缘。小说里的农妇钟永连与吴海英因为一只丢失的鸡互相咒骂，且以她们的儿子作为赌注。春节期间，吴海英的儿子带着一位精致的女子衣锦还乡，由于自己的儿子还在外地打工，钟永连气不过跑去警局报案，举报当年逃赌的吴国华回来了，逼得一对小夫妻落荒而逃。钟永连泄了火，却是愈发想念异乡的孩子，多方打探他的下落，只是依旧不归。直到一天夜里，在化工厂工作的国峰回到家，母亲赶忙应孩子的要求去熬稀粥，岂知饭刚做好，躺在床榻的国峰已经腐烂。很明显，国峰的死与农妇的赌誓无关，他的死应当归结到化工厂的工作环境——他不是死于乡村的神话（赌咒兑现），而是死于现代性的神话（乡村的人口流向大城市的工厂）。那首夕阳下的流行歌曲 Beyonce《*Halo*》同样是一个现代性的象征。在《小镇后院》里，作者曾经写道："我可以忘记刚才别人说的事，但不能忘记很久以前的事情。"② 很长时间这句话都令我印象深刻，相似的还有《早上》中在飞眼与勾捏的对话里旁逸斜出的一句："只有故乡是去过便不会忘记的，是值得和解的。"③ 只不过这

---

① 阿乙：《寡人》，重庆大学出版社 2011 年版，《乡愁》。

② 同上，《小镇后院》。

③ 阿乙：《早上九点叫醒我》，译林出版社 2018 年版，第 223 页。

种和解是直至晚近以来才发生的事。源出于《杨村的一则咒语》的《肥鸭》与《虎狼》都是和解的证词。在《肥鸭》中，作者已能同情地看待小镇里那些百无聊赖的农人，然后便是在文章开头笔者提到的《对人世的怀念》。尽管在分析阮家堰何以没有阮姓人士时，作者推测是"严重的饥馑使之绝户"，仍不忘老调重弹"不会是因为战乱，战争不会深入到这里，这里是价值极低的世界尽头"。[①] 其情感与认识基调已不同过往，也已然埋着设身处地的同情。这种同情是一段漫长的逃离史在时间中展开的结论，在这个过程里，阿乙试图认识自己，也试图认识这个世界。

二、自由的寓言

（一）自由与虚无

台湾作家骆以军曾称赞阿乙是"动词的占有者"，可谓一针见血。阿乙的大部分小说皆以行动的讲述结构呈现出来，而作家对行动叙事的迷恋，也使得他笔下的人物大多被打上行动的烙印，有着"动身去解决一切"的冲决人格。两者合而观之，行动就成了人的境遇，而他们也一概为着自身命运的解放行动起来。在阿乙的小说里，具体的行动首先是逃离，即个体为了使自身摆脱禁锢付诸的行动，其次才是艰难地消化这赢来的自由。逃离是一种行动，但还不是行动的全部：无法挣脱枷锁与难以消受自由有着一样的困窘。由此出发，我们便意识到既对应着两种行动，也存在着两种自由：僭越的自由与虚无的自由。第一种自由指的是通过人对秩序的僭越，个体由不自由过渡到自由，第二种自由不作以上预设，抑或径直承接住前者的结论。僭越使人感到满足，可虚无才是生活的常态——

---

① 阿乙：《情史失踪者》，译林出版社 2016 年版，第 194 页。

我们随时需要面对自由这一庞然大物，思虑如何与之共处。作者早期的小说《明朝和二十一世纪》已然从这一点开始写起：生命的汗漫虚无——"我"无法抗拒本能（吃饭与睡眠）却乐于沉迷琐碎（在商场里闲逛，在会议上侃侃而谈）的生活——令主人公产生了被操纵的幻象，但他最终意识到了自由的问题，小说也就此戛然而止。[①]《明朝和二十一世纪》在此预示了《先知》的写作，《先知》中的朱求是正是从人类凭借意义抵消自由这一点出发，将所有人类的行为都落实到自杀或"杀时间"两种极端的选择里。完整地刻写自由是阿乙小说的特质之一，我们不妨拿它与同是言说自由的电影《肖申克的救赎》做一番比较。后者同样刻画自由，但导演弗兰克·达拉邦特仅只瞄准了僭越的过程：安迪数十年如一日地用一把五厘米的小锤在厚重的狱墙上凿出一条通道，这一部分大概占了电影叙事百分之九十九的篇幅，而在第二种自由即将开始的时候（安迪越狱后的生活，在墨西哥人烟稀少的海滩上与老友重逢），影片便仓促地落下帷幕。当导演将自由与不自由具象为黄金海岸与监狱高墙时[②]，没有谁不为安迪与老友瑞德的重逢深感快慰。不过，恰似布勒东所言（"惟独'自由'这个词还能让我感到兴奋不已。我以为这个词最适合用来长久地维持人类的狂热。"），这也不过是一种引导性质的宣泄。不同于电影叙事的机巧，阿乙在处理自由时采取的是正面强攻的姿态，他志于完整地呈现自由的两种形态：

[①] "我就这样带着'被操纵'的感情生活在这个虚幻的世界，直到有一天，我突然意识到'自由'。是的，自由。我意识到了我体内存在着自由。这个自由其实在我寻找存在的意义时已经出现了。我在思考'我是什么'时，我就有了一定的主导性。"阿乙：《灰故事》，译林出版社 2016 年版，第 321 页。

[②] 影片中还有一处关系于此的台词："监狱里的高墙实在是很有趣。刚入狱的时候，你痛恨周围的高墙；慢慢地，你习惯了生活在其中；最终你会发现自己不得不依靠它而生存。这就是体制化。"

出狱之时，铁门静悄悄地拉开，非常有仪式感，就像帷幕朝两边徐徐拉开，外界的空气、声音以及树上一千片叶子闪耀的一千道光一齐涌进来，我甚至看见一名穿着绛红色灯芯绒裤的小孩（他留着平头）嘟着嘴骑着配有保护轮的脚踏车，认认真真地围着有千年树龄的古槐转圈，一名头发花白的中年男人坐在百货柜后不停抖腿，幅度很大，不知怎么让我想起那些操持着弦弓不停嘣嘣弹着的戴口罩的棉花匠。这就是日思夜想的自由啊我拼命哭起来。可是，等我弓着身子在白底黑字的招牌以及持枪站岗的武警旁边脱得只剩下内裤，并将这套经理才穿的西装穿上时（**我清晰地拉响皮带**），便对这样的自由习以为常，甚至心生厌恶。自由太过平庸，阳光也如此。它们远配不上我的想象。[①]

飞眼再次出狱后迅速经历了两种截然不同的自由，它们分别对应了上文的区分：一种是亟待痛饮朝思暮想的自由，一种是乏味平庸"不过如此"的自由。两者间的转换可能不超过五分钟。某种程度上，恰恰是《肖申克的救赎》对自由的窄化将影片思想薄弱之处暴露无遗。人们尽可以说安迪在下水管道爬了五个足球场的记忆将支撑着他接纳随之而来的新生活，但如果僭越并非自由之本质，那么他很可能也会被自己朝思暮想的自由一击即溃。无论是《下面，我该干些什么》（以下简称《下面》）的无目的杀人，还是飞眼与勾捏那一路末日狂欢的旅途，他们所担负的命运都应当被置于一种自我与自由的辩证关系内加以考察。唯有如此，我们才能清楚地看到行动的内在悖论，也才能使他们的命运得到理解。诚如《下面》的尾声《告白》所示，飞眼则是在向宏阳坦白过后，如释重负地吐露

[①] 引文选自小说 2014 年的第一个版本，部分表述与译林出版社 2018 年版略有不同。

了属于他的最后一种隐蔽的激情[1]："我一个人再不能胜任这高贵的自由。"[2] 他们不约而同地将自由视作需要克服的异化形态，要求"在自己与时间之间建立一个屏障"[3]。概而言之，这些人与自我难以和平共处，与他人更要彼此杀戮；他们有时将求之不得的自由经验为天堂，更多时候将终于上手的自由经验为地狱[4]——自由在他们眼中从未如其所是地被经验为人间。但自由正是人间的全部；自由不是别的，它就是人之所是的虚无。

（二）自由与恶

在《下面》中，作者笔下那个十九岁的孩子，因为遭遇到这种生存的虚无，他决定冒犯外在于他的那个世界。冒犯是他开始思虑自身处境——思虑如何处理掉他所拥有的极为宽阔的自由之后做出的决定。恶与自由在这里勾连起来：恶诡异地成了对抗第二种自由、"把我们生存的虚无通过行动转化成有意义的生命"[5] 的一个结果。

---

[1] "虚无主义者是这样的人，他认为现存的世界不应当存在，认为应当有的世界不存在。据此，生存（行动，受苦，意愿，感觉）是毫无意义的：'徒劳'的激情是虚无主义者的激情，——同时，作为激情，也是虚无主义者的不彻底。"尼采：《重估一切价值》，维茨巴赫编，华东师范大学出版社2013年版，第3卷第6则。

[2] 阿乙：《早上九点叫醒我》，译林出版社2018年版，第226页。

[3] 阿乙：《下面，我该干些什么》，浙江文艺出版社2012年版，第180页。

[4] 可以将飞眼与勾捏对自由接受的前后不同作一对比："我们骑车离开小道。勾捏紧紧抱住我的腰，风吹拂头发。人生之快意恩仇，莫过如此。"——"此时，因彻夜行走，我们早已精疲力竭。不远处有一家早点铺，蒸笼里冒着汽儿，几只不锈钢保温桶光可鉴人，想必盛着滚烫的豆浆与粥。我能闻到味儿。近在咫尺啊。长着胡髭的伙计端着被一一切成四牙的腌鸭蛋走出来时甚至问吃点什么，我们却走不过去。我听见肠子里所发出的哀鸣。此时还寒风侵肌。穷途末路莫过如此罢。"阿乙：《早上九点叫醒我》，译林出版社2018年版，第185、210页。

[5] 转引自乌尔里希·哈泽、威廉·拉奇：《导读布朗肖》，重庆大学出版社2014年版，第62页。

小说开始时，那个百无聊赖的年轻人已经踏上作恶之旅，随后顺理成章地被警方追捕，其罪案毋庸赘言；逃亡过程中，犯罪短暂地交付给他一种"生命简括、紧凑、富于张力，肉身上的每个器官、细胞都在运转，精神也高度专注"[1]的感觉，但这种感觉也随着缉捕的压力逐渐从身上褪去（"不久，我感受到那些原本加诸我身、饱含弹性的压力，在徐徐褪去。我所试图去激怒并果真激怒到的外部世界，似乎已对我深感厌倦"[2]）而再次消失。他曾期待通过玩"猫捉老鼠"的游戏获得生命的辉煌感，可是这样的时刻实在过于短暂。那仅存片刻的和谐，有赖冒犯：凭借着对外界的激怒与挑衅，在将要接受社会机器惩罚的预感中，他能够从容地处理虚无，然而当令人熟悉的空虚再一次取代转瞬即逝的充实之后，自由的深渊也就再次浮于人的面前。他对自由这头巨兽依旧束手无策。何以如此？对秩序不合常理的强调暗示了作恶决非生存虚无的克服之道。小说写到的那两张通缉令也预告了冒犯者的终局：个体要么痛哭流涕地前去自首，要么出于再次感到乏味而选择自首，总之他们都渴望重回秩序那严厉而慈祥的母腹。也因此他们一概泄露了那个秘密：冒犯一词的理论意涵与它的实际情况往往相反，冒犯秩序适合于被禁锢者打碎外界对其自身的规定，而一个自由的人却不能，因为虚无就是没有规定。此外，冒犯者也无从通过作为声明性质的绝对的恶——不断重复的违犯——来维持一种道德的自主状态。我们很清楚，在被偶然这一激情主宰的计算里，主人公对待命运有着一种听之任之的深刻怠懒。于是，理论上他便只能通过间隔的违犯来攫取道德一时的自主。即令如此，法律也不会再给他第二次机会。

《早上》涉及飞眼与勾捏的章节，与《下面》共享了同一个行动的主题。为解决生存虚无而热情动身是两部小说主人公共有的姿

---

[1] 阿乙：《下面，我该干些什么》，译林出版社 2019 年版，第 79 页。
[2] 同上，第 86 页。

态。在《早上》的第十七章与第十八章中，男女主人公准备实施打劫，男方自忖："要蹉跎那么几天——我总是隐隐觉得有什么没准备好（也可以说一切都没准备好）——要那样活生生看着一天开始了一天又结束了好几遍并对自己的一事无成充满悔恨，我们才开始行动。"[1] 这个故事片段的最后一句是："她已经擦好扳手上的血。我闷在那儿，满脑子想将这几分钟倒带倒回去。可是事情已经永不可逆地发生。"[2] 两章单独发表时冠以《亡命鸳鸯》之名，整个逃亡故事在《早上》中则是一个服从于更大叙述目的的套中之匣。在这个揳入的故事中，飞眼与勾捏这对男女主人公起初尚且自喜于结合，但欢愉转瞬即逝，留下巨大的虚空供他们消化："必有一项使命，使我们甘于忍受这漫长而无聊的等待。或者说必有一种结局，将告慰这极其漫长同时成本巨大的铺垫。"[3] 飞眼思无所获，勾捏却再也无法忍受了，她说："我们总得找点儿事做。"[4] 后来事件的走向如读者所知：我们才开始行动……可是事情已经永不可逆地发生。此后两人开始逃亡，开始为每一顿饭扼腕，为每一次做爱加增着冲刺的力度，也为每一个细节不可终日，包括深夜因梦见某件未被销毁的物证而惶恐醒来。《下面》的恶童最终通过选择自首以宣告自己消化虚无的无能，飞眼与勾捏则像是末路狂花一样扣上了宇宙间那自行转动的恶的齿轮，并且令整部小说抵达高潮。我们知道，在存在主义赋予行动哲学以重要性的内部存在着两个维度：其一是暴力的恶，其二是创造性的善。行动是两人的原罪——他们一旦决定行动，就无可回头地踏入罪的核心——这种判断只能归结为一个原因，那就是他们仅仅选择用前者来作为自身的存在基点，而《早上》也正是在这

---

[1] 阿乙：《亡命鸳鸯》，《天涯》2015 年第 2 期。

[2] 同上。

[3] 同上。

[4] 同上。

里联结住了《下面》的逻辑：倘若个体的创造力不足以将生存的虚无转化为有意义的生命，反之个体的理解力又远高常人，恶的转向便是一种必然。

（三）自由与创造

这两部小说的极端之处大概也在于我们的主人公经常性地被擢升到一个远离常人的道德真空。观其行事根底，既非出于道德责任，亦非附丽非道德之逆反；是针对虚无的看法令他们走上了一条常人无法理解的道路。《下面》的恶童是明确希望有件事可做，而且非做不可，"于是"杀人；《早上》的飞眼与勾捏则是由"我们总得找点儿事做"这个念头引出了此后一连串难以束手的恶性犯罪。在虚无与他们针对虚无的回应之间，其中逻辑关联未免匪夷所思：何以他们不能像常人一样满足于日常小小的欢欣，而非要刨根问底、全部推倒重来呢？这如临深涧的"于是"与心惊，既是问题关键，也是引导读者进一步追问虚无与恶关系的契机。为此，就需引入时间性的维度。

人询问意义，无非是惊惧人生此在时间性的基本规定。时间的构成性与开放性两端标示了意义的两重性，即构成性的意义与开放性的意义。《下面》或《早上》的主人公面对虚无如此反动，不外乎他们都将第一种意义视作赝品（《先知》中的朱求是简练地概括了这一点："而整个人类呢，仍然自欺欺人地活在所谓的意义中"[1]）；反向言之，倘若他们像《极端年月》里的周三可那样接受构成性意义的价值[2]，或许他们的生命就不会发生疑问。柯勒律治在《莎士比亚评论》中说："莎士比亚希望我们能认识到这个真理：行动是生存的首要目的——思维方面的能力，无论多么杰出，如果只能使我们

---

① 阿乙：《鸟看见我了》，文化艺术出版社2010年版，第80页。
② 阿乙：《灰故事》，译林出版社2016年版，第86页。

远离行动，或者使我们厌弃行动，使我们沉溺在如何行动的思索之中，让时间徒然流逝，直至错过采取任何有效行动的机会，那么它们就是没有价值的，甚至是不幸的渊薮。"① 相较而言，我们的主人公与哈姆雷特一般洞若观火，更可贵的是，他们还持一种"无意义，毋宁死"的信条，具备在认清人间无意义本相之后进一步行动的勇气。只可惜我们的主人公并没有意识到判定构成性意义为假，不等于"世界是无意义的"；也没能意识到并非所有本能的行动都指向得救（如冒犯便将他们引向原罪），也并非所有义无反顾的行动都等同于创造（如同作恶仅仅是一种盲动）。不妨推进柯勒律治的那个结论：如果认识使我们远离恶，那么它未必全无价值，因为唯有认识能辨别暴力的恶与创造性的善，而后者是生存的首要目的。恶童或飞眼显然缺乏此种能力。他们认识一切，包括将自身引向悲剧的根底，却难以撼动或修正自身的悲剧。这就是悖论所在：有价值的尚待创造（而他们无能于创造），已发现的毫无价值（是故陷入失望的循环）。也正是这一悖论在不断地将他们引向末路。我们应当还记得飞眼曾经向自己提出的那个问题："必有一项使命，使我们甘于忍受这漫长而无聊的等待……"这个问题此后又以反讽的形式出现于一篇类似寓言的小叙事里。在题为《猪肉》的这篇随笔中包含有正文及两个附录，正文中阿乙提前做了有关天空的铺垫——天空隐喻着等待——"我从来不知道它们生育的意义何在，就像我不知道人类生育的意义何在。我们这些物种到底在等待什么？那天空永远寂静，从没谁要来。"② 第一个附录的题目即是《等待》：

　　一天，人类的后代，他坐在山顶，看见天际发出地震

① 转引自阿瑟·伯格：《哈姆雷特谋杀案》，广西师范大学出版社 2006 年版，第 126 页。
② 阿乙：《阳光猛烈，万物显形》，北京十月文艺出版社 2015 年版，第 335 页。

那样的隆隆声，一辆有一百个故宫那么大的战车从天上飞驰而来，忽然明白人为什么被一茬茬生下来的道理。……直到这一天，当他坐在山顶，看见那伟大的战车从天空驰来，他才明白：那在地球出现的第一个人，那所有人的祖先，那元的人，是驾驶这辆战车的神的兄弟。这元的人在等待战车载着自己返回父亲的宫殿，但他接受的是死亡的惩罚。元的人用生育来抵抗。他生下一代，下一代生下一代。一代代延续至今，已无人知道元人的愿望，但基因里仍残存着他等待的焦灼。……

所有的导弹、核武器都打了上去。它们披着理性的外衣，掩盖人类的恐慌。神看见他的兄弟的后代，在用稻草袭击自己，忽而明白兄弟只是一堆白骨，便掉转战车，回往那永生的牢笼。从此，我们人类又漫无目的地生存下去，像一群无意义的风，在黑色深渊里不停呼啸着前进。[①]

这一步迈得稳重而关键，虽仍未给出答案，追问本身已令阿乙勾勒出了现代人对待意义问题的理性逃避。在他看来，现代人所期盼的意义总是已经凝滞的意义，是一个可以一劳永逸终止判断的答案，它来自时间性的第一维度。这种关于时间结束部分的迷恋，既塑造了千百年来意义崇拜的历史，也构成了对时间性第二维度（开放性的意义）的逃避，并且最终使得现代人难以忍受无意义的片刻，亦从未自问意义从何而来与如何而来。《等待》之后，这篇小叙事还有一个反讽式的第二附录《结局》：

大水准时到来：没有一道合适的河床可以管理住那

---

① 阿乙：《阳光猛烈，万物显形》，北京十月文艺出版社 2015 年版，第 335—336 页。

终将到来的大水。它从天边隆隆驰来，第一个浪头就有几层楼高。所有的地面都是它经过的河床。它一共要游过去三五天，所有的人都被它冲走。[①]

（四）恶与创造

人们在开放性的时间中畏惧的正是这个敞开。可恰如《结局》所示，不是敞开吞没了人类，而是畏惧与拒绝在敞开中创造导致了人类的后代被吞没于恶的深渊。海德格尔据此认为，开放性的敞开给出了人类以通达决断的创造自由；唯有在这个眼下瞬间有所行动，人生才得以从非本己本真向本己本真的状态过渡，实现自我解放。这一思想带有唯我论的行动主义气味。他不否认恶的出现几乎是一种必然，然后又以无限度地贬低恶（贬低一般规范性的伦理学价值）打消了这层顾虑。无独有偶，巴塔耶也持类似见解，他说："唯有色情是为恶而恶，罪人在罪恶中自得其乐，原因在于，在这罪恶中，他达到了自主的存在。……没有自主权，一个个体或行动本身就没有价值，而只有实用性。"[②] 他们大抵都认为倘若个体可以通过作恶来攫取住自身的主体性，那么作为决断的恶也是很有意义的。然则决断的漏洞早已显现在我们的主人公身上。即便我们假定本己本真的人生处在善与恶的彼岸，他们的着眼点仍是他者而非自我；如果作恶不是绝对个人意义上的作恶（除了自杀，没有什么个人意义的作恶），作恶之于个人的更新便毫无必要。附带说一句，在阿乙的小说里只有《先知》的朱求是选择了自杀，而那篇小说中朱求是看似不经意提及的无动机杀人案，以及他关于时间的思考，均可被看作是《下面》的故事和观念原型：

---

① 阿乙：《阳光猛烈，万物显形》，北京十月文艺出版社 2015 年版，第 336 页。
② 巴塔耶：《色情史》，商务印书馆 2003 年版，第 113 页。

人类的主要行为只应有两种：一是自杀；二是选择与时间对砍（杀时间）。而在杀时间的过程中，只会出现两种结果，它要么是 $1/\infty$，要么是 $\infty/1$。要么是人类（1）短暂征服了（/）时间（∞），要么是时间（∞）彻底摧垮了（/）人类（1）。第一个公式的答案是充实；第二个公式的答案是空虚。我以为，推导出这两个简洁的公式，有利于指导人们认识到人类存在的本原是什么，主要使命是什么，以及人类的历史因何驱动，未来的路应该怎么走。[1]

　　这正是《下面》中那位青年的思想。他也将无法抵消的时间同永生联系起来："我不知道你们懂不懂这个，这无限的孤独。所有的事情都结束了，只有时间永恒。……就像我们从冬天跋涉到夏天，又在夏天想回到冬天。我们在鸡肋式的生活中逐渐丧失事情的保护，只能与时间为伍。时间像盔甲齐全的军队，将我们逼得窒息。它们是永生，我们是飘萍；它们 ∞，我们 1。我们注定被割得遍体鳞伤。"[2] 朱求是与这位恶童的思想基点一致，只不过他们选择了不同的路：朱求是为了克服永生的无聊，严肃地为全体人类的作息时间规划布局，并且附言这种时间规定应当"受法律监督执行……以防时间之刀反攻"[3]，至于他自己，则选择自缢；那位"身体年轻而心灵衰竭"的青年，却是自言自语道："有谁来邀请我出门？有谁呼唤我的名姓？有谁打我的手机？有谁写信？四十八小时过去，九十六小时过去，一周过去。将这一周切去，什么也不会损失。"[4] 创造的能力同时也是忠诚于自身的能力，是自我肯定的能力。如若他的目

① 阿乙:《鸟看见我了》,文化艺术出版社 2010 年版,第 82 页。
② 阿乙:《阳光猛烈,万物显形》,北京十月文艺出版社 2015 年版,第 49 页。
③ 阿乙:《鸟看见我了》,文化艺术出版社 2010 年版,第 83 页。
④ 阿乙:《阳光猛烈,万物显形》,北京十月文艺出版社 2015 年版,第 58 页。

光依旧逡巡在他人周身，那么决断便不是决断，它就是作恶。可是反过来讲，唯当我们意识到作恶既不是一种能力，也摧毁不了什么，作恶根本就是缺乏纪律时，人类才开始探寻自己，认识自己，以及克服自己。回想起来，那个十九岁的青年自弃的转折点即是他再次置身一种无法体会充实的悲凉境遇，飞眼的自弃同出乎此，其根源令人想起《维廉·麦斯特的学习时代》一书评论哈姆雷特说的话："我觉得很明显，莎士比亚要描写的正是一件伟大的事业担负在一个不能胜任的人的身上。"[1] 歌德的评论要比柯勒律治的话更能启示我们这两部小说的主人公展示的悲剧性何在：并非是他们沉溺在孤独的情绪中不可自拔，也不是他们没有勇气承担毫无意义的重负，两人的悲剧性完全可以浓缩在以下一点：他们难以弥合——面对历史过于清明的理智与在开放性的时间中创造能力的匮乏——这两者之间的距离。进而言之，他们的创造力不足以匹配他们的理智（理智仅擅长在时间中对意义进行证实与证伪，但无法创造意义，因为"意义就是时间，但时间没'占有'任何意义"[2]。意义乃无中生有，意义有赖于善的创造）。

　　无能于创造，人便视自由为瘟疫。《下面》与《早上》之间存在着不计其数的互文线索，譬如《下面》曾经写到的那两张通缉令——"我站在人群后边看，发现贴的是两张通缉令。那显大的一张，据对其罪行描述，共计致死六人，可是从照片里看他自己倒更像是被害人。我还没见过人在拍照时会如此惊恐，从其眼神看，他似乎是在逃避什么可怕的事物。他的鼻翼极大地张开，露出漆黑的鼻孔。几乎可以断定，在一生中，他从没想过要去杀谁，之所以杀了而且还杀这么多，一定是想用一个错误去掩盖另一个错误。他本意并不想如此。旁边的一张，所通缉者只杀害一人，他头发蓬散，

---

[1]　歌德：《维廉·麦斯特的学习时代》，人民文学出版社1988年版，第223页。
[2]　转引自萨弗兰斯基：《来自德国的大师》，商务印书馆2007年版，第198页。

正咬着腮帮，微微仰头，努力将冷漠的眼神和未加修饰的胡子露向镜头。"①——前者即是飞眼与勾捏的形象，后者是恶童本人，而他也曾凝视镜中的自己，这肖像本身已是一切叙述的起点："我看看镜中的自己，完全是另外一种模样：头发蓬散，脸色苍白，眼睛无神，胡子零乱不齐，那些在岁月中养成的冷漠、无聊、懒散、残忍的性格，早已刻画在面庞上，令人望而生畏。"②又如飞眼在逃亡途中曾求助于算命先生来安排自己的去路，正像那个恶童在山麓盘桓数日，终于决定向来此地暗访的警察吐露底细："我觉得将自己交给别人处理，比交给自己安排，要省心很多。"③占卜，抑或是听天由命，将自我重新交还给秩序，这就是挣脱秩序、逃避自由之后我们的主人公最后的行动与结局。

（五）自由与永生

对自由的深度挖掘是阿乙小说的特质之一，而书写自由在阿乙的创作过程中大体可分三个阶段。首先是《明朝和二十一世纪》《先知》《北范》这一类民间痴人的形象，他们或者是"一个为思想而痛苦的农民"④，或者是一位高考失利者，总之都有不堪回首的经历，于是才将存在的重心转移到对终极问题的思考上来。这些篇章又引出

---

① 阿乙：《下面，我该干些什么》，译林出版社2019年版，第73—74页。

② 同上，第32页。

③ 同上，第95页。

④ 阿乙在《鸟看见我了》的前言中写到了《先知》的创作缘起，有云："在这本集子里，有一篇《先知》，寄托的便是自己的哀伤。我每次在报纸上看到民科、民哲和我这样的文青，便会触目惊心、五味杂陈。我写《先知》时已能洞见那位原型一生的悲剧，之所以热血澎湃地写，是因为此前周国平针对他写了一篇极度无理的文章。我觉得后者没有资格展露自己的高贵，我也不希望别人踩灭我的火把。"阿乙：《我比我活得久》，《鸟看见我了》，文化艺术出版社2010年版，前言第2页。又，周国平所写的那篇文章题目即是《一个为思想而痛苦的农民》。

了以《下面》《早上》为代表的第二阶段的创作，其间已有自由迁徙与辩证的演进。第三阶段的代表是《虫蛀的外乡人》这类作品，系作者晚近以来开始尝试的寓言化写作。借此我们可以窥探到阿乙写作生涯发生的两次断裂。在关乎乡村痴人的形象书写时，作者有两套写法——仅在《灰故事》中即可看到——其一以《小卖部大侠》《八千里路云和月》为代表，其二以《明朝和二十一世纪》为代表。这种分流很快就被《明朝和二十一世纪》所预示的《先知》垄断。此后虽有《北范》问世，但无不逾越"以自嘲的方式去组织某些智性叙述"的倾向。就小说的展开方式来看，第一阶段的作品其观念的直陈往往压倒了情节的叙述，是故比例不均，至于第二阶段的两部小说，因其篇幅较之以往更长，叙述展开的空间也就相对宽裕，故事的谋篇得以合理。第三阶段的《虫蛀的外乡人》代表的是作者对《先知》或《北范》式写法反思之后的实践，也可以说是第二次断裂。这类作品既不是单纯地废除叙事，也不是重演第一阶段观念论的颠覆，作者开始将他的意图消隐于故事之中。难道在故事成形之前他对此一无所知吗？大体上这正是观念的图像化，而它非常类似于弗洛伊德在阐释梦的工作机制中使用过的那个术语：凝缩，即用具象来表征抽象（"因为梦不会言说，只能呈现。"）。仍以《虫蛀的外乡人》为例，在写作之初，作者也许就看到了水中密集的鱼与世间密集的人这类景象。世人祈愿化作石头也是一个象征，它象征着理性的冥顽。象征与图像都不是随意选择的，叙述终究要围绕着他所构想的那个画面展开，而不仅仅是一种观念性的论述。我觉得也可以这么看待《先知》与《虫蛀的外乡人》这两类作品的断裂与联系。

《虫蛀的外乡人》的主题落实于"无法耗尽的自由等同于永生"。围绕于此，阿乙开始了他第三阶段的写作。正像《先知》预示了《下面》的写作，在《下面》初版本里原本作为附录的《敌意录》

中，同样可以见到《虫蛀的外乡人》这个故事的雏形：

> 人们很可能于某天集结，走向最高的山峰，齐声呼喊："请现在杀死我吧。"就像愤怒的囚徒手挽手走向狱警。上天听不懂这可笑的示威声，但终究又会一个个收拾他们，就像它过去干过的那样。……我们期待的永生从未出现，否则现在就能找到证据。……我们永远达不到永生，却将它视为禁脔，不许人玷污。可以说，永生是活着的麻醉品。……它成为我们逃避一场一无所有的神庙。在博尔赫斯的一篇小说（它的名字就叫《永生》）中，出现了另一种可能。一位军官朝西方的世界尽头跋涉后，寻找到能使人永生的河流。此前他得到过警告：延长生命只是延长痛苦。此后他果然也感触到那绵延无尽的痛苦：永生者的共和国经过几世纪的熏陶，已经取得完美的容忍，甚至蔑视。它知道，在无限的期限里，所有人都会遭遇各种各样的事情。由于过去或未来的善行，所有人会得到一切应有的善报，由于过去或未来的劣迹，也会得到一切应有的恶报。正如赌博一样，奇数和偶数有趋于平衡的倾向，智与愚，贤与不肖也互相抵消，互相纠正……如果从这个角度来看问题，我们的全部行为都是无可指摘的，但也是无关紧要的，没有道德和精神价值而言……我记得我从没有见过一个永生者站立过，一只鸟在他怀里筑了窝。[①]

在上面这个段落里，阿乙提到了永生的三种可能：第一种是"我们看似有限的生命被塞入了永生"，永生在此意指无法耗尽又难以消受的自由，其给人以"无限的孤独。所有的事情都结束了，只

---

① 阿乙:《阳光猛烈，万物显形》，北京十月文艺出版社 2015 年版，第 47—48 页。

有时间永恒"之感。① 因此是深受虚无折磨且终有一死之人对时间的感受或者说察觉到的幻影。② 阿乙曾在《致未来》一文戏拟了这些自以为永生者的结局。③ 第二种永生同样是幻影，却又被某些人错误地当作不朽的担保。第三种永生是博尔赫斯同名小说里提及的可能性：无限延伸生命的长度，不仅不是幸福的不朽，反倒是痛苦的无限延长。将这三者合而观之，我们便可为自由与永生提炼出如下线索：永生是虚无的幻觉，它是生命对无能于创造者的惩罚；倘若真的存在永生，也无非意味着永生者将共享达那伊得斯或伊克西翁的命运。④

前文分析的诸篇小说内在于第一种永生的可能，《虫蛀的外乡人》则是从后两者交错的地方展开叙述。小说的故事情节格外简明：

① 阿乙在《国际影响》中也曾经写到他在一次牌局上看到了"极度无聊的永生"。阿乙：《国际影响》，《灰故事》，译林出版社 2016 年版，第 116 页。

② 阿乙：《寡人》，重庆大学出版社 2011 年版，《时间》。

③ "未来的人，当你看到这几句话时，或会诧异。这确实是一位自以为永恒的人写给你们的。他现在觉得自己像活了几千年，还会往下活几千年。他的生长就像窗外的树一样缓慢、悄无声息。他听得见各种声音，一眼便望见很多光年之外的星星。他自以为在天堂，甚至当他不小心将昆虫踩平在地面，他还认为对方跟自己一样活着。存在使其飘飘然。世界似乎完全属于他。然而，当你看见这几句话时，他早已死了。起先还能依据尸骨认为他存在过。后来腐烂加剧，他变成泥土、分子、虚无，就和亿万先辈一样，失踪了。"阿乙：《致未来》，《阳光猛烈，万物显形》，北京十月文艺出版社 2015 年版，第 330 页。

④ 达那伊得斯是达那俄斯五十个女儿的总称，她们父亲的哥哥埃古普托斯同样有五十个儿子，这五十个人——也就是她们的堂兄——想要娶她们为妻。起先她们逃到阿尔戈斯城寻求庇护，但终于还是要和她们的堂兄成婚。达那俄斯不得不给自己的女儿一人一把匕首。婚后的初夜，除了其中一个女儿许珀尔涅斯特拉没有杀害亲夫，她的姐妹们无一例外地犯下了罪。许珀尔涅斯特拉的四十九个姐妹因此受到惩罚，她们被罚在阴间的河流边不停地向一些水罐注水，而这些水罐因为布满小孔而注定不会灌满。见依迪丝·汉密尔顿《神话——希腊、罗马及北欧的神话故事和英雄传说》，刘一南译，华夏出版社 2014 年版，第 315—316 页。伊克西翁则是因为欺骗被宙斯罚在地狱的一个火轮上，火轮永恒地转动着。见洛·泼莱勒《希腊神话全集》第 1 卷，二十一世纪出版社 2014 年版，第 69—70 页。

某天晚上，死神抵达一个村庄，他错拿了一对夫妇的两个孩童的性命，这件事激怒了这个两姓村庄的村民，他们迅速整装待发，将死神抓获（村民称其为"老贼"），并捆扎在十字架上施以酷刑。在这个村庄的一位长者"姑爹"暗中将死神放归山林后，整个村庄又陷入到狂怒、恐惧与悲伤的情绪中。分别以村庄其他人和姑爹为代表的两队人马，表明了针对永生的两套看法。前者乐观地认定将死神抓住是"一次惠及每个人的分成"，每个人都"得到再也无法结束的日子"，者对永生的估量则在死神那里得到肯定："'你预测的都是对的，你说的都是对的。'在两人谈话时，老贼说。根据他的说法，那时候人已不成其为人，而只是一群还没长上毛（但必然会长上，而且会越长越茂密、越长越硬）的野豕，整天唯一能做的事便是找吃的。也好像不是他们要去找吃的，而只是因为肠胃饥馑，而不得不去找。一旦吃饱了，他们便躺在原地休息。'这就是永生的代价。'"姑爹便是因为意识到了这一点才选择放走死神，于是他也注定得不到村民的原谅。小说里死神还讲述了人类曾有的永生经历：三四百年前，神感召于人类不死的愿望，废了两界，人类却开始败坏自身……后来世人耐不住作为人的永生，遂又集体爬到山顶哭拜神灵，祈愿化作石头，这个决心再次感动了天神。此番意象与先前《敌意录》中的情节如出一辙，不过在那里，人们祈求的仅仅是上天终结他们永生的痛苦。联系起来看，阿乙就为我们呈现了一条关于永生的历程，起先是渴望不死，然后是渴望自己的肉身变作既无意识也无本能的石头（不死的极端形态），最后是承认不朽之于他们是过分崇高的使命，因此颠倒了最初的决心，掉转过头祈求上天让他们速死。

这是人类与自由无法结合的又一个寓言，不过它与《下面》的恶童，《早上》的飞眼与勾捏还是存在本质不同，后者是在理智过分强大与创造力过分孱弱的双重支配下，转向了暴力的恶。与之相对，《虫蛀的外乡人》里的这些村民倒更像是作者曾经提到的"上帝不要的人"①。前者运动的轨迹是从秩序到秩序,贯穿其间的是与虚无的博弈,后者运动的轨迹则是从此在的有限性到此在的有限性,贯穿其间的是对永生的无法胜任。前者是孤勇的个体意识到生命出现疑问于是想要改变的搏命远征,后者却根本不存在意义的疑难。《虫蛀的外乡人》里的行动总是一个村庄的行动,它们反复地以复数的形态出现,例如前后几次拖男挈女赶去捞虾捕鱼的不知餍足,誓师待发前去捕获死神的荒唐,四占推算死神经受的群集施暴形式的残忍,死神记忆里人类集体在山顶跪拜的冥顽,四五个青年将姑爹抬起来又扔到四五米外泥塘的激愤,以及知悉死神逃掉后村民清算得以归罪的对象又不禁悲从中来的癫狂。与其说是村民在行动中复活了,不如更进一步地认为,我们在凝望他们行动的同时,视觉的屏幕突然被打上了加粗的黑体字:彻头彻尾的愚昧。作者笔下的这帮乌合之众总是隐约让人看到一个经典的亵渎场景:人群里爆发出响雷般哄笑,有些人笑得叉腰,简直站立不住,还有些人干脆在泥淖里欢快地打滚,为首的一人则手指苍天,鼻息十里以外:"你倒是说说看,神在哪里?"应该说,将作恶视为决断的行动不过稀罕的少数,只有这个场景才是与自由无法结合之后世间的准确隐喻。同样,在许多小说里阿乙都会征用暴雨或洪水的隐喻,这一篇亦复如是:洪水的经验存于姑爹的记忆,小说谋篇中经久不散的寂静阴云,毋宁说是灾难的幕帷。但除了前来探查详情,一边走一边膝盖打软的姑爹以外,没有人会意识到这种天气的沉默有何不祥,他们无一例外地"沉浸在那相互感染的由占了极大便宜所带来的兴奋情绪中,扶住头上顶着或一边肩部扛着的盛满水产的提篮、筛箕或蛇皮袋,尖叫着朝家中跑去"②。这里涉及的题旨似乎与《早上》不谋而合:

---

① 阿乙:《再版序》,《灰故事》,重庆大学出版社 2013 年版,第 2 页。这篇《再版序》在译林出版社 2016 年出版的《灰故事》第三版中被作者删去了。

② 阿乙:《情史失踪者》,译林出版社 2016 年版,第 43—44 页。

人类在他们赖以为生的土地上，自以为是地行走与忙
　碌，神明团聚在他们头上三尺，有如紧随的浓云。有时神
　明会降到匪夷所思的地方，像苍蝇围着人类的膝部与蹄蛮
　飞舞。然而一切就像是对牛弹琴。人类就是意识不到这些
　圣明与旨意的存在。有时想，真是急死人了。这部长篇写
　的就是这种完全无知的状态。①

　　在《灰故事》再版序里，阿乙曾近似预言性质地宣告了他一生
的写作母题，其中包括以下三项："对'上帝不要的人'的深刻同
情、对'得不到'的宿命般的求证以及对人世的悲凉体验"②，可是当
此之际面对他们，我又总能想象作者那并非居高临下的蹙眉或叹息。
完成了《虫蛀的外乡人》之后，也许阿乙已经意识到自己写出了一
个关于自由的完整寓言，但取材之地却是他周遭的现实世界。③　并
且，唯独是在这里，"上帝不要的人"的形象的丰富性才超越了他早
期小说中那些仅仅被"流放"于"世界尽头"的人物。后者不过涉
及一种暂时的处境，前者才是他对现代人包括其自身所处境遇深度
透视的结果。有待被追问的是，那种深刻同情，是否已然变得暧昧、
复杂以至难以言说？④

① 这段话来自阿乙写给笔者的信。
② 阿乙：《再版序》，《灰故事》，重庆大学出版社 2013 年版，第 2 页。
③ "但丁描写地狱的素材若不是取自我们这个现实世界又能取自何处呢？不管怎
　么说，我们这个现实世界也真的变成了一个人间地狱了。可是，当他开始描
　述天堂和天堂里的欢乐时，他却面临着一个棘手的人物，一个难以克服的困
　难，因为我们这个世界上并不存在这样的素材。"汉斯·约阿西姆·施杜里希：
　《世界哲学史》，广西师范大学出版社 2017 年版，第 494 页。
④ "在阿乙那里，'上帝不要的人'没有任何神学意味，而是关于现代人的未来
　状态的想象，其内涵结构类似于梅列日科夫斯基所谓'未来的无赖'，在某个
　历史转折点上，他们无所信仰，生活就是一个随着时间流失而逐步腐烂的过
　程，但是他们迷恋权力以及各种由权力衍生出的符号，成为威胁文化和自由
　的世俗政治的支撑物。"党艺峰：《"上帝不要的人"和恶的伦理学：阿乙论》，
　《小说评论》2019 年第 2 期。

三、为了一种新小说

（一）经验匮乏者的写作

我们可以再度从《对人世的怀念》出发。在这个文本里，精于修辞的作者好像是放弃了一切精雕细琢，蛮不讲理地将两个时间片段——一个是"我"的祖父走到阮家堰的汉友医生家门前吃板鸭（由于担心食物中毒而考虑汉友便于搭救之故），另一个是"我"在梦里重返故乡（与堂兄老细哥聊天的"我"，因为醒来后想到几年前老细哥车祸亡故而怅然不已）——钉在了同一块木板上。第一部分被叙述，完全是"我"也曾在此后体验到祖父当初描述的那种濒死一瞬，通感冥冥中拉近了"我"同祖父的距离；第二部分与之相仿，却是梦境与梦醒的交错：梦中与老细哥恳谈至夜深，梦醒之后老细哥已然不在。《对人世的怀念》并不是阿乙最好的作品，初读一过也很难产生好感，但就其准确勾勒那些难以言传的氛围，包括人世的似是而非、置身时光的恍然、记忆的无情流散等因素——来看，它又的确是《早上九点叫醒我》之后作者反身自顾的开端。在写祖父询问汉友是否在家之后，阿乙插叙了将近三页的回忆，以此说明阮家堰的历史、家乡构成，他对汉友的童年记忆等等。这三页毫不多余，某种程度上它正是作者为了抵抗自己过早说出登时的恐惧，而必须要在两种时间的感觉间增添的屏障，抑或是要在两种相似或相反的震惊里寻找到一刻可以喘息的间歇。前文我曾说过，主动结束逃离这个主题（结束于乡村的消亡，也结束于在陌生的城市进退维谷）是作者将《对人世的怀念》置于集子底部的考量之一，那么此外的决定因素，无疑是他要借此思索自身的轨迹（经验与记忆的问题），以之探求写作的来路与去向。

与故乡经验联系的紧密有阿乙早期的作品为证，而这种联系在此后的作品中便以次方的程式不断递减——《猎人》一篇已然可以看作阿乙对过往情感经验的告别[1]，真正告别乡村经验却是在《早上九点叫醒我》之后——直至《对人世的怀念》里雾气一般的虚构。缥缈自证了作者虚构能力的增强，也未尝不可言明他正在忍受记忆日渐风化的焦灼，或是对一个经验匮乏者的痛苦感同身受（作者对某些细节的重复使用，似乎也证实了这一点）。另外，虚构世界时偶或感知的无力，也使得他渴望重新攫住自己早年的经验，这些经验有的已像钞票一样用掉（重复终究是一种重复），有的则像是徒劳等待许久的情人一样走掉。置身于这种困境的作者，就像是站在时间河流里的尾生，他被激荡的河水推得越来越远，也越来越看不清当时的人事。忘却之神不可救药地降临，"我少年时的宽阔之地已经消失了"[2]。或许是出于遗忘的痛苦，阿乙在不少随笔中都记录了自己造访梦境的经历，其中多数是醒来后遗憾于梦中世界的消失（《带刀侍儒》[3]、《女孩》、《诗句》[4]），它们呼应了《对人世的怀念》的第二部分：现实世界的消失；有的梦境干脆关于遗忘（《忘字》[5]）。在《记忆》一文，阿乙写道："人重新进入过去，情况类似于救火，能记录下来的财物有限。有时烧掉的废墟太难看，还需进行拙劣的重建。无论怎样，从离开事情的那一刻起，你就失去对原貌的掌握。这是做人痛苦的一部分。"[6] 过去可以指代梦境，也可以指代逝去的现实。正如乡村与城市互为彼此的镜像，梦与现实亦构成一种镜像关系：梦醒后的怅然是一种经验的丧失，现实生活里经验的匮乏同样是记

---

① 阿乙：《猎人》，《春天在哪里》，中国华侨出版社 2013 年版，第 216 页。

② 阿乙：《1988 年和一辆雄狮摩托》，《灰故事》，上海三联书店 2008 年版，第 237 页。

③ 阿乙：《寡人》，重庆大学出版社 2011 年版，《带刀侍儒》。

④ 阿乙：《阳光猛烈，万物显形》，北京十月文艺出版社 2015 年版，第 214 页。

⑤ 同上，第 257 页。

⑥ 同上，第 118 页。

忆流散的结果。在这里，对梦境的书写便构成了指向现实的隐喻：遗忘的梦总是经验匮乏者的梦。

（二）反身自顾的写作

对应于此，同样是收录于第四部小说集的《忘川》便提供了两个故事。小说明处是写王杀了失忆的继承人，暗处则是写梦醒了的人试图重返梦境的徒劳无获。故事起始于王子春卿对一个喑哑国度的造访。春卿"从他们的目光中分辨出，自己并非什么偶经此地的陌生人"[①]，但此地的人民只是热切地关注着这个闯入者的一举一动——似乎掣于某项纪律，他们无法同春卿报告他的情况。在某个短暂时刻，春卿怀疑起自身所处，并且出于疲倦与懈怠，怀疑稍纵即逝。最终他还是骑上马嬉戏起来，被远方高楼下达的判词"他没有通过测试"拍马赶上。没有通过测试与春卿停止思考自身的处境有关。小说中曾闪过一处白描："一块铁锈斑斑的铁牌钉在巨石旁（在春卿脑子里匆匆闪过一个人物，后者狼狈地藏在石头后边。哈哈，人人都想到这儿藏一会儿，春卿想），上面的字已褪隐，只留下一点松石绿的漆痕。在石缝间插着一根这段的灰白箭杆，折断处仍旧连接着，颜色发黑。"[②] 视若无睹的春卿，想到了更早时候与这块巨石有关的一个场景，只觉好笑。这个场景在此后披露出来："第一箭，它们射中巨石（箭镞没入石中），第二箭，贯穿试图躲避巨石身后的猿田。"[③] 猿田是春卿的祖父，葬命于此。这样，春卿只是因为朝海边走去即被判决就得到了解释，亦即他只是一个不知国耻家恨，贪图享乐的白痴。但这篇小说尚不止于此，它实际上还包含了一个更加隐秘的暗处（生成文本），暗处的故事是由明处对太子春卿的定

---

① 阿乙：《情史失踪者》，译林出版社 2016 年版，第 96 页。

② 同上，第 103 页。

③ 同上，第 109 页。

语（小说结尾春卿乳母的太息之语："太子自从坠马以后，就变得什么也不记得了"①）引出来的。凭着这个细节重读小说，由"他怀疑起自己所处的实际环境来"始，至"思索啊，它让人是如此焦虑"一段终，我们读到的就是另一个故事。

　　这个故事的主人公同样是春卿，只不过故事发生在他怀疑起自身所处的时刻。春卿望着那些因为纪律无法向他吐露实情的子民，怀疑他们陷入暗哑并非因为某项国王下达的命令在禁止他们讲话，而是缘于此时此刻他就在自己的梦中，是梦的法则在迫使人们沉默。如若我们延展这一逻辑，那么春卿闯入的就是他曾经做过的梦，他亲手铸造的王国，只是这个王国被创造出来随即就遭受了楼兰、庞贝一样的命运②，一如春卿彻底遗忘了自己的身份。他曾在梦中应允一人请求，醒来后不复记得，唯当倏忽想起，尝试多次重回那一梦时，"在奔向那仍旧伫立的等待者后，他发现对方死了，苍白干燥的皮肤已经坼裂，眼中曾经充满的血如今萎缩成眼窝内的粒粒红土"③。这里实际上仍是对遗忘所作的隐喻，作者尝试着说明遗忘究竟是怎么一回事。④至此我们可以说：明暗两个故事的交合之处在于春卿与那个无法抵达的记忆之间的距离（明处是现实的失忆——经验匮乏的极端表现，暗处是梦醒后对梦的遗忘）。遗忘——由于它遗留下对遗忘本身若隐若现的内疚意识，以及无力回忆带来的焦躁，并不显得可耻，至少没有抹煞耻感：如同春卿的父亲，小说呈现的这个国家的王，他始终被亡国的恐惧熬煎。忘川是希腊神话故事中的一条河流，春卿饮其水，遂不复记住一切，连同遗忘本身也忘记了。春卿的失忆——无力于回忆，正暗示着他无力于复仇。但是，由这两

---

① 阿乙：《情史失踪者》，译林出版社 2016 年版，第 111 页。
② 同上，第 99 页。
③ 同上，第 100 页。
④ 同上，第 99 页。

个故事架构起来的关联便归结为一条反尼采式的命题：对遗忘的遗忘才是存在的真正沉沦。《忘川》的写作直面了遗忘的命题，《对人世的怀念》则加以弥补，它写的是人置身时间的恍然。质而言之，作者晚近以来的这一批小说至少在三个方面具有里程碑的意义：首先，它们标明"逃离"这一主题写作的结束（《对人世的怀念》）；其次，它们都是作者反身清理内在疑难[①]，以困境作为隐喻完成的作品（《虫蛀的外乡人》《作家的敌人》《忘川》）；最后，在梦与虚构的相似性维度上，它们开启了另一种力图打破梦与现实、自传与虚构壁垒的异质写作。

（三）"非虚构小说"的问题

将这三者总括起来，作者近来的创作就呈现为一种回指于当下自身的形态。这一创作的源头或者出于随笔集收录的那些似真似幻的小叙事，或者是以《模范青年》为代表的纯粹以非虚构面目示人的虚构范式。后者的危险在于，当小说以非虚构的面目同经验短兵相接时，它很容易丧失掉对"历史"与"诗"的区分。亚里士多德之所以在《论诗》中认为"诗比历史更富有哲理、更富有严肃性"[②]，正因为诗是可能性的艺术，我们唯有从可能性出发，才能进入一个普遍性的思想空间，其中涉及的是"某种类型的人或出于偶然，或出于必然而可能说的某种类型的话、可能做的某种类型的事"[③]。不过，非虚构是否就此等同于历史，却有待商榷。当人们将虚构作为小说指认时，与之相对的是现实；仅就字面理解，它的对立面又是真实。因此也就存在着两种真实，一种是实证主义的真实，一种是

---

① 阿乙：《情史失踪者》，译林出版社 2016 年版，第 100—101 页。

② 亚里士多德：《论诗》，《亚里士多德全集》第 9 卷，中国人民大学出版社 2016 年版，第 654 页。

③ 同上。

普遍性的真实。厘清这一点虽然不会根除我们的疑惑，但至少非虚构已不再能简单地同历史画上等号。那么，它与虚构的重合之处——普遍性的真实——具体所指又是什么呢？正如阿乙在复现了周琪源的一生之后所感知的，两人的命运各异源出于做出选择的偶然。他对周琪源灌注的共情，很难不让人想起弗罗斯特的那首《未走之路》：选择一条路，便意味着另一条路将永远不被踏上。[①]

　　无法回避的可能性是《模范青年》虚构的张力所在，但要将偶然擢升为"痛苦的艺术"，却需共情浇灌。指称"非虚构小说"是危险的，这种危险指的便是那有赖艺术去转渡与平复的共情匮乏。共情弥合了"对'上帝不要的人'的深刻同情"在作者笔下出现的断裂：《肥鸭》《虎狼》《对人世的怀念》与《虫蛀的外乡人》是同一时期的作品，《肥鸭》中作者对乡村图景的描述已然充满同情[②]，至于《虎狼》，阿乙也在结尾提到了旁观者的感伤："很多人说，我真想为这件事好好哭上一会儿。"[③] 但是在《虫蛀的外乡人》里，阿乙鲜明的冷峻色调又一次回归。可以说，充满同情是逃离者回看故乡时的变化，同情变得暧昧则是自由的寓言最终抵达的结论。共情之所以综合了两种无法相容的同情，只是因为共情建立在彻底认识的基础之上，既认识自我，也认识这个世界——诚如毛姆所言："作家更关心的是了解人性，而不是判断人性。"——作为一种同情的了解，容或复杂，却无判断。

---

① 弗罗斯特：《弗罗斯特集：诗全集、散文和戏剧作品》，理查德·普瓦里耶、马克·理查森编，辽宁教育出版社2002年版，第142—143页。

② "我记得我在瑞昌市生活时，总是能遇见这样的群党，有时她们还会抱着婴儿加入，她们三四个小时三四个小时地围拢在一起，用手遮挡着嘴巴畅谈。有时一天过去她们还在那儿。有时一年过去还在。有时六七十年过去，人都白发苍苍了，她们还在。这是她们的日课，是对荒凉生活的一种抵抗。"阿乙：《情史失踪者》，译林出版社2016年版，第10页。

③ 阿乙：《情史失踪者》，译林出版社2016年版，第168页。

（四）反身自顾的"非虚构小说"

在《作家的敌人》里，阿乙同样是以对跖的形式写下了两个人物的命运各异：一位是小说题词（来自爱伦·坡《辛格姆·鲍勃先生的文学生涯》里的一句话："靠已经获得的荣誉安度晚年"[①]）隐喻的已经功成名就的陈白驹，一位是正文部分转而写起的青年作家："年轻人就坐在那儿……"[②] 作者由此插叙了这个青年人为了杰作的诞生所度过的不健康生活。在正常时态里，他被介绍到一个文学界的饭局，此刻正等待着文坛中人的考核。对写作种种障碍的描绘直到"在接到打印稿的同时，绑架就开始了"[③] 这一句起，陈白驹才再次出场，并且回忆了先前他关于这位青年的印象："两年前，或者三年前，如果没记错，陈白驹是见过这年轻人的。"[④] 这个插叙有如缓冲，意味着他对青年人的看法并无改观。回忆结束之时，小说出现了一个居间题词："士别三日，即更刮目相待。——《三国志·吴志·吕蒙传》。"[⑤] 中断的讲述由此恢复："今天，情况有变。至少是陈白驹，像中弹一样，死在了对方的第一句话上。"[⑥] 然而就在陈白驹意识到这位青年作家的天才时，后者也随之死去，徒留陈白驹继续固守在自己的平庸中安度晚年。以上是小说的大致结构。两人的对跖关系无须赘言，我们已经看到作者是从两个互为敌对的角度完成叙事的：一方是沉默、太沉默的青年小说家，更像是一片沉默的影子，但至后文则峰回路转，这位缺席者的沉默倒更像是一种沉默的揶揄。[⑦]

---

① 阿乙：《情史失踪者》，译林出版社 2016 年版，第 73 页。

② 同上。

③ 同上，第 75 页。

④ 同上，第 79 页。

⑤ 同上，第 82 页。

⑥ 同上，第 83 页。

⑦ 同上，第 84—85 页。

更需提请读者注意的是：两个互为敌对的角度，毋宁是作者的两重"危险自我"——他是从这两个人的视域审视了自我的数种可能性：阿乙既将陈白驹看作未来可能发生的一重自我，也将那个年轻的写作者视为过去未曾发生的一重险境。

那位引人注目的文学青年在不到两年内于写作上发生的巨大改观，作者却并未明言这一转变何以发生。作为一个意外且重要的空白叙述，青年小说家代表了一种写作的可能性，《作家的敌人》也由此被归类于中心缺席的元小说。两相来看，陈白驹的角度之于文本的意义便不那么强烈，它更像是阿乙向自己提出的警告。置身陈白驹的视域，会看到一望无尽且毫无可能改变的日子：安于荣誉，代价就是在杀死写作的荣誉里安享晚年。将陈白驹与青年小说家的视域合而观之，正是作者之于新长篇写作的回顾、反思和期待。因此，作者看似置身事外，叙事仿佛水宁波平，文本之下却隐藏了他向前与向后看到暗礁时的股战心惊。这也是为什么同样是采用多角度刻画自身的其他几个文本，均不如这一篇令人印象深刻。同样，启用元小说的形式也有作者自身的考量：当故事不再取材一个实际发生的事件，而是围绕着某一抽象理念展开叙事时，其危险在于虚构的想象力将让位于知性的论证，也就是说冲突的双方总要被一个独一的为作者僭越的真理主体取代，这一真理主体即是 19 世纪的道德上帝：它声明、审判并且宣告人间的法则真理。因此，阿乙如此为之只是要抵消从那理念写起可能发生的危险。像制作出两张面具一样，他创出两个敌对的自我，以便取缔其中任何一种尝试着主宰文本声音的合法性。青年小说家日夜苦心孤诣从而葬送健康，陈白驹在当年同样经历此一险境，为此他及时地避开，同时也放弃了独创性的写作。这两者皆非楷模，却是勾画了一条在生活与写作之间摇摇欲坠的道路，一面是疾病对为想象的激情之火所环绕的写作抱有的敌意，一面是个体对自身寻求荣誉以证实的深深困惑。这便是阿乙在此试图描述的根本题旨。

（五）多向度的叙事与世间的偶然性

阿乙以《作家的敌人》向我们再现了生活与写作这一古老冲突。其中无论是疾病还是对荣誉的渴望，都是作家的敌人。作家对它们感同身受，因之警醒写下。与《忘川》类似，它同样是一篇反顾自身疑难的作品（疾病与虚荣是这一篇小说反顾的源头，《忘川》的源头则是遗忘）；而相仿于《模范青年》，它又是一个带有非虚构色彩的文本，不过是前者那里"我"和周琪源的对跖，变成了两重"危险自我"的对观。正因为此，《作家的敌人》还是一篇自我指涉的元小说。①《情史失踪者》这个集子中收录的所有小说都类乎此，它们一概与先前的作品出现了本质上的断裂，其原因则是自传与虚构的壁垒在"普遍的真实性"这一前提下被打破了。因此之故，作品内部也无一例外蕴藉着不同向度的叙事。如由《杨村的一则咒语》引出的《肥鸭》，两者表面上都是乡村的宿命叙事，究其根底，却是在表现现代性侵入乡村的现实。于是明处与暗处生成的文本在小说里又合为一篇。另一种蕴藉不同向度的作品，是看似单向度的侦探小说式叙事，作者在结尾埋藏了一个引线似的谜底；倘若读者会心于此，先前那坚不可摧的文本便立刻化作齑粉。这一系列的作品从

---

① 小说中的两个人物均来自作者的自我指涉：隐藏最深的不如说是小说结尾处陈白驹朗读的作品片段，是阿乙处女作《在流放地》的开篇；青年写作者的形象——"他姓甚名谁，陈白驹已忘了，只记得春卅说：'他也是位写小说的。'此语一出，一团火便在年轻人的脸上腾腾地燃烧起来。不是不是，年轻人嗫嚅着，痛苦地摇晃脑袋。也因此，陈白驹当场就判断他一篇小说也没发表出来。"——则是阿乙早些年时常描述的一个场景，在《鸟看见我了》的前言中，作者也有写道："有一次我参加酒局，碰到一个小有名气的作家，东家热情地介绍：'阿乙也是写小说的。'我脸臊得通红，觉得被出卖了。我不敢承认自己和对方从事的是一样的事业。"

《一九八八年和一辆雄狮摩托》起始，行经完成度堪称完美的《小人》，直至近年来的《永生之城》。技术意义上的技法是不重要的，对现代主义作家来说，重要的只是去重新刺激、把握乃至再造一种现实，而这就需要一种从属于想象力的目光。这三篇小说正是如此回应了那个问题：写作的本质不是技术，而是想象力。如同《作家的敌人》所使用的元小说结构显示了阿乙反身的本真自觉（而非将其中的自我指涉缩小为一项技术），《小人》的技法同样不在于悬念，它是将谜底由直陈融入故事，再用心理、行动、外在环境等自然的细节表达，最终"推翻人们的一切认识"，令潜伏于地面以下的罪孽在文本最后遽然现身。[1] 以此观之，这三篇小说关切的就是偶然性的主题。

偶然性还涵盖了作者此前的一些作品（《一九八三年》《黄昏我们吃红薯》《意外杀人事件》）。在《下面》中我们已经领略过这一点。恶童试图冒犯这个世界，冒犯的运作机制便是偶然：在他踏上作恶之旅后，恶童有意识地扮演起偶然性的祭司，这一点时常令他有权力的眩晕感："我是死神，拥有无限的权力，可以随时决定这些路人的生死，而倾向于相信世界在轨道上运行的他们，将很难理解这从天而降的既荒唐又绝望的事。"[2] 这种偶然性在事件的进展过程中的确占据上风，不过倘若细看，又会发现事态的根底在于时代过分帖耳于必然（它时刻不忘自己是逻辑的化身）。这一点为主人公所代表的偶然提供了作恶的可能。当后者一心想要摧毁傲慢的秩序时，只需要在任何贴近可能的地方拐向不可能，在所有符合事态想象的地方掐断人们的想象，准确地说，偶然性的胜利梦想全然在此一端：生产出一桩非逻辑的事件，以此静候社会这台巨大的阐释机器空转至冒烟。因此，这一切都不是在事实层面展开，它们发

---

① 阿乙：《阳光猛烈，万物显形》，北京十月文艺出版社 2015 年版，第 219 页。
② 阿乙：《下面，我该干些什么》，译林出版社 2019 年版，第 12 页。

生于动机之上。事实有赖证实与证伪因而百口莫辩，动机则完全可能在永恒的各执一词中行进下去。这个小说也不是关乎事实，它涉及的是动机、意义与解释。所谓冒犯，正是事件以偶然之名，对必然性的秩序逻辑制造麻烦，也就是拒绝解释。这是冒犯的全部运作机制。然而，恶童的偶然究竟是主观操控的偶然，如果此时此刻出现一个疯子，恰巧由他杀掉了那个正在为权力眩晕、准备作恶的青年，那么这个青年将同样无法理解发生在他身上的这一巧合。偶然总是人们无法立即解释的世间的漏洞。这也是为什么《意外杀人事件》（原名《劫数》）更为直观地呈现了偶然之为偶然的本质。①

　　《意外杀人事件》呈现的偶然性的纯粹，主要在于偶然的不可知。小说中的每一个人都有他丰富而详实的命运，命数也本不该绝（"这六名红乌人像齿轮一样继续着自己自弃、天真、惜命、追逐、空洞、欢喜的生活。"②），却是从求知巷、明埋巷、青龙巷、白虎巷、朱雀巷、玄武巷一一走出，走到了横贯红乌镇东西两向的主干道建设中路时，遇到亡命之徒李继锡。这六个人里没有任何一人知道他们将殊途同归于此，但这就是偶然的纯粹。《意外杀人事件》中的李继锡便是《下面》里的那个恶童，不同的是前者只是小说里一个不起眼的角色，他沉默而绝望，又突兀地搅动了红乌镇人一潭死水的

<hr>

① 在《选择》一文，作者谈到了这种纯粹的偶然，他说："一切致命之事起于偶然。当我们用碎瓷片将一只蚂蚁赶到远方，它就从此习惯生活在远方。每个人在他一生中都会发出至少一次惊叹，要不是没带伞，或者要不是走错一条道路，要不是在那时听从了某个并不重要的邀约，要不是这样，我们就不会相遇，就不会相爱或者成仇。我们像是大师，每天都与大量陌生人发生偶然的遇见，我们极为有手艺地遴选出必然的那一位。我们只会对一个人、一件事发生惊叹，对大多数同样是奇迹的遇见，却视之为垃圾。我们从浩瀚大洋里挑出一颗水珠，然后将剩余的海像洗脚水一样泼掉。"阿乙：《阳光猛烈，万物显形》，北京十月文艺出版社 2015 年版，第 322 页。

② 阿乙：《阳光猛烈，万物显形》，北京十月文艺出版社 2015 年版，第 212—213 页。

生活；这篇小说的主要人物是商人赵法才、妓女金琴花、黑社会狼狗、县委办干部艾国柱、情痴于学毅和傻子小瞿；通过作者的自述我们得知，《意外杀人事件》仍然是一篇反身自顾的"非虚构小说"。这六个死去的人物都被阿乙打上了从自己身上找到的六种性格特点。[①] 只不过这时的作者对他们（或自己）还谈不上同情，也缺乏什么深刻的认识——认识是逃离与自由之路自我展开的结论。某种程度上，虽然《极端年月》是阿乙创作的源头，但我以为《意外杀人事件》才是那个关键枢纽。小说里的干部艾国柱彼时正在策划着他的逃离，无论是失意者何水清还是他的家人，也都在用各种方式来扭转他强烈的出走意向，终是无果。最终将艾国柱决意奔赴城市的行动扼杀于襁褓的，是李继锡所象征的偶然。但让我们就此停下，设想另一种可能——当"艾国柱"如其所愿地从红乌镇中逃脱——那么接下来的情形恐怕就是城市的寓言；城市的寓言之后，是自由的寓言。历史的循环。

在多数可称之为学问的事业中，经历了前期自我证明的激情之后，人们总应当找到一种激情的替代物。在我看来，阿乙找到的便是对写作的不断开拓。他曾将作家的使命理解为：通过写作，给笔下的人物一个定义，进而给一代人留下一种精神上的印证。[②] 这三种寓言完成之后——城市的寓言、自由的寓言、回指于自身的寓

---

① "我看重《意外杀人事件》，那个写得很久，背景是县城。我在县城活了很久。我想挣脱它。我已经挣脱它，但我觉得自己还是没有挣脱。那篇小说里的六个死者都是我自己，是我将自己拆开为六个人，他们的性格是我的性格。我懦弱、现实、虚荣、单纯、理想主义、简单，有时候怕死。我将他们都杀死了，祭奠我在县城里像井蛙一样的时光。"凤凰网读书频道阿乙访谈，《他将曾经的自己——杀在小说里》，http://book.ifeng.com/shupingzhoukan/special/duyao33/shuping/detail_2011_02/14/4663665_0.shtml。

② 阿乙、傅小平：《阿乙：写小说就是给人下定义》，《文学报》2016年10月27日。

言——我觉得他也抵达了自己设立的价值标杆。此时此刻，面对亨利·菲尔丁的那句话："这里替读者准备下的食品不是别的，乃是人性。"[①] 阿乙当无愧怍。

---

① 亨利·菲尔丁：《弃儿汤姆·琼斯的历史》，人民文学出版社 1984 年版，第 10 页。

附 录

反乌托邦小说的叙述伦理

一

关于乌托邦，奥威尔的描述与经历过（或正在经历）这一生活的读者恰好同步。此外无论是"反乌托邦三部曲"的另外两部：扎米亚京的《我们》、赫胥黎的《美丽新世界》，还是艾拉·莱文的《这完美的一天》、瑞典女作家妮妮·霍克维斯的《单位》，乃至休·豪伊的《羊毛战记》，他们在书中关于社会的想象同《一九八四》相比都不免有些过火，且无一例外地将目光转向将来：一个暴力机构岌岌可危或根本不复存在的现代社会。乔治·奥威尔在 1948 年发出的警告在半个世纪以内全部应验，温斯顿先生的心理活动，他的一言一行，包括结局的凄惨，都既在读者想象之外，也在读者认识之中。人们未必没有意识到科技发展、效率至上带来的危害，然而感同身受最强烈的到底还是那个逝去的年代，而不是同样已经到来、甚或还在路上的某个博爱到丧失理智的时代。这个道理，也许就是感受的顺序和它的滞后性。写者看得更远，我们却无法看到更多。后知后觉的读者与"先验"的作者之间横亘着时间的屏障，于是人们更乐于接受对已经实现了的乌托邦进行的描述——尽管《一九八四》同样是一种预言，但《一九八四》的预言已经终结。

奥威尔写了《一九八四》之后，传统的威权政治已不再是反乌托邦小说关注的对象，甚至可以说在此之前，有的作者已经把目光投向了政治以后的事，如扎米亚京。以上列举小说，扎米亚京的《我们》创作时间最早（1921），并且直接影响到三部曲中另外两本小说的写作。奥威尔在 1946 年曾为扎米亚京的这本书写过一篇评论，在其中他提到《我们》与《美丽新世界》之间"存在一种惊人的相似"，即国家将人民的自由悉数剥夺，但与此同时也让人民重新享受到他们的先祖被赶出伊甸园前曾经有过的幸福。在这部由四十篇日记组成的小说里，男主人公开篇即在日记写道："如果他们无法理解我们带给他们的数字般准确的幸福，我们有责任强制他们成为幸福者。"① 他进而指出："人的自由等于零，那么他就不会去犯罪。这是很明白的。要使人不去犯罪，惟一的办法，就是把人从自由中解放出来"②；"上帝曾经让天堂里那两位作出自己的选择：或者选择没有自由的幸福，或者选择没有幸福的自由，第三种选择是没有的。他们这两个傻瓜选择了自由"③。自由与幸福被设定为一对二律背反，但对最高意志而言，幸福则成了一种强制的效忠方式。

《我们》一书的国家暴力机器从"一九八四"里繁冗严密的机构简化为大恩主，大恩主是力量的化身，辅佐有护卫局和卫生局。例如男主人公便"把护卫局人员比喻为古人曾幻想过的天使。古人许多美好的憧憬，今天在我们生活中，已经变成了现实"④。此外，这个故事里的每一个人都没有自己的名字，他们生下来即以数字命名，主人公是一个代号 D-503 的成年男子，他的反叛则源于对另一个陌生女人 I-330 的爱慕。扎米亚京的写作虽不像奥威尔那样富有戏剧性的抱负，但当他在革命与爱情的古老冲突里让主人公"出轨"时，D-503 也就远比仅仅出于认识而反叛的温斯顿、仅仅因为孵化时多

---

① 扎米亚京：《我们》，作家出版社 1998 年版，第 3 页。
② 同上，第 36 页。
③ 同上，第 60 页。
④ 同上，第 65 页。

放了酒精的伯纳，更富有人情味。

激烈的肉身渴望使 D-503 不必费太多周章就能对周身环境产生怀疑——"我紧紧吸附在她身上，就像铁块和磁石一般必然，我甜蜜地陶醉了，听凭不可抗拒的必然规律的支配。没有粉红的票子，不必计算时间，不再存在大一统王国，我已化为乌有。只有两排紧如列贝温情脉脉的利齿和望着我的、睁得大大的金光闪烁的眼睛——我往这双眼睛里慢慢地、愈来愈深地走进去"①。可是不难理解，他想要的只是爱情的自由，而非人性的自由；性是他人性觉醒的诱因，却无法担保一种真正的人性觉悟。正因为此，归之于爱情的反叛注定了他要为自己的觉醒付出远比温斯顿或野蛮人约翰更多的代价。D-503 徒劳无功地在政治顺从与爱情反叛之间寻一个落脚点，结果是，"两列逻辑火车相撞了，撞了个正着，车身断裂，发出轰响，全毁了……"②。书中写他在历经幻灭之后悲恸地俯在大地，渴望有一个能够向其倾诉自己痛苦的母亲，这大概是回归种子的冲动。爱情激发了他的人性，但没有拯救他的人性；反过来说，除非他真正想要自由，否则他将永远不会拥有自由。

俄国革命前后有过两次牢狱经历的扎米亚京注定是一个悲观者，正如他拒绝给作品一个光明的尾巴。相比之下，像莱文那样让主人公炸掉统一电脑，似乎就更属于一种"虚构"。《我们》的结尾是，国家为了维持社会秩序的稳定，决定为每一个拥有自我意识的人进行改造——通过 X 射线对瓦罗里桥部位一个不起眼的脑部神经结做三次烧灼手术，以此切除幻想。"幻想是蠢虫，它们会在你们的额头啃啮出一道道黑色的皱纹。幻想是狂热，它撺着你们向远方不停地奔跑。其实这'远方'正始于幸福的终点。幻想是通向幸福之

---

① 扎米亚京：《我们》，作家出版社 1998 年版，第 72 页。
② 同上，第 176 页。

245

途的最后路障。"① 男主人公最终主动接受了手术，在高呼理性必胜的荒诞中踉跄走下舞台。

奥威尔从政治伦理的角度指出了扎米亚京小说中的政权难以持久："目的不是经济剥削，但动机似乎也不是威吓和支配的欲望。没有权力欲，没有虐待狂，没有任何种类的铁石心肠。在上层的人并没有留在顶层的强烈动机，尽管大家都是傻乎乎地快活的，生活却变得没有什么意义，使人很难相信这样一种社会是能够维持下去的。"② 而他正是在阅读了《我们》之后才决定用前者作为自己下一部小说的模型。可是，奥威尔的借鉴并非延续《我们》的叙述伦理，他似乎更倾向于将扎米亚京的叙述起点向前推动，在反乌托邦的现实源头，基于人的视野展开讲述。如前所述，"反乌托邦三部曲"的隐含时间并不来自它们创作时间的先后：恰恰是写得最晚的《一九八四》离现代人的处境最近——暴力机构依然是维持国家运转的支柱，人与人之间互不信任——而扎米亚京的开山之作，则要推到《一九八四》之后，它是介于"一九八四"与"美丽新世界"之间的政治寓言。《美丽新世界》则是三部曲内可以预料的最坏结局。

《一九八四》写的是现代社会，其余的几部一概涉及将来（不顾后果的科技发展在苏联解体后的确成了全人类共同面临的灾难前景）。温斯顿所处的那个世界还存在恐惧，还时有战争，还频发告密，是显而易见的冷酷无情，待到伯纳与野蛮人约翰的新世界，恐惧与战争都已消失殆尽。在温斯顿的世界，社会结构由仇恨稳固，人与人之间缺乏正常的交流，然而在伯纳与野蛮人约翰的新世界，尽管仍有告密，彼时的告密已经是一种新型的交流，它被人们称为

---

① 扎米亚京：《我们》，作家出版社1998年版，第170—171页。

② 奥威尔：《评札米亚金的〈我们〉》，《奥威尔文集》，中央编译出版社2010年版，第536页。

帮助,人们也真诚地相信他们告发别人是出于自身友好博爱的胸怀。因此,《美丽新世界》中连切除神经的暴力机构也不复存在,维持社会稳定的主体变成群众。当人人眼含热泪,微笑着将一二"病人"告发时(连告发都很少了,而是真诚地劝你服上半片"梭麻"),我们大约就看到了一个乌托邦的终极之境。

《美丽新世界》无疑是"科技治国论下的乌托邦"典型,此时的个人利益已被取消,大家都为了"爱"而生活。在《这完美的一天》中,艾拉·莱文也借着奇普之口道出了问题所在:"我们没有毛病,我们是身心健康的人。真正有毛病的是这个世界——在用化学制剂、用工作效率、用温顺恭敬、用助人为乐之类的谎言毒害着我们呢。"如果人类的历史就是一部主体征服客体的历史,而在这样的历史中人类早已战胜一切,那么奇普指出的这些问题就会是一种暧昧的软性价值,它们更像"无物之阵",也就更难被人们所克服。赫胥黎在小说末尾策划了野蛮人约翰的出走——即抛弃"舒适"权利之后的事情——由于不堪忍受各路记者前来采访自己,他选择在隐居的灯塔上吊死。作者由此进一步透露出那个时代之后个体存在的真相:脱离集体、拒绝享受便意味着死亡。人们在"美丽新世界"比在"一九八四"的世界丧失得更多,多到已然丧失抗拒幸福的权力。在野蛮人约翰与总统的对话后,这个结局恐怕并非赘笔,阿道司·赫胥黎只想给那些耽于宏大叙事的读者带来一次更大的幻灭。

二

"反乌托邦三部曲"中大体存在一套相似的叙述伦理,读者往往可以从小说的大他者那里归纳出几条显而易见的特色:

（一）感性是恶的

"党告诉你不要相信自己耳朵听到的以及眼睛看到的，这是他们最主要、最基本的命令。"（《一九八四》）[①]

"理性必胜。"（《我们》）[②]

"在一切形势下道德教育都是不可能诉诸理智的。"（《美丽新世界》）[③]

（二）销毁或篡改历史

"自然，所有光荣都归于受害者，所有的耻辱都归于把他们烧死的人。到后来，20世纪出现了所谓的极权主义者。他们是德国纳粹和俄国的共产党。俄国人对异端的迫害比宗教裁判所还要残酷。他们想象自己已经从过去的失误中吸取了教训，至少知道不能制造烈士。"（《一九八四》）[④]

"大一统王国的历史学家正申请退休，他们不愿来记述这类不光彩的事件。"（《我们》）[⑤]

梭麻，自我麻醉（《美丽新世界》）

（三）方式

极端的暴力手段（《一九八四》）

极端的逻辑思维（《我们》）

机器孵化，条件设置（《美丽新世界》）

赫茨勒说："除傅立叶之外，别的乌托邦思想家都不认识人的

---

① 奥威尔：《一九八四》，译林出版社2010年版，第66页。
② 扎米亚京：《我们》，作家出版社1998年版，第223页。
③ 赫胥黎：《美丽新世界》，漓江出版社2005年版，第26页。
④ 奥威尔：《一九八四》，译林出版社2010年版，第191页。
⑤ 扎米亚京：《我们》，作家出版社1998年版，第170页。

本性与社会生活中由这些本性发展起来的社会力量的重要性。他们只考虑人应当是什么样和应当需要什么。"① 反乌托邦小说中描述的那些社会，多半将个人本性与情感反应排斥在正当范围之外，而反复言说的是诉诸理性。不过，大他者话语教导的诉诸理性，既不是艺术理性，也不是认知理性，而是道德理性。由于种种禁忌，理性已被缩减为僵化的善恶对立，并且它不再是让人们思考善恶，而是让人们通过教育来指认一种被规定的善恶。说来反乌托邦小说"反"的并非理性，而是禁绝思想的命令，是反对乌托邦思想家那个自命绝对正确的"应当"——人应当是什么以及人应当需要什么。在理性的三个子项中，认知理性恰恰是小说最为推崇的美德，假使那是真正的认知理性。

近代思潮中颇为显著的一点即是理性与非理性的此起彼伏。二者的关系实际上等同于真与假的辩证，可以说理性与真都不具备终极价值。之于理性的狂信亦是非理性，与"真的假"如出一辙。自苏格拉底提出"知识使灵魂尽可能善，而恶行则源于无知"之后，柏拉图又将自己老师的理论推到极致，生成了排斥肉体的理性精神。由此出发，哲学便开始了长达几千年的将一切诉诸理性、同时贬低感性的颓废之旅。后来，经由启蒙时代学者设计，理性被正式规定为现代社会的精神内核，依靠它可以使社会由农业文明准确地衔入工业文明。但同时这一套设计也带来了精神上的诸种危机。一言以蔽之，理性对世界的把握是抽象与局限的，也可以说是一厢情愿的。正如康德所言，这个工具的可靠性远没有那么乐观。这就是人们越过漫长的几个世纪才得以认识到的理性的虚妄。因此，理性的一方面是脆弱与不可靠，另一方面则是人类日渐感受到的理性之可怖。奥威尔笔下的温斯顿就道出了这种对道德理性的怀疑：

---

① 转引自赵一凡等：《西方文论关键词》，外语教学与研究出版社 2006 年版，第617 页。

党所做的最坏之事，是说服人们仅靠冲动或感情解决不了任何问题，而同时让你在现实世界上变得彻底软弱无力。一旦落入党的手里，你感觉到什么或者没感觉到什么，你做了或者控制住没做什么，那都完全无关紧要。不管发生什么事，你是消失得无影无踪了，你和你的行为从此湮没无闻，你被不留痕迹地从历史河流中清除掉。然而对仅仅两代之前的人来说，这点似乎并非很重要，因为他们无意篡改历史，他们遵从的，是个人之间的忠诚，从来不会对之怀疑。重要的是个人之间的关系，一个完全徒劳的动作、一个拥抱、一滴眼泪、向垂死之人所说的一句话等等，都具有自身的价值。[①]

是的，这些无足轻重的人间情感与人性冲动也具有它自身的价值。所以"我想出去"这句话在刻画了144层地堡的《羊毛战记》中是一个禁区。倘若有人公开说出，他就会被立刻送出地堡。可事情的结局依然落实在一个个出逃者的反叛上。这恐怕正是赫茨勒所说"别的乌托邦思想家都不认识人的本性与社会生活中由这些本性发展起来的社会力量的重要性"。人的本性自由，终竟不可遏制。社会的压制只会让人性中积聚的力量化为一股推动社会变革的洪流。此老生常谈，或不必赘言，不过，《羊毛战记》虽然在以上所举书中写得最晚，却仍是《一九八四》的写法，这就不能不让读者感到遗憾。晚近以来，反乌托邦的小说创作面向也许首先就是对现实的贴近：它既要合乎这一系列的叙述伦理，也要对此有所突破。因为前辈作家已将路数写绝，历史的发展又在兑现或"做旧"他们的预言，

---

① 奥威尔：《一九八四》，译林出版社 2010 年版，第 126—127 页。

如何让这一"亚文类"写出现实的可能性，并且超出读者的想象力，正是这一批作家面临的严峻考验。

《羊毛战记》不尽理想（或者还有更多的《羊毛战记》正在被制造出来），但瑞典女作家妮妮·霍克维斯的《单位》却是晚近以来反乌托邦小说的翘楚。同样是写后极权时代的可能，《单位》已然涉及了一个更加现实的问题，即西方福利社会下个体的存在处境。小说的场景大部分被置于一个封闭空间，亦即书名"单位"所在。故事开篇之后，五十岁的主人公多丽特立刻被送往"单位"，这一点也引出了小说的叙事前提——凡年满五十岁的女性和年满六十岁的男性，若单身、没有子女、没有为社会做出重大贡献，就会被定义为"无效用人"，被政府强制送往"单位"，享受舒适的生活环境和无微不至的照顾。代价是接受全方位的监控，参与各项医学实验，无条件地捐献器官以延续外面世界中"有效用人"的生命，直至身体的重要器官被逐项"清空"。"单位"是封闭的，封闭是反乌托邦小说的一贯特色，但这本书着力强调（虽不免有些夸张）的又是作为福利社会普遍存在的器官捐赠。主人公多丽特甫入单位，曾愤怒于这套社会规则，咨询她的心理医生阿诺尔德。两人就存在的意义针锋相对。尽管如此，她还是慢慢接受了"单位"的运转规则，这也是此书与其他反乌托邦小说的又一不同，也因此故事始终在凝重而令人绝望的气氛下展开。

在这个封闭的世界，多丽特遇到了她的爱人、朋友，乃至生下一个女儿。虽然小说接近尾声时多丽特被好心人施救，得以逃离"单位"，但她又为了对朋友的承诺再次归来。相比《美丽新世界》是可能预料的最坏结局，妮妮·霍克维斯的小说无疑要更贴近日常生活的叙事，但我们觉得亲切，又不过是感同身受、可以想象的悚然。关于《单位》的这个特色，还可以再举一例。多丽特曾问男友约翰内斯："你觉得我们在这里写的那些违背主流观念，或是触及政治禁区的作品，会有什么样的遭遇？会被销毁吗？"约翰内斯对此持否定态度，他说："一方面是因为，我们生活在民主社会，而言论自由是民主社会的一大根基——如果没有言论自由，这个社会就会崩溃。因此，因为所表达的主题与社会行为准则和价值观念不符，就销毁文学或是艺术作品，这是不可想象的。所以即使是让政府厌恶的作品也会保存归档。"[1] 主人公对于"单位"不予反抗有很多因素，性别是其一，"单位"这个世界与我们现实世界有着极大相似也是其一。多丽特像是在接受着这个世界运转规律一般接受着自身的沦丧。当一切都符合常理，也就表明了这个世界最为深刻的异化，而悲哀的是作为读者的我们也失去了异议的反应机制。此刻再回过头来看主人公最后重返"单位"，恐怕就有着更深的悲凉体会。

三

乌托邦作为一种思想诞生之初，始终没有逾越理想的界限，归根结底还是人类关于美好社会的一份期盼，而等到乌托邦实现之后，这个词也就成了对其本义的一个戏仿。在我看来，反乌托邦的思想家或作家，与其说他们反对乌托邦，还不如说他们反对一种实现乌托邦的思想；正因为此，他们的所作所为不是在重蹈乌托邦思想家的覆辙，而是将目光从整全的社会一统转移到个别的无法被归类的人性之上。某种意义上，这也是唐·德里罗《地下世界》的叙述起点，他关注的是在现代社会正在变成它自身对立面的、无法发现本真自我、生活也丧失现实性的个体，于是就有了同一时间内——上承 50 年代（1951 年秋），下启 90 年代（1992 年春夏）——的两种历史：第一种历史是诸如 1951 年的世界职业棒球锦标赛、1963 年

---

① 妮妮·霍克维斯：《单位》，湖南人民出版社 2013 年版，第 100—101 页。

的美国总统肯尼迪遇刺、1969年"阿波罗"11号飞船登月等"显性的历史",第二种历史是与之平行且下沉到日常生活中的"隐性的历史"。

德里罗,以及我们所在的时代大概已不再需要预言,或者换个说法,历史的加速度让一切预言都失去效力,也让一切抵抗都失去意义。因此,《地下世界》就属于这样一种反乌托邦小说,它更像是对福克纳在《修女安魂曲》中那句名言的实践:"The past is never dead. It's not even past."通过将目光投向过去以及正在变成过去的此刻,人们艰难地理解着尽管已难以索解含义的眼下现实。

重审《作者之死》

一、作者

"一件事一经叙述，……那么，这种脱离就会产生，声音就会失去其起因。"[1] 这句话里显然存在着双重运动：一种运动是叙述，另一种运动是脱离。两种运动伴随着发生了：一旦某件事情开始被讲述，它也就开始同叙述者本身的意图相脱离，而"作者就会步入他自己的死亡"。这份来自巴特的判决，毋宁是在提醒我们两件事：首先，"作者之死"是对文学研究领域"意图"的驱逐；其次，"作者之死"是一个恒定发生却未经查明的事件，巴特所要做的就是将这一点揭开给我们看。这篇刊于 1968 年《占卜术》杂志的文章介于巴特的两部作品——1966 年的《叙事结构分析导论》与 1973 年的《文之悦》——之间，并且在此间画上斜杠。倾斜标志着作者本人研究重心的偏移。让我们注意这段开场白的最后一句："……写作也就开始了。"此刻尚难以察觉这是一种怎样的写作，但能够确定这种写作不再是"一件事一经叙述"之前的写作："作者之死"后发生的写作也不再是作者的写作。这种开始了的写作以作者的死亡为起点。

位于这段开场白下面的一段，有一处不起眼的讯息："尽管作

---

[1] 罗兰·巴尔特：《罗兰·巴尔特随笔选》，百花文艺出版社 2005 年版，第 294—305 页。此文在《罗兰·巴尔特随笔选》中译作《作者的死亡》。

者的王国仍十分强大（新批评仅仅通常是加强这种王国），不言而喻，某些作家长期以来已试图动摇这个王国。"括号里增添的话并非虚笔。至于何为"作者的王国"，是巴特在上一段中解释的事情："在人种志社会里，叙事从来都不是由哪个人来承担的，而是由一位中介者——萨满或讲述人来承担，因此，必要时，人们可以欣赏'成就'（即对叙述规则的掌握能力），而从来都不能欣赏'天才'"；通过区分过去的作者与近现代作者的差异，巴特指出近现代作者身上闪耀的天才光环，不过是一种资本主义意识形态的产物：现代作者则"是一位近现代人物，是由我们的社会所产生的，当时的情况是，我们的社会在与英格兰的经验主义、法国的理性主义和个人对改革的信仰一起脱离中世纪时，发现了个人的魅力，或者像有人更郑重地说的那样，发现了'人性的人'。因此，在文学方面，作为资本主义意识形态的概括与结果的实证主义赋予作者'本人'以最大的关注，是合乎逻辑的"。

实证主义落实在文学批评①，即是普鲁斯特在《驳圣伯夫》一书

---

① 参看罗兰·巴尔特：《两种批评》，《写作的零度》，中国人民大学出版社2008年版，第297—298页。"我们可以称这种批评为意识形态批评，以此对立于第一种批评——大学批评，它拒绝任何意识形态，并且只依仗一种客观的方法。……但这却是两种意识形态的真实竞争，就像马内姆指出的那样，实证主义实际上也是像其他意识形态一样有着的意识形态……它让人至少在两点上非常清楚地看到了它的意识形态本质。首先，在故意地将其研究工作局限于作品的'情况'的时候，实证主义批评对文学实行着一种完全不公正的观念。因为拒绝过问文学的存在，那便同时使人相信这样的观念，即这种存在是永恒的——或者如果愿意的话——是自然的，简言之，就是使人相信文学是不言自明的观念。然而，何谓文学？人们为什么要写作呢？拉辛难道与普鲁斯特是为了同样的理由而写作吗？不向自己提出这些问题，便是回答了这些问题，因为这是在采用有关常识的传统观念（这种观念不必是历史的观念），即作家写作仅仅是为了自我表达，即文学的存在就在于对感觉和激情的'翻译'。……其次，大学批评很清楚地让人看到了意识形态对它的介入，这便是我们可以称之为类比假设的东西。我们知道，这种批评的工（转下页）

中与之针锋相对的"传记式批评",资本主义意识形态复又强化了这种关注,将萨满身上的通灵气息转喻为写作的天才迷狂,如此一来:"文学批评(就)在于说明,波德莱尔的作品是波德莱尔这个人的失败记录,凡·高的作品是他的疯狂的记录,柴可夫斯基的作品是其堕落的记录。"结构主义时期的巴特不会认同这种批评模式,这一时期他的批评思想可以参看《米什莱》《论拉辛》等书的二元对立式的主题论写法,即通过对全部拉辛剧作的囊括、分类,再现拉辛本人的深层思想结构。两年之后,雷蒙·皮卡尔针对这部论著提出批评,在《新批评还是新骗局》里他指出"新批评"存在自相矛盾之处:"新批评学派主张向作品回归,可它回归的不是文学作品……而是作家的全部生活经历。新批评学派自命为'结构主义',可它追求的不是文学结构,而是心理结构、社会逻辑结构、形而上的结构,等等。"[①]在皮卡尔眼中,"新批评"之新,是它用作家内心的思想结构(无意识)取代了作家创作的意图(意识)或作家的生平记录。可是,思想结构仍然是一种意图模式,"新批评"未能如其所说的那样向着作品本身回归——无意识中保留了作者的位置。

1966 年,巴特以《批评与真理》回应了皮卡尔的诘难,这一年也是德里达在霍普金斯大学发表著名演讲《人文科学话语中的结构、符号和游戏》的年份,后者一般被认为是结构主义向后结构主义过渡的节点。《批评与真理》是《作者之死》的先声,其中巴特没有简

(接上页)作主要是由寻找'起因'来构成的。因此,它总是涉及使被研究的作品与某种其他的东西即文学的一种他处建立联系。这种他处可以是(先前的)另外一部作品,可以是一种生平情况,或这是作者真实体验过并且在其作品中'表露出'(即总在表达)的一种'激情'。这种联系的第二个时期,比起其本质来说并不那么重要,这种本质在整个客观批评中是一直存在的。这种联系总是类比性的;它包含着这样的新年,即写作,从来都只是重现、复制、获得灵感等,在模式与作品之间存在的区别,总是归因于'天才'所致。"

① 转引自安托万·孔帕尼翁:《理论的幽灵:文学与常识》,南京大学出版社2017 年版,第 58 页。

单地维护《论拉辛》的主题批评色彩，反倒是以更激进的转向——用语言置换作者——超越了他与皮卡尔论战的基础，即何为意图的问题。《作者之死》一文括号里的那句话"新批评仅仅通常是加强这种王国"，即显示了处在向后结构主义转型时期的巴特对作者／意图问题的超越。尽管如此，1968 年的这篇文章还是透露了巴特的矛盾（他的激越与谨慎始终混杂在一起），例如：将语言放在作者曾在的那一位置，此前并非无人言及，但他还是不厌其烦地带领我们回顾了摆脱作者历史的五个阶段：第一，马拉美（"是马拉美首先充分地看到和预见到，有必要用言语活动本身取代直到当时一直被认为是言语活动主人的人"）；第二，瓦莱里；第三，普鲁斯特（他有意混淆了叙述者与作家的关系[1]）；第四，超现实主义（自动写作取消了作者形象的神圣性）；第五，语言学（"言语活动认识'主语'，而不认识'个人'"）。

二、文本与读者

至此，巴特才顾虑重重地提出了用语言置换作者（用言语活动的主语代替作为言说者的个人）这一几经被历史湮没的构想。重提这一构想不单是复古，即肇始于福楼拜的对作者声音严格控制（客观显示而非主观讲叙）的现代写作潮流，也不完全是对现代理论中语言学转向的呼应，诚如格非所说："早在巴特发表《作者之死》之前相当长的历史时段中，作者作为写作的主体，已经遭受到前所未

---

[1] "他不使叙述者变成曾见过、曾感觉过的人，也不使之变成正在写作的人，而是使之成为即将写作的人（小说中的年青人，他到底多大年纪？而且他到底是谁呢？他想写，但又不能写，可是在写作最后成为可能的时候，小说也结束了），普鲁斯特赋予了现代写作以辉煌的业绩：他不把自己的生活放入小说之中，而是彻底颠倒，正像人们常说的那样，他把自己的生活经历变成了一种创作，而他的书则成了这种创作的样板。"罗兰·巴尔特：《作者的死亡》，《罗兰·巴尔特随笔选》，百花文艺出版社 2005 年版，第 296—297 页。

有的致命打击。巴特只不过是一个迟到的牧师，他匆匆赶来严肃地宣布这一消息。"① 如果说这是一次策略性行动，巴特的目的之一也许就在于证实他的同代人如格里耶等作家所开拓的那种缺乏起因的写作的合法性："疏远作者不仅仅是一种历史事实或一种写作行为：它还彻底地改变现代文本"，这一点也十分类似于他在《写作的零度》中对古典写作与现代写作的界定。② 如是塑造的不再是整全独立的作品而是由各种能指的引线、文化的符码编织的文本："一个文本不是由从神学角度上讲可以抽出单一意思的一行字组成的，而是由一个多维空间组成的，在这个空间中，多种写作相互结合，相互争执，但没有一种是原始写作。"

目的之二，是为了打造一种与"新小说"相匹配的"新批评"。既往的新批评所以受到皮卡尔指责，归根结底还是它所强调的深层思想结构里有作者影子的低回："赋予文本一位作者，便是强加给文本一种卡槽，这是上一个所指的能力，这是在关闭写作。这种概念很适合于文学批评，批评以在作品中发现作者（或其替代用语：社会，历史，心理，自由）为己重任：作者一被发现，文本一被'说明'，批评家就成功了。"巴特在此试图重建"新批评"的合法性，就在于用"作者之死"去成全多义性的"文本"概念，凭借着这一概念，"新批评"得以完成回归作品本身的未竟之功（只有当作品

---

① 格非：《文学的邀约》，上海文艺出版社 2016 年版，第 165—166 页。

② "所谓思想和语言之间的关系正好相反。在古典艺术中，一种充分形成的思想产生着一种言语，后者'表达着'、'转译着'思想。……现代诗中则正相反，字词产生了一种形式的连续性，从中逐渐滋生出一种如无字词就不可能出现的、思想的或情感的内涵。因此言语就是一种包含着更富精神性构思的时间，在其中'思想'通过偶然出现的字词而逐渐形成和确立。在言语的偶然行为中坠落下了成熟的意义果实。因此这种言语偶然性以一种诗的时间为前提，诗的时间不再是一种'虚构'的时间，而是一种可能的历险的时间，即一个记号和一种意图的交遇。"巴特：《写作的零度》，中国人民大学出版社 2008 年版，第 28—29 页。

被指认为多义性 / 互文性的文本时，向着作品回归的批评才是可能的）。但这个时候批评也就不再执着于对"潜藏"于作品中的永恒真理的发现，而是开始对构成文本的多种引线加以描述，对文本建构这一变动不居的过程予以观察。[①] 诠释是建构性的，描述则是与之相对的解构行为，它不再等同于《论拉辛》中深度模式的透析。在此有必要特别强调一点，解构理论的真正实操，还要等到两年之后的《S/Z》一书，写作《作者之死》时期的巴特还没有完全放弃结构主义的"科学梦想"。

《S/Z》是巴特关于小说《萨拉辛》所做的研讨课记录。书中他进一步地用单义性的可读与多义性的可写强化了作品与文本的差

① 参看罗兰·巴尔特：《何谓批评》，《文艺批评文集》，中国人民大学出版社2010年版，第306—308页。"因为，如果批评仅仅是一种元语言活动的话，那么，这就意味着它的任务根本不是发现'真实性'，而仅仅是发现'有效性'。一种言语活动自身不是真的或假的，只能说它是有效的或不是有效的。有效的，也就是说能构成一种严密一致的符号系统。使文学言语活动得以固定的规则，并不关系到这种言语活动与真实的适应性（无论现实主义流派的意愿是什么），而仅仅关系到它对作者确定的符号系统的服从。批评不需要去说普鲁斯特是否在说'真话'，夏吕斯男爵是否就是孟德斯鸠伯爵，弗朗索瓦兹是否就是塞莱斯特，或者甚至更一般地说，他所描写的社会是否准确地在19世纪末产生淘汰贵族的历史条件。他的角色仅仅是制定一种言语活动，而这种言语活动的严密一致性、逻辑性和笼统地讲系统性，可以汇总或更应该说是'包括'尽可能大的数量的普鲁斯特的言语活动。这完全像一种逻辑方程式检验一种推理的有效性，而不需要对这种推理所动员的证据的'真实性'做出判断。我们可以说，批评的任务（这是其普遍性的唯一保障）纯粹是形式的：它不是在被观察的作品或作者那里'发现'到这时可能还没有被看到的某种被掩藏的、'深刻的'、'秘密的'东西（这是多么令人不解呀！我们比我们的前辈更有洞察力吗？），而是像一位很好的细木工匠'精巧地摸索着将一件复杂的家具的两个部件榫接起来那样，仅仅在于使其所处时代（存在主义、马克思主义、精神分析学）赋予他的言语活动适合于作者根据其所处时代而制定的言语活动，也就是说适合于逻辑制约的形式系统。……如果存在批评'证据'的话，那么这种证据则取决于一种态度，这种态度不需要发现被思考的作品，相反需要通过自己的言语活动尽可能完全地覆盖作品。"

异。^① 让我们回想《作者之死》中那个稍显突兀的三段论："（1）一件事一经叙述……（2）作者就会步入他自己的死亡……（3）写作也就开始了。"也许现在我们就能了解：以作者死亡为起始的写作，实际上就是可写文本的自我生产（重写）。这也是为什么与其将《S/Z》视作一份关于《萨拉辛》的"研讨课记录"，还不如将它看作是对这个中篇小说的仿写：当巴特试图以文本的蛛丝马迹为线索展开描述时，描述已经是一种写作活动。此外，还要避免可读/可写、作品/文本这两对概念的泛滥，如凯瑟琳·贝尔西那样从这种区分出发提出的文类范畴^②，很可能也得不到巴特本人的赞同。在我看来，巴特的这种区分很大程度上是研究视角的差异，唯其如此，他的理论才既适用于格里耶、索莱尔斯^③这些"未来的文本"，也能够囊括他所喜爱的法国古典文学^④，并且在转换的视角以内，将之转

---

① 参看罗兰·巴尔特：《可读的、可写的及在此之外的》，《罗兰·巴尔特自述》，中国人民大学出版社 2010 年版，第 165 页。"在《S/Z》一书中，提出了一种对立关系：可读的/可写的。我不能重写的文本是可读的（今天，我还能像巴尔扎克那样写作吗？）；我阅读起来有困难的文本是可写的，除非完全改变我的阅读习惯。"

② "巴特在《S/Z》中把作品分成两种：可写的与可读的，可写的文本意义是多元的，可读的文本意义单一，供消费或阅读。这个观点实际上来自结构主义–符号学语言学家邦维尼斯特于 1966 年提出的三种讲述论：对应三种语式，可以有讲述式讲述，命令式讲述，和疑问式讲述。此后的研究者，如英国的凯瑟琳·贝尔西把这概念用于文学，就得出三种文学论：古典现实主义（相当于巴特的'可读性文本'），即陈述式文本；宣传作品，即命令式文本；而疑问式文本（相当于巴特的'可写性文本'）则以意义的多元迫使读者不断地提问以构筑意义。"赵毅衡：《前言：符号学的一个世纪》，赵毅衡编：《符号学文学论文集》，百花文艺出版社 2004 年版，第 58—59 页。

③ 参看罗兰·巴尔特：《作家索莱尔斯》，中国人民大学出版社 2012 年版。

④ 在《恋人絮语》的前言里，译者也发有类似见解："有趣的是，巴特在文学主张上厚今薄古，但他批评实践的重心显然又是厚古薄今，他不遗余力地推崇新小说，而他的评论激情却都是宣泄在法国的经典作家身上：拉辛和巴尔扎克。他最喜爱的是'从夏多步里昂到普鲁斯特期间的法国文学'。"（转下页）

化为"过去的文本"研究。① 两种文本不存在质的差异，它们都属于一个互文性的开放文本空间。

作品总是作者的作品，文本则注定是读者的文本。人们以阅读为中介，从作品过渡到文本②，从再现意义过渡到生成意义。这就是

（接上页）汪耀进：《罗兰·巴尔特和他的〈恋人絮语〉》，罗兰·巴尔特：《恋人絮语》，上海人民出版社 2009 年版，前言第 2 页。

① "最新的一项研究（如 J–P. 维尔纳的研究）已经阐明了古希腊悲剧在构成方面的模棱两可的本性；文本是由具有双重意思的词构成的。每个人物都可以从一个方面去理解（这种经常的误解恰恰正是'悲剧性'）；然而，却有人可以从两个方面去理解一个词，甚至——如果可以这样说的话，去理解在其面前说话的所有人物的哑语：这个人便正好是读者（在此也可以说是听众）。"罗兰·巴尔特：《作者的死亡》，《罗兰·巴尔特随笔选》，百花文艺出版社 2005 年版，第 300—301 页。

② 参看罗兰·巴尔特：《从写作到作品》，《罗兰·巴尔特自述》，中国人民大学出版社 2010 年版，第 192—193 页。"自负的圈套：让人相信他同意把他写的东西看成是'作品'，从写作物的偶然性过渡到一种单一产品的卓越性。'作品'一词已经是想象物。矛盾恰恰就在写作与作品之间（在他看来，文本是一个宽宏包容的词：它不接受这种区分）。我继续、无终止地、无期限地享受写作，就像享受一种永久的生产、一种无条件的分散、一种诱感能量——一种我在纸上对于主体进行的任何合法的禁止都不能使之停下来的诱感能量。但是，在我们这样的唯利是图的社会里，必须达到一种'作品'的程度——应该构成即应该完成一种商品。在我写作的过程中，写作属于每时每刻都被其必须促成的作品所平淡化、庸俗化和加罪的东西。作品的集体意象为我设置了所有的圈套，怎么克服这些圈套来写作呢？——那只有盲目地写作。在茫然的、疯狂的和加劲的写作的每一时刻，我只能对我说萨特在《密谈》一书的结尾处说的话：'让我们继续吧。'写作是一种游戏，我借助于这种游戏将就着回到一个狭窄的空间：我被卡住了，我在写作所必要的歇斯底里与想象物之间发奋，这种想象物在监督、在抬高、在纯净、在平庸、在规范、在改正、在强求对于一种社会沟通的考虑（和看法）。一方面，我希望人们向往我，另一方面，我希望人们不向往我：既是歇斯底里的，又是强迫性的。然而，我越是向作品发展，我就越是掉入写作之中。我甚至接近了写作的难以支撑的底部，发现了一处荒凉，出现了某种致命的、令人心碎的丧失同情心的情况：我感到自己不再是富有同情心的（对于别人，对于我自己）。正是在写作与作品之间的这种接触上，艰难的真实在我面前出现了：我不再是个孩子了。或者，这就是我所发现的对于享乐的禁欲吗？"

"写作的初始"①，或者如巴特所言，是"写作的未来"。这篇文章的最后一句——"读者的诞生应以作者的死亡为代价来换取"——同样不宜从字面解读。当巴特将"作者之死"描述为书籍之父向"现代抄写员"（"他仅仅是其书籍作其谓语的一个主语"）的让权时，"读者的诞生"在他那里意指的是一种功能性的隐喻（"读者是无历史、无生平、无心理的一个人"）。"读者在这种过程中发挥了和文本本身的语言同样的作用。"② 这里又存在着让人生疑的地方，即究竟是替换掉作者的言语活动，还是读者——在文本中不断生成了新的意义。当巴特强调语言的重要性时，他还是一个结构主义者，尽管文本所指的稳定性已然岌岌可危，而在文章的最后一句里显示的从关注文本的起因转向关注文本的目的的偏离（起因是真理 / 一的可知，目的就是意义 / 多的不可知），进一步说，向制造结构的读者与互文性的偏离，则使人隐隐不安地感到他正在放弃结构主义批评的科学设计，以及一种巴特式的后结构主义正在来临。

三、秩序

《作者之死》之于巴特本人的复杂性，主要是这篇文章暧昧地处在巴特本人的结构主义与后结构主义的过渡时期。《作者之死》起源于巴特对皮卡尔的回应《批评与真理》，其本义既在于澄清"新批评"与"作者"之间的纠缠联系（通过用主语取代作者，从而一劳永逸地解决了何为意图的问题），也在于修复"新批评"中"结构主义"倾向的不彻底之处。结构主义诞生于索绪尔对社会性的"语

---

① 参看罗兰·巴尔特：《幻觉，而非梦想》，《罗兰·巴尔特自述》，中国人民大学出版社 2010 年版，第 118 页。"有某种东西开始成形，在无笔也无纸的情况下，这便是写作的初始。"

② 格雷厄姆·艾伦：《导读巴特》，重庆大学出版社 2015 年版，第 99 页。

言结构"与私人性的"言语活动"做出的革命性划分。在索绪尔看来，一切言语活动都受制于语言结构的规约。法国的结构主义始于列维－斯特劳斯在 1962 年发表的《野性的思维》一书。所谓结构主义，指的正是通过这一批人文学者将语言学视为一种分析的典范，进而将它推广到社会文化研究的各个领域，从而在这些领域尝试着建立一种新的知识体系。结构主义考察的是在现象背后、整全的结构内部各个单元之间的关系，正是这种关系的总和产生了结构的功能，而结构的功能则是结构主义者试图发现的深层内容（在文学研究领域，深层内容即是文本的深层思想结构）。在某种意义上，结构主义者的工作就是要将不可理解或难以理解的现象全体，复原 / 重建为一个可以理解的且以语言学为模型建立的抽象结构。

所以，巴特对实证主义的文学批评有如此强烈的抨击，可谓其来有自。因为这将导致对文学作品的关注彻底脱离文学作品的内在结构；同时，他在《作者之死》中也确认了这种内在结构不再是一种通过主题论得出的深层思想结构（"新批评仅仅通常是加强这种王国"）。那么，究竟是哪一种结构呢？也许是一种生产所指的形式结构。因此之故，重建的也就不是作品的具体所指，而是这一结构本身。然而，《作者之死》又是一篇"写得太迟"的文章。当巴特在文章最后将"读者的诞生"与"作者的死亡"以因果的关系衔接起来时，当他指认读者是"范围之内把构成作品的所有痕迹汇聚在一起的某个人"时，结构主义的理论也就会因为对一种对生产所指的形式结构的描述难以为继，从而在内部崩溃。事实上，早在这篇文章发表一年之前，德里达已经出版了《书写与差异》《言说与现象》和《文字学》三部著作，它们一般被看作是后结构主义中最激进的解构主义一脉正式确立的标志；这篇文章发表同年，法国也爆发了"五月风暴"。这一运动虽然没有取得任何现实成果，却在理论界引发了对"结构"本身（作为社会秩序的结构）的怀疑与反省，这就是结构主义向后结构主义转向的历史节点。

最后，让我们重新审视《作者之死》这篇文章的复杂性。在我看来，它的复杂主要印证于以下两点：一方面，巴特用作者的主语化正式驱逐了作品中的作者问题，这为结构主义的文学理论补全了最后一块缺口；另一方面，对作者的驱逐不可避免地成全了文本的互文性，而读者也将成为文本结构的新的制造者，这样就消解了文本内部的"中心"与"等级"，因此像是打开了意义的潘多拉魔盒；封闭的文本变成开放的文本，等于是宣告一种结构主义的文学理论不再是可能的。1977 年，在法兰西学院文学符号学讲座的就职演讲中，巴特指出："作为语言结构之运用的语言，既不是反动的也不是进步的，它不折不扣是法西斯的。"[1] 这是后结构主义时期的典型言说，持这一看法的理论家们大多在语言结构、政权秩序与真理[2]之间画上了等号，而对世界的违犯成了始终在刺激他们更新理论的内心顽念——更新理论，正是为了抵制理论被秩序同化。回顾巴特晚年

---

[1] 罗兰·巴尔特：《法兰西学院就职演讲》，《写作的零度》，中国人民大学出版社 2008 年版，第 183 页。

[2] 参看阿兰·罗伯－格里耶的回忆："巴特是一个很滑的思想家。……他不停地说着，但总是避免让这一切凝固为一种什么东西……教条主义不是别的，只是真理的话语。传统思想家是真理之人，但他会真诚地相信，真诚的统治，会跟整个人类自由的进步一起携手共进。……真理，总而言之，从来只是为压迫服务的。一个世纪的希望、悲惨的失败和血腥的天堂，教会了我们无论如何要提放他。……这一针头（我说的是巴特）的滑动根本就不是偶然的，也不是因为判断上或性格特点上的某种弱点。相反，改变的、分岔的、返回的话语，恰恰是他的教训。我们最后的'真正'思想家将会是前人：让－保罗·萨特。他还有欲望，他，要把世界关闭在一个斯宾诺莎和黑格尔意义上的综合的（极权的？）体系之中。但萨特同时还想到了自由的概念，而恰恰是它，感谢上帝，削弱了他的所有事业。因此，他的伟大建构——小说的、批评的，或者纯粹哲学的——一个一个地全都未能实现，敞在那里任凭风吹雨打。"阿兰·罗伯－格里耶：《罗兰·巴尔特之党》，《旅行者》，湖南美术出版社 2012 年版，第 199—201 页。

的这番言辞，很像是他对《作者之死》一文结尾的回顾。"读者"在此后还将是"片断"①，是"审美"②，是一种"中性"③。这篇文章预示着一个时期的结束，也标示着一个新的起点正在形成。

① 参看罗兰·巴尔特：《片断的圈子》,《罗兰·巴尔特自述》，中国人民大学出版社 2010 年版，第 126—128 页。"以片断的方式来写作：于是，片断就成了圆圈四周的石片。我躺成圆形：我的整个小小的宇宙变成了碎块；在中心，有什么呢？他的第一篇文本或者大概是第一篇文本（《关于纪德及其〈日记〉的诠释》, 1942 ），是以片断构成的；当时，这种选择被认定是纪德式的方式，'因为更喜欢结构松散，而不喜欢走样的秩序'。从此，他实际上没有停止从事简短的写作：《神话学》和《符号帝国》中的短篇描述，《文艺批评文集》中的文章和序言汇编，《S/Z》中的词语释义，《米什莱》中的段落，《萨德·傅立叶·罗犹拉》和《文本的快乐》中的片断。由于他喜欢发现和写作开端，他便倾向于扩大这种快乐。因此，他写作片断。那么多片断，那么多的开端，那么多的快乐（但是，他不喜欢结尾，修辞性尾句结构之风险太大，担心不能扛得住最后一个词、最后的断言 ）。"

② 参看罗兰·巴尔特：《意识形态与审美》,《罗兰·巴尔特自述》，中国人民大学出版社 2010 年版，第 144 页。"意识形态：重复和稳定的东西（它通过这后一个动词而被排除在能指范围之外）。因此，意识形态（或反意识形态）分析只需要重复和稳定（通过一个纯粹的恢复名誉的动作而立即宣布它的有效性 ）就可以使自己变成一个意识形态对象。怎么办呢？一种解决办法是可能的：审美。在布莱希特的作品中，意识形态批评不是直接进行的（否则，它会再一次生产一种重复的、同义反复的、战斗的话语 ）。"

③ 参看钱翰：《"中性"作为罗兰·巴尔特的风格》,《文艺研究》2019 年第 2 期。

拒绝想象

——灾难文学论纲

　　抒情性、抒情化、抒情的演讲、抒情的热情均属于人们称之为专制世界的一个有机构成；这世界不是一个简单的古拉格，这是一个四周围墙上涂满了诗篇、人们在它面前载歌载舞的古拉格。比起恐怖来，恐怖的抒情化于我是个更难以摆脱的噩梦。我好想种了疫苗，永生永世警惕地抵御着一切抒情的诱惑。那时候，我深深渴望的唯一东西就是清醒的、觉悟的目光。终于，我在小说艺术中寻到了它。所以，对我来说，成为小说家不仅仅是在实践某一种"文学体裁"；这也是一种态度，一种睿智，一种立场；一种排除了任何同化于某种政治、某种宗教、某种意识形态、某种伦理道德、某种集体的立场；一种有意识的、固执的、狂怒的不同化，不是作为逃逸或被动，而是作为抵抗、反叛、挑战。

——昆德拉[①]

一、灾难文学的心理学

　　如何把灾难变成艺术？这是朱利安·巴恩斯在《10 1/2 章世界

---

① 昆德拉：《被背叛的遗嘱》，上海译文出版社 2011 年版，第 164 页。

史》中提出的问题，但随后我们就发现此一小说家的设问——这个自我否决的丐词——的讽喻所在：仿佛灾难是可以变成艺术的，而人们只需从技术层面处理这一难题。它的具体展开步骤如下：灾难是否可以成为艺术？倘若它无法自为地"成为"，那么，也许艺术家们就应该施展手脚，考虑如何将它"变成"一种艺术。巴恩斯在此点明的，正是这种"变成"的无耻。中国古典文学中有与之相近的感喟，如赵翼《题遗山诗》中所言"国家不幸诗家幸，赋到沧桑句便工"，但并不完全相同。因为时代已经改变："如今这个过程是自动的。核电厂爆炸了？一年之内，我们伦敦剧坛就有话剧上演了。总统被刺？你就会有书，或电影，或由书改编的电影，或由电影改编的书。战争？派小说家去。一连串恐怖的谋杀？那就聆听诗人们沉重的脚步声。我们当然要弄懂这场灾难；为了弄懂它，我们得把它想象出来。因此，我们需要想象艺术。可是，我们还需要为这场灾难找到理由，从而加以原谅，即使只是一丁点儿。为什么会发生这种自然的反常和人的疯狂？这样一来至少产生了艺术。或许，灾难归根结底就是为了这个。"[①]

　　以我之见，巴恩斯可不仅仅是在指责现代"灾难艺术"的轻浮，更为关紧的莫如说是他在现代艺术生产中看到了艺术面对灾难的滑稽处境：当现代艺术以想象去解答灾难爆发的缘由时（类于"荒诞玄学"），它已然在想象中容忍了一场已由艺术掩盖的罪行（为"灾难"作不在场的脱罪证明）；当艺术想象出了灾难的现实根底，灾难的现实罪恶也就被随之涤净。最后，艺术展示出了这样一种大获全胜：似乎是它而且仅仅是由于它，人们才完美地解决了一场灾难，灾难反过来也促成了一批批神品妙构的诞生。这便是朱利安·巴恩斯观察到的现代"灾难艺术"的现状。这是一种无耻吗？——相比

---

① 朱利安·巴恩斯：《10 1/2 章世界史》，译林出版社 2015 年版，第 144 页。

无耻，这更像是一个时代精神分裂的症候。它很像是都德小说《柏林之围》里的那个儒夫上校，上校的小孙女为了让中风的爷爷病情好转，只能在法军一败涂地的情形下每日编造法军大捷的消息。儒夫上校很受用这些消息，心情愉悦，病情日渐好转——直至其亲眼目睹普鲁士的军队穿过凯旋门，进入自己的国家。不过，儒夫上校只是受骗，"灾难艺术家们"却仿佛是有意地自欺和假寐，然后又真诚地相信艺术应当以想象去回应与消解一场灾难的爆发。

二、精神分裂的源头：审美现代性的畸变

文学不愿自己是无用的，因此希望变得极为有用，这几乎是它摆脱不掉的宿命：每逢重大事变发生，无论社会公众是否要求文学做些什么，作家本人都会在内心深处生殖出一个公众的倒影，而这正是其自我怀疑的表现。文学曾经在德国浪漫主义作者那里抵挡过这种要求文学有用的论调，通过"视艺术为我们之不朽的一种担保"（蒂克在《施特恩巴尔德的游历》中说："以有用这个词你想说什么？难道一切都要以吃、喝和衣着为目的？或者我最好该管理一艘船，发明更舒适的机器，仅为了能吃得更好？我再说一遍，真正崇高的东西不能、也不允许有用。"[1]），或者通过将目光转向个体的内在世界（叔本华《作为意志和表象的世界》）——如今人们称这种同文学有用论进行争辩的欲望为审美现代性。从现代性的发展脉络来看，审美现代性实际诞生于时间能够被标记进行买卖之后。由于时间被当作商品，现代性也就从其内部绽开出两种狭义的现代性，其一是资产阶级现代性（社会现代性），其二是将时间与自我等同所创造的审美现代性。无论是要求文学有用，还是把时间计算成金钱，

---

[1] 转引自吕迪格尔·萨弗兰斯基：《荣耀与丑闻：反思德国浪漫主义》，上海人民出版社 2014 年版，第 118—119 页。

皆拜资产阶级现代性所赐，而审美现代性反对的正是这一点。

审美现代性不仅化身浪漫主义的形态，同新古典主义进行论战，以瞬时之美反对永恒的美，也同社会现代性即资本主义文明针锋相对，以艺术的无用反对"市侩主义"的有用。如果说社会现代性致力于理性的祛魅，那么审美现代性可谓与之背道而驰，它致力于想象的赋魅，而想象的重要性即由此开始：艺术家们重新恢复宗教旁落的权威，抑或是令自身的艺术"宗教化"（施莱尔马赫说："不是那个相信一种《圣经》的人有宗教，而是那个不需要宗教、也许自己能创立一门宗教的人有宗教。"①），他们借此对抗一个没有任何秘密、被市民社会的日常生活规定的世界，这个世界自柏拉图要求城邦驱逐诗人以后，重新以交换价值的名义展开了对艺术有用性的质询。但是也如我们所知，审美现代性对有用的抵抗仅仅在和平年代才是可能的；当社会现实真正出现危机，作家本人便往往经受不住自我怀疑的折磨，而通常的情形是转瞬即从内心跨向现实，并且比任何一个资产阶级都要渴望求证自身的用途。此外，在抛弃了"内在性"与"无用性"之后，畸变的审美现代性还会继续高举"瞬时性"，且将"瞬时性"演变为一种超越政治理性与实用主义的决断要求。

决断强调"瞬时性"在时间中的重要性，更强调人们应当在这一瞬时性中有所作为——某种意义上，"灾难文学"的胡言乱语正是这种"有所作为"的轻微反应——借此摆脱历史的常规与智慧的束缚，从而将社会的命运完全交付给瞬间的决断和例外。不必从动机上怀疑它，仅就其结果来说，畸变了的审美现代性最后产生的就是一种普遍主义的救赎信仰，即艺术家们开始相信以想象力夺权，大规模地改造在他们眼中腐败不堪的现世这一点是可能的。在这个时

---

① 转引自吕迪格尔·萨弗兰斯基：《恶，或自由的戏剧》，生活·读书·新知三联书店 2018 年版，第 214 页。

候，畸变的审美现代性便与它不屑一顾的"市侩主义"操持着同一种元叙事的神话，而且由于它彻底摒弃了政治理性（"政治的思想，它不仅仅活动于真实的自身和整个人类之间，而且还思考这个'其间'。它产生于认真对待不同人的共在和同在的准备。"①萨弗兰斯基如是说），所以更为激进，也更加危险。我们曾在茨威格的回忆录《昨日世界》中看到过这种文学要求自身有用的倒错：在第一次世界大战时期，茨威格身边的德语作家大都"相信自己有责任像古老的日耳曼时代那样，用诗歌和文字激励奔赴前线的士兵，让他们有赴死的热诚。一时间，诗歌像雪片一样纷纷飞舞，层出不穷，将战争和胜利、灾难和死亡谱成和谐的诗篇"②，哲人、医生、教士们也纷纷用自己的专业论证战争的合理性以及战争的崇高价值。

这绝非孤例，因为所有的现代主义文学都是摇摇欲坠的文学。这些作家有时能够在想象的激情与冷静的自制二者之间做到允执厥中，指认两种现代性不可僭越的界限，有时则不能，他们经由畏途，然后坠入深渊：1914 年写下《憎恨英国》的利骚如此，在 1937 年到 1941 年之间接连出版"反犹主义三部曲"《略施杀伐》《死尸学校》《漂亮的遮羞布》的塞利纳同样如此。萨特曾推测马拉美之所以选择了"礼貌的恐怖主义"，是因为他在这个文明世界没有更好的办法"将世界炸毁"，诚哉斯言。但我们也不妨尽而言之：现代主义文学中有价值的部分，也仅仅是那些还没有找到"更好的办法"的作家写下的，如早期塞利纳在《茫茫黑夜漫游》中写资本主义以战争屠戮生灵，又在《死缓》中将立即执行的战争替换为商业，举凡这些都代表了他最高的文学成就，即一切发生在他的内心，他的头脑才是他的战场。可是在 1936 年以后，这种以艺术干预时代的自觉就

---

① 转引自吕迪格尔·萨弗兰斯基：《恶，或自由的戏剧》，生活·读书·新知三联书店 2018 年版，第 162 页。
② 茨威格：《昨日世界》，作家出版社 2017 年版，第 239—240 页。

变成了一种谋求思想在现实中实现的危险念头。在《茫茫黑夜漫游》中，他曾经认为"高谈正义的人是最疯狂的"[1]，但是转眼他就写出了高喊正义的《略施杀伐》，充满想象力地将法国在战时的不幸根源锁定在犹太人身上。

这就是审美现代性抛弃了"内在性"与"无用性"之后，在"瞬时性"的决断中完成的畸变。在《茫茫黑夜漫游》里巴达缪直言自己"既怀疑光明，也怀疑黑暗"[2]，塞利纳在很多年都对此坚信不疑。但是当他开始将世间的不幸归于想象力的匮乏时，当他将狐疑的目光转向犹太人时，质而言之，当他开始梦想着那个黑夜尽头的光明许诺时，他真的看到了"光明"，而"光明"就是要将犹太人全部杀光。这是文学在动荡时期要求自己有用的疯狂欲望，诚如茨威格所说："这种疯狂最令人震惊之处在于，这些人的大多数都是诚实的。他们当中的大多数，由于年龄太大或者身体不够格，不能去服兵役，于是他们真诚地以为自己有责任干辅助性的'工作'。他们觉得自己先前所做的工作有负于语言，有负于人民，所以，他们现在要通过语言为人民效劳，让人民听到他们想听到的声音。"[3] 这种变得有用的欲望或者仍归于无用，或者则演变为一场新的灾难。读者当然不必将希特勒的出现与塞利纳或庞德的写作画上等号，但他们的"决断"的确推动了反犹主义的死灰复燃，至少是用想象勾勒出了一场灾难爆发的来龙去脉。

三、灾难文学的可行性及语言的限度

但灾难爆发的缘由能够想象出来吗？它需要的是政治理性与专

---

① 塞利纳:《茫茫黑夜漫游》，上海译文出版社 2011 年版，第 359 页。
② 同上，第 281 页。
③ 茨威格:《昨日世界》，作家出版社 2017 年版，第 239—240 页。

业知识，而非诗人的想象力。如果一场灾难已经在眼前发生，还需要想象吗？这只是"灾难艺术家们"对自身职责的误认。他们似乎认为一首诗能够减少一个孤立无援、垂死之人的痛苦，抑或是相信一百首诗能够鼓舞一百个个体去战胜灾难。然而事实上痛苦既无法由一首诗来抵消，垂死之人也无须由诗人们去鼓舞他们继续生存下去的勇气。当然想象还有一种可能，这往往也是对非虚构的贬损，即抛却了想象力之后文学便与新闻模糊不清，从而也就失去了它的价值。不过，暂且让我们牢记以下这个看起来是同义反复的命题：灾难就是灾难，它拒绝任何修辞与虚构；痛苦只是痛苦，痛苦本身具有一种自足而不言自明的价值，而这种价值只是彰明于那忍受着绝望与想要沉默的欲望之下的如实记录之中。一个心智正常的人面对灾难只有失语，置身灾难现场的艺术家所应当做的也就是去记录这样一场令大多数人失语的事件。同时，人们也不该相信艺术可以像处理日常生活一样处理灾难，换句话说，不应该低估如实记录一场灾难的难度。

日常生活与灾难是有区别的，将它们放在一起我们就能察觉到这种对等的荒谬：前者是"马路上走过三个行人"，后者是"马路上发生了三次自杀式爆炸"。我们以为两者没有区别，无非是我们从未考虑过语言的限度。我们的语言生来只能够承担一种延续性质的合理事态，一种被摆置为对象的灾难如何安放其中呢？不错，作家们完全可以从容地写下"马路上发生了第三次自杀式爆炸"这样的诗句，可是文字立刻就会丧失掉延续的力量。文字从来不是可以随意使用、用过即弃之不顾的工具——除非人文主义这个词已经完全丧失掉它的核心价值：支撑人类安身立命——那么就仍有必要相信是文字保存了这些观念，而文学经典不过是保存这些观念的文字的展开。证明这一点非常容易：在一个谎言时代生活已久的人将不再能够读懂那些过往时代的典籍；如果人们对言说谎言，使用谎言习以为常，文字的功能便也只剩下了表达谎言这唯一的功能。延此逻辑，当生活常态被非常态的灾难所打破，即使文字仍有力量去言说灾难，作家们也不应无视灾难与日常之间那深渊般的沟壑。面对灾难，文学固然不是毫无价值，但在实现其价值的道路上同样险境重重。

　　以一种什么样的语言去铭刻灾难，这是"灾难文学"这个问题最后留给作家思考的事情。毫无疑问，铭刻灾难的文学首先应当是反抒情的。诺瓦利斯曾对浪漫主义界定如下："当我给卑贱物一种崇高的意义，给寻常物一副神秘的模样，给已知物以未知物的庄重，给有限物一种无限的表象，我就将它们浪漫化了。"① 反对抒情，也就是拒绝从灾难中提纯出任何"崇高的意义"。当灾难已经发生，所有事情便无助于弥补那种丧失的亏空；灾难本身也没有任何崇高的价值可言，它只是造成了无数无辜的人死去。所以，操持一种清醒、克制、清晰、严谨、透明的语言，是良知与理智最低限度的表示。其次，这种语言的目的只是要为那些死难者竖起一块墓碑——即便现实中的死难者纪念碑无法竖起。最后，这种语言要起到同那些被污染过的语言相区隔的作用。它们必须主动地完成自身，保护自身，永久地提醒人们有一批人曾经生活在此，而历史不该重演第二次悲剧。

---

① 转引自吕迪格尔·萨弗兰斯基：《荣耀与丑闻：反思德国浪漫主义》，上海人民出版社 2014 年版，第 13 页。

图书在版编目（CIP）数据

拒绝想象 / 徐兆正著. -- 北京：作家出版社，2023.6
ISBN 978 - 7 - 5212 - 1634 - 9

Ⅰ. ①拒… Ⅱ. ①徐… Ⅲ. ①中国文学 - 当代文学 - 文学评论 Ⅳ. ①I206.7

中国版本图书馆 CIP 数据核字（2021）第 243141 号

拒绝想象

作　　　者：徐兆正
责任编辑：赵　超
封面设计：吴元瑛
出版发行：作家出版社有限公司
社　　　址：北京农展馆南里 10 号　　　邮　　编：100125
电话传真：86 - 10 - 65067186（发行中心及邮购部）
　　　　　　86 - 10 - 65004079（总编室）
E - mail: zuojia@zuojia. net. cn
http: // www. zuojiachubanshe. com
印　　　刷：河北鹏润印刷有限公司
成品尺寸：142 × 210
字　　　数：220 千
印　　　张：9
版　　　次：2023 年 6 月第 1 版
印　　　次：2023 年 6 月第 1 次印刷
ISBN 978 - 7 - 5212 - 1634 - 9
定　　　价：48.00 元